서른,
결혼 대신
야반도주

서른,
결혼 대신
야반도주

야반도주〈김멋지 · 위선임〉 지음

위즈덤하우스

프롤로그

출국하던 날

인 천 INCHEON

대부분의 사람이 월요병으로 힘들어하며 출근할 시각, 인천공항 국제선 출국장을 향해 걷던 30세 여자는 생각했다.
'이거, 생각 같지 않은데……?'

   세계여행을 시작하는 날의 공항. 그 장면을 머릿속으로 몇 번이고 재생했었다. 상상 속 여자는 새로운 세계를 향해 경쾌한 발걸음을 내디딘다. 희망에 찬 눈빛이다. 빵빵한 배낭만큼 설렘도 가득하겠지. 인생 제2막을 향해 떠나는 관문으로 공항의 출국장은 썩 괜찮은 장소 아닌가?
   하지만 현실은 언제나 생각만큼 유려하지도, 녹록지도 않았다. 나는 생각만큼 아름다운 모양새가 아니었다. 되는 대로 쓸어낸 뺨 위의 눈물 자국과 밤새 붙이지 못한 눈꺼풀 사이로 벌겋게 충혈된 안구, 온종일 팔리지 않은 어묵 꼬치마냥 퉁퉁 불어터진 얼굴까지.

출국 전 며칠은 그야말로 전쟁이었다. 최장 2년을 바라보고 가는 여행의 짐을 당일 새벽이 되어서야 싸기 시작했다. 애써 눈물을 참는 엄마에게 인사하고 올라탄 버스 안에서 눈물, 콧물을 뺐다. 피로와 눈물, 혼란을 이리저리 욱여넣은 울퉁불퉁한 배낭을 앞뒤로 들쳐 메고 버스에서 내렸다.

곧이어 멋지도 도착했다. 누가 친구 아니랄까 봐 나처럼 밤새 짐을 싸고, 오는 내내 운 녀석 역시 꼴이 말이 아니었다.

공항에는 우리의 떠남과 시작을 응원하러 온 지인들도 몇 있었다. 그들에게 둘러싸여 담소를 나누다 보니 정신이 들기 시작했다. 그리고 실감했다.

나, 정말 떠나는구나.

마드리드행 비행기에 탑승하기 위해 체크인을 할 시간이 왔다. 수하물 부치는 곳에 배낭을 내려놓고, 이제부터 유일한 신분증이 될 여권을 내밀었다. 여기까지는 모든 것이 물 흐르듯 자연스러웠다. 여권을 받아 들고 체크인 절차를 밟아주던 직원 분의 미간에 미세한 주름이 잡히기 전까지는. 뭐지? 왜지? 배낭 무게도 수하물 규정에 철저히 맞췄는데?

"유럽에서 나가는 비행기 표 구매하셨나요?"

"아니요."

"그럼 유럽에 거주하는 분이신가요?"

"예? 아, 아니요."

"그럼 출국이 안 됩니다."

그때, 머릿속에 하나의 키워드가 떠올랐다.

쉥겐조약.

그렇다. 유럽을 무비자로 입국하기 위해서는 90일 이내에 유럽에서 나가는 비행기 표를 보유하고 있어야 했다. 불법체류를 방지하기 위한 제도라나 뭐라나. 아…… 그걸 깜박하다니! 흩날리는 정신을 애써 붙잡고 출국하려면 어떻게 해야 하는지를 물었다.

"유럽에서 나가는 비행기 표를 구입하세요."

"지…… 지금요?"

"네, 곧 탑승 마감이에요. 서두르세요."

빌어먹을! 항공권을 사야 한다. 당장.

망설일 시간 따위 없었다. 공항에 있는 컴퓨터로 항공권을 검색했다. 유럽 어느 도시에서 떠나야 할지, 어떤 도시로 가야 할지, 그것은 또 언제일지, 아무 생각이 없는데 뭐 이렇게 기재해야 할 것도 많고, 옵션도 많은지. 결제는 또 왜 이리 안 되는지. 식은땀이 쉼 없이 흘렀다.

마침내 쿠바행 항공권을 구매했다. 비행기 표를 이렇게 슈퍼에서 껌 사듯 사보기는 난생처음이다.

탑승 마감시각 5분 전. 이제 남은 것은 단 하나, 탑승 게이트까지 뛰어야 한다!

지인들은 우리의 배낭을 대신 들쳐 메고 함께 달리고 있었다. 그들 중 다분히 긍정적이고 대책 없는 캐릭터, 즉 우리와 유유상종 격인 누군가가 달리는 뒤통수에 대고 외쳤다.

"깔깔깔, 너희 이럴 줄 알았어. 야, 출국 못 하면 뭐 어떻냐. 우리 집 지하실에 숨겨줄게! 스페인 풍경 출력해서 벽에 붙여줄 테니 사진 찍어 블로그에 올려! 아무도 모를걸? 푸하하하."

미안하지만, 웃을 기분이 아니었다.

절박함을 흩뿌리며 체크인 카운터에 도착했다. 출국만 할 수 있다면, 인천을 떠날 수만 있다면, 지금 당장 영혼을 염가에 팔아버린다 해도 아섭지 않을 것 같았다. 이 여행을 떠난다고 온 동네방네 소문을 냈는데, 출국조차 못 한다면 그 창피함을 다 어쩔 것인가! 처연한 모습으로 지인들의 위로를 안주 삼아 인천 앞바다에서 소주잔을 기울이는 모습이 구체적으로 떠올랐다.

안 돼! 아니 될 일이다. 자연스럽게 두 손을 모았다. 하느님, 부처님, 알라신, 대자연의 어머니여. 출국만 시켜주십시오.

간신히 체크인을 완료하자 이번에는 마지막 탑승 안내 방송이 들려왔다. 지인들과 제대로 인사를 나눌 새도 없이 탑승할 비행기를 향해 다시 뛰었다. 100미터 달리기 인생 최고 기록이 24초인 답 없는 다리가, 초인적인 힘을 발휘했다.

극적으로 기내 좌석에 안착한 시각은, 이륙 시간을 단 2분 남긴 시점. 거친 숨이 쏟아졌다. 너무 일찍 왔네, 면세점 구경이나 신명 나게 해볼까, 생각했던 오늘 아침이 떠올라 그 와중에 실소가 터졌다. 웃음인지 울음인지 모를 것들이 몰아쉬는 호흡에 범벅이 되는 와중, 인천의 풍경이 구름 속으로 점처럼 사라졌다.

짜릿한 시작이었다.

1장.
서른,
회사를
그만두다

2장.
서른, 결혼 대신 야반도주

3장.
현재진행형

1장.

서른,
희사를
그만두다

퇴사의 사유

서른 살 봄, 생애 처음으로 퇴사했다.
꼬박 5년을 일한 후였다.

  사춘기 시절 복잡다단했던 집안 사정 덕에 일찍이 애늙은이
가 된 나는 중학생답지 않게 스스로 공부를 택했다. 언제고 홀
로 사회에 내동댕이쳐질 수 있다는 불안감이 그 동기였다. 시험
전날 교과서를 진지하게 들춰봤다는 이유만으로 꾸준히 반에
서 1~2등의 성적을 유지했다. 주위 친구들 대부분이 호환, 마마
보다 무섭다는 '중2병'에 걸려 방황한 덕분이었다.

  내가 살던 지역은 연합고사를 치러 성적순으로 고등학교에

진학하는 체제였다. 내신 성적이 좋아 운 좋게 가장 경쟁률이 높은 학교에 합격했으나 쉽게 적응하지 못했다. 반에서 1~2등 하던 성적은 유지되었다. 위에서 1~2등이 아니라 아래에서 1~2등이라는 차이가 생겼을 뿐. 공부 좀 한다는 아이들만 모이다 보니 아무리 열심히 해도 시험만 봤다 하면 꼴찌를 면하지 못했다. 점점 자신감을 잃었고, 가슴이 옥죄는 증상이 찾아왔다.

아침에 일어나 교복을 입으면 눈물이 차올랐다. 버스를 타고 등교하는 길, 하차 안내 방송에 학교 이름이 나오면 구토가 일었다. 그때쯤 자퇴를 생각했다. 그러나 그것 또한 자신 없었다. 부모님이 날 지켜줄 수 있으리란 확신조차 없는 상황에서 홀로 검정고시를 준비하는 것은 당시의 내게는 너무나 무서운 일이었다. 지금 생각해보건대 미약하게나마 우울증을 겪었던 것 같다. 그렇게 부적응자의 모습으로 길고 긴 3년의 세월을 보냈다. 버텨냈다기보다 무서워서 감내했다는 표현이 더 적절하다.

수능을 치렀고 대학에 진학했다. 전공은 의류학을 택했다. 맥락 없는 선택이었으나 나름의 이유는 있었다. 공부에 진절머리가 났고, '옷'을 좋아한다는 이유가 버무려진 설익은 열아홉의 논리였다.

안타깝게도 대학에서도 적응하기 힘겨웠다. 손끝은 야무진 편이라 주어진 옷을 똑같이 만들라면 할 수 있었지만 건축물에서 영감을 받아 의복 디자인을 해보라는 교수님의 말씀에는 머리가 새하얘져버렸다.

나는 전형적인 주입식 교육의 피해자, 슬픈 대한민국 학생의 표본이었다.

다시 깊고 짙은 방황이 시작되었다. 한때 공부를 잘한다고 생각했으나 아니었고, 또래들과 달리 예술적이라 생각했으나 그도 아니었다. 흔들리던 스무 살이었다.

학교를 그만두어야 하나, 전공을 바꿔야 하나, 고민하면서도 주류에서 벗어난다는 것이 두려웠다. 이 길이 내 길인 걸까, 시시각각 흔들리는 사이에도 시간은 꾸준히 흘렀다.

고민의 깊이는 얕았고, 두려움의 크기는 컸으며, 새로운 길로 나설 용기는 부족했다.

취업 전선에 뛰어들 때도 마찬가지였다. 학교라는 울타리에 부적응자로라도 머물러 있는 것이 불가능함을 깨닫자 그간 켜켜이 쌓였던 불안과 두려움, 우울함이 격렬하게 나를 지배했다. 대체 나라는 사람이 무엇을 잘하는지 도무지 알 수 없었다. 어디서부터 첫 단추가 잘못 끼워졌는지 가늠이 되질 않았다.

나는 내가 어떤 사람인지 알고 싶었다.

위태로운 마음에 적성교육, 심리검사, 각종 상담 등을 찾아다녔다. 그런 와중에 나의 첫 회사를 알게 되었고 당시 회사에서 운영하던 교육 프로그램에 참여했다. 직장인 대상 교육이었기에 교육생 중 유일한 대학생 신분이었지만 그만큼 절박했다.

골방 같은 자취방에 처박혀 이력서를 쓰던 어느 날이었다. 한 통의 연락을 받았다. 홀로 학생이었음에도 끝까지 교육을 이수했던 나를 좋게 본 교육 담당자분이 아르바이트를 제안하셨다. 어차피 연이은 서류 전형 탈락으로 면접 보러 오라는 연락 대신 통장 비워지는 문자만 오던 차였다. 그 회사에서 4개월간 아르바이트를 했고, 이후 고맙게도 인턴직 제의를 받았다.

전공과 하등의 연관성이 없는 데다 문외한인 분야였기에 주춤했지만, 망설임의 시간은 길지 않았다. 불의의 사고로 아버지가 돌아가시며 생활이 점점 어려워지던 시기였다. 적성 따위를 고민할 때가 아니라고 판단했다. 돈을 벌어야 했다.

그렇게 들어간 회사에서 5년을 일했다. 많은 고민 끝에 입사했지만 신입 시절은 나름대로 즐거웠다. 소속감과 안정된 생활이 주는 매력이 컸고, 일 자체보다 그로 인해 받는 '인정'이 나를 움직였다. 계속되는 야근이 어쩐지 힘겹지 않았다. 열심히 일했고 남보다 빠르게 승진했다. 회사로부터 표창을 받기도 했다.

하지만 대부분의 직장인에게 찾아온다는 '회사 사춘기'가 어김없이 내게도 찾아왔다. 스스로도 눈치채지 못할 만큼 서서히. 즐거움과 열정의 자리에 안일함과 무력감이 파고들었다. 끊임없이 회사와 소통하려 노력하고 바뀌지 않는 부분을 개선하려 투지를 불태우던 모습은 사라지고 불평불만을 하기 시작했다.

그때쯤이었다. 퇴근 후에 마시는 술로 일상을 점철시키기 시작한 것이. 선천적으로 외로움이 많아 사람을 좋아했기에 회사 생활의 무료함과 스트레스를 퇴근 후 동료들과 기울이는 술잔에 실어 보냈다. 그렇게 야근과 술자리가 반복되던 어느 날, 기계적으로 엑셀을 매만지던 오른팔에 낯선 저림 증세가 흐르더니 가시지 않았다. 난생처음 MRI 기계 안에 누웠고 목 디스크 중증 판정을 받아 수술대에 올랐다. 예기치 못했던 입원과 수술, 남의 일인 줄로만 알았던 병가. 그 모든 것이 '내 일'이 되었다.

디스크를 시작으로 온몸이 무너져 내렸다. 이유를 알 수 없는 병들이 끊임없이 생겨났고 각종 의료비 영수증과 약봉지가 책상을 뒤덮었다. 느닷없이 눈에 실핏줄이 터져 안과를 다니다 돌아서면 이가 아팠다. 치과를 다녀 좀 낫고 나면 갑자기 하혈을 하고, 산부인과 치료를 받고 나면 다시 눈이 말썽을 부렸다. 어느 병원에서도 딱히 이렇다 할 병명을 듣지 못했다. 스트레스 때문이라 했다. 편히 마음먹고 푹 쉬라는 말을 들었다. 그걸 누가 모르나. 이 세상 누가 쉬고 싶지 않아서 쉬지 않는단 말인가.

그해 말, 연말정산을 위해 자료를 정리하다 손이 멈췄다. 한 해 동안 쓴 의료비 총합이 700만 원을 웃돌았다. 무엇인가 잘못되었다는 깨달음이 찾아왔다. 간절히 쉬고 싶었던 그때 내 나이, 스물아홉이었다.

몸이 아프니 만사가 싫어졌다. 내게 무엇인가를 끊임없이 요구하는 클라이언트의 목소리가 형언하기 힘들 정도의 스트레스로 다가왔다. 조금도 웃지 않으며 밝은 목소리로 전화를 받고, 일말의 죄송한 마음이 없는 상태로 사과 메일을 쓰는 스스로가 어느 순간 급격히 무섭게 느껴졌다. 나의 이런 변화를 온종일 함께 부대끼는 동료들은 금세 눈치챘고, 그들이 눈치챘음을 나는 눈치챘다. 곧 그 눈치가 나를 당당하지 못하게 했으며, 그 당당하지 못함이 다시금 짜증으로 이어지는 악순환의 늪에 발을 담갔다.

어느 날 별안간 퇴사 의사를 밝혔다. 충동적인 결정이었다. 하지만 나가서 무얼 할 거냐는, 앞으로 집세와 엄마 생활비는 어떻게 할 거냐는, 내 사정을 훤히 알고 계시는 팀장님의 물음에 나는 속절없이 다시 자리로 가 앉았다.

다시 반년이 넘는 시간이 흘렀다. 그리고 깨달았다. 세월은 신경 쓰지 않을수록 쏜살같이 흐른다는 것을. 뜻이 없어도 일은 할 수 있다는 것을. 그렇게 하는 일이 이토록 재미없다는 것을. 모든 것을 절절히 깨닫는 시간을 보내며 새로운 길을 준비했다. 정확히 말하자면, 새로운 길을 나설 '용기'와 '명분'을 준비했다.

그로부터 또다시 얼마 후, 입사 이래 가장 큰 업무적 과실이 발견되었다. 내 자리를 대신할 후임자가 출근하기 바로 직전이었다. 애석하게도 가장 먼저 든 생각은 '왜 하필 지금'이었다. 회사에서는 나와 팀장님의 사유서만 수리하고 내 실수로 인해 발생한 피해액을 회사 측에서 감수하겠다는 결정을 통보해왔다. 하지만 퇴사를 앞두고 난생처음 사유서를 쓰는 참담함이란 이루 말할 수 없었다. 유종의 미를 위해 피해액을 스스로 감당하리라 아무도 모르게 다짐했다.

혼자 가슴앓이를 하며 며칠을 잠 못 들고 얼굴이 까칠해져 갈 때 즈음, 엄마로부터 전화 한 통이 걸려왔다. 애써 밝게 받았건만 엄마는 단박에 내 목소리의 물기를 알아챘다. 무슨 일이냐며 채근하는 엄마의 물음에 그만, 눈물이 터졌고 자초지종을 말할 수밖에 없었다. 다음 날 내게 다시 전화를 건 엄마는 피해액을 마련해놨으니 아무 걱정하지 말라고 하셨다.

"지금까지 학교 잘 졸업하고 회사 여태껏 다닌 것만으로도 내 딸이지만 대견해. 그만하면 됐어. 그간 고생했다, 우리 딸. 이제 힘든 회사 그만두고 너 하고 싶은 대로 해."

퇴사를 일주일 앞둔 날, 엄마의 목소리에 온 새벽 내내 날이 밝도록 울고 또 울었다.

이 구구절절한 이야기들을 털어놓는 것이 내게는 가장 어려운 일이었다. 굳이 이런 내용을 밝히지 않아도 뭐라 할 사람은 없다는 것을 알고 있다. 그저 '열심히 일하다가 문득 자아실현이라는 거창한 목적을 위해 장기 여행을 떠나려 퇴사했다'라고 한 줄로 요약할 수 있다는 것도 안다.

하지만 이제는 당시의 감정과 상태를 알알이 토해 깨끗이 씻어 널어놓아야, 감정을 스스로 온전히 들여다보아야, 그 감정들이 모두에게 읽히도록 꺼내어 햇볕을 쬐고 건강하게 바싹 말려야, 다음 주기로 또 씩씩하게 웃으며 걸어 들어갈 수 있으리라 생각한다.

나는 이제, 스스로 완벽하지 않다는 사실을 인정하고 실수한 나 자신을 보듬고 안아주고 싶다. 과오를 덮지 말고 미화하지 말고 있는 그대로 받아들여 더 나은 내가 되기 위해 노력하고 싶다. '인정'받고 '사랑'받고 싶은 동기가 아닌, 엄마에게 보내드릴 생활비를 벌어야 하는 이유가 아닌, 진정으로 내가 잘할 수 있고 또 즐기는 일을 향한 굵고 힘찬 새로운 점을 앞으로의 내 인생에 찍고 싶다.

그리하여 서른, 나는 퇴사했다.
이 한 줄의 변이 이토록 길었다.

결혼 vs. 여행

선임

세계여행을 준비하며 가장 많이 들었던 말은 "어쩜 그렇게 용기 있는 결단을 내리셨어요?"였다. 당시에는 나름의 개똥철학을 두서없이 버무려, 언뜻 들으면 멋있어 보이지만 실상을 알면 뜬구름 같은 답변 따위를 내놓았다. 그때는 정말 내가 용기 있는 사람인 것 같다는 착각도 했고, 모두에게 그런 말을 듣다 보니 정말 그런 것도 같았고, 내가 정말 그런 사람이었으면 하고 바라기도 했다. 이런 마음들이 앞뒤 없이 뒤섞여 허세조차 부릴 재간이 없을 때는 그저 말없이 미소 짓는 것으로 대답을 대신했다.

사직서에 써낸 퇴사의 사유는 '여행'이었지만, 사실이 아니었다. 나는 여행을 가기 위해 퇴사한 것이 아니라, 퇴사하기 위한

구실로 여행을 택했다. 당시 누구에게도 말하지 못했지만, 이것
이 엄연한 사실이다.

더는 견딜 자신이 없어 퇴사를 떠올렸을 때, 가장 먼저 든 생
각은 '명분'이었다. 으레 이러한 결정에는 대단한 용기가 필요
하다고 생각해왔는데, 막상 내 일이 되고 보니 그것은 용기 이
전에 그럴듯한 명분이 필요한 일이었다. 사직서를 내던지고 회
사를 박차고 나왔을 때 모두가 물어올 "그래서 이제 뭐 할 건
데?"라는 공격을 받아낼 방패 하나쯤은 있어야 했다.

걱정은 하나 더 있었다. 남편도, 다른 자식도 없이 달랑 딸 하
나가 전부인 엄마였다. 나는 엄마의 남편이자, 아들, 삶의 이유
와 명분이었다. 그 사실의 무게가 버거워 자주 외면하긴 했지
만, 한 번도 잊은 적은 없었다. 내가 회사를 그만두고 나왔을 때
그녀가 집 앞 슈퍼에서 마주치는 윗집, 아랫집 엄마들에게 받을
질문들이 상당히 구체적으로 그려졌다.
"아니, 딸내미 회사 그만뒀다며? 시집 갈 나이 안 됐어? 이제
뭐 할 거래?"
던지는 사람에게는 별 뜻도 관심도 없는 물음이겠지만 받는
사람에게는 공격일 그 질문들에 엄마가 당황하지 않기를 바랐

다. 물론 애초에 당황할 일을 만들지 않는 것이 최선임을 모르는 바 아니었다. 회사 잘 다니고, 적당한 나이에 좋은 사람 만나 결혼해 귀여운 손주를 안겨드리는 것이 내가 그녀에게 줄 수 있는 최선의 행복이 아닐까. 여러 밤을 새며 고민했다. 하지만 엄마를 위하기에는 내 숨이 턱 끝에 차 있었다. 결국 '엄마가 궁극적으로 바라는 것은 내 행복이지 않을까'라고 자위하며 엄마에게 쥐어줄 '명분 방패'를 마련하기로 했다. 그러자 불현듯 스물둘 어스름한 새벽녘 홍대 앞 놀이터에서 내 친구 멋지와 했던 약조, '세계여행'이 머릿속에 떠올랐다.

유난히도 여행 취향이 잘 맞던 녀석과 했던 약속.
'서른 전에 세계여행을 하자!'
마침, 내 나이 서른! 이보다 근사한 명분이 어디 있는가! 세계 일주를 떠나겠다고 던지는 사직서라니! 하지만 그 명분은 손에서 놓친 헬륨 풍선처럼 가벼웠다. 실현 가능성은 멀어 보였다. 그것보다 현실적인 방패 마련이 필요했다.
시장조사(?)를 해보기로 했다. 표본 집단은 사회생활 4~5년 차가 되어가던 주위 친구들과 선후배였다. 역시나 그들도 서서히 지쳐가고 있었고, 다들 제 나름의 방패들을 꾸리느라 여념이 없었다. 지루한 현실을 이겨내는 방편으로 그들이 선택하는 길은 이직, 창업, 학생으로의 회귀, 결혼 등이었다. 물론 개중에는 새로운 길을 찾아 나서는 모험과 안주한 삶에서 오는 평안함 사이를 저울질하다 자발적으로 후자를 택하는 이도 있었다. 내 경우에는 안주하는 것으로는 평안을 찾을 수 없었기에 다른 방편들을 자세히 검토하기 시작했다. 이직과 창업은 깜냥도 없고 자신도, 의지도 없어 단번에 포기했다. 공부는 두 번 다시 하고 싶지 않았기에 학생 신분으로의 회춘도 땡. 현실적으로 시도해볼 만한 것은 결혼뿐이었다. 마침 당시 만나던 남자친구도 결혼을 원해서 칼자루는 온전히 내 손에 쥐어졌다. 하지만 어쩐지 결혼 카드로 쉽사리 손이 가지 않았다. 사랑하는 사람과 가정을 이루고 싶은 희망과 설렘보다는 전업 주부가 되겠다 선언하면 그 어떤 질문이나 공격을 받지 않고 퇴사할 수 있을 거라는 욕구가 더 컸기 때문이었다. 내 마음의 소리를 나는 모를 수 없었다.

서른의 직장인 여성. 누가 보아도 결혼이, 세계여행보다는 훨씬 더 현실감 있는 답안이었다. 하지만 결혼 : 여행이 98 : 2인 이 선택에서 나는 도통 98의 손을 잡지 못하고 있었다. 98퍼센트의 이성적 선택지를 취하기에는, 2퍼센트의 감성적 망설임이 더 셌다. 웨딩드레스의 디자인보다 배낭 디자인을 검색해보는 것이 좋았다. 이미 내 나이는 사회에서 말하는 결혼 적령기, 서른이었지만 결혼 대신 서른 전에 해보자 꿈꿨던 세계여행을 해도 되지 않을까 하는 생각이 머릿속을 떠나지 않았다.

　서른, 지금이 아니면 안 될 것만 같았다.

　그 후 만나는 지인들과의 술자리에서 나는 떠나고 말 거라는
다짐을 입 밖으로 내뱉기 시작했다. 그것은 그들에게 하는 말인
동시에 나 자신에게 하는 말이었다. 그 결심이 확고해진 어느
날 퇴근 후, 나는 돼지껍데기 집으로 멋지를 불러냈다.

여행의 이유

불판에서 튀어 오른 돼지껍데기처럼 갑작스러운 말이었다. 방금, 앞에 앉은 선임이가 세계여행을 함께 하자고 말을 뱉은 참이다. 재미있겠다 싶었다. 깊이 생각하지 않았다.

"좋아, 가자!"

고민도 않고 호방하게 날린 답에 오히려 녀석이 놀랐다.

파릇한 스물한 살, 우린 인도에 갔다.

첫 배낭여행으로 택하기에 평범한 여행지는 아니었지만 뜻이 맞는 친구들이 있었다. 종강을 앞두고 맡은 알싸한 이국의 향기에 온몸이 전율했다. 함께 떠났던 네 명 중 두 명은 먼저 인도를 떠났고 남은 두 명은 비행기 표를 연장해가면서까지, 돈이 떨어질 때까지 인도에 남았다. 후자의 두 명이 바로, 나와 선임이다.

그 짜릿했던 첫 경험은 상당한 후유증을 동반했다. 뉴델리 공항을 나서자마자 온몸을 휘감던 인도인들의 뜨거운 시선, 아그라 버스정류장에서 주머니 속 잔돈을 탈탈 털어 사 먹던 찐 감자의 뜨거운 맛, 바라나시 강가에서 숙소로 돌아가던 미로같이 복잡한 골목의 냄새, 카레 라면을 끓여주시던 인도 아주머니의 푸근한 미소, 눈이 닿는 모든 하늘을 뒤덮던 쿠리사막의 별까지. 눈을 감으면 당장 여행의 모든 순간이 눈앞에 있었고, 손에 잡혔다. 한국에서 보내는 1년 치 일상을 다 합쳐도 따라잡을 수 없을 강렬한 감각의 인지랄까. 남들과는 다른 중력과 시간의 방에 다녀온 느낌이었다.

선임이와 나는 그 반짝이는 순간순간들을 빛이 바랠 만큼 하염없이 추억했다. 그리고 스물셋, 우리는 당차게 휴학계를 던졌다. 이유는 당연히 여행이었다. 1년의 휴학 기간 동안 첫 6개월은 아르바이트로 각자 여행 경비를 벌었다. 마침내 통장에 계획했던 숫자가 찍혔다. 곧장 이집트를 시작으로 요르단과 시리아를 거쳐 터키까지, 두 달간 배낭여행을 떠났고 오감을 살랑살랑 건드리는 그 간지러운 감각을 마음껏 즐기고 돌아왔다.

대학을 졸업하고 각자 자기 자리에서 일을 하게 되었다. 적은 쏨쏨이에도 돈은 늘 부족했지만 그래도 괜찮은 삶을 살고 있다고 생각했다. 집에 가면 날 사랑하는 부모님이 있었고, 전화 한 통에 달려 나와 술잔을 기울이며 내 시름을 닦아줄 친구들도 있었다. 어떤 일을 하고 싶은지 알았고, 하고 싶은 일을 했다. 사소한 것에 감사할 줄 알았고, 꽤 멋진 가치관을 가지고 있다 여겼다. 가끔 여행의 순간들이 떠올랐지만 발등 앞에 떨어진 순간의 삶을 허겁지겁 사느라 금세 생각을 치워냈다. 나를 되돌아보지 않았다. 미래를 꾸리지도 않았다. 그저 삶이 여행에서 점점 멀어지고 있다는 것만 희미하게 눈치채고 있었다.

가끔 선임이와 만나 술잔을 기울일 때면 술버릇처럼 "우리 서른 전에 세계여행 가야지" "그럼, 당연하지!" 따위의 대화를 나눴다. 언젠가는 진짜 떠나려고 이야기를 꺼낸 건지, 아직 재미있는 꿈을 간직한 사람이고 싶어 괜히 던져본 건지, 찬란했던 청춘을 추억하고 싶어서였는지 정확하게 모르겠다. 어쩌면 그 전부였던 건지도.

그렇게 스물아홉 살이 되었다. 여전히 집에는 날 사랑하는 부모님이 있었고, 전화 한 통에 달려 나와줄 친구들도 있었다.

그러던 중 뒷방에 묵혀둔 약속을 선임이가 꺼냈다. 잠잠했던 여행의 기억이 출렁였다. 바로 앞에 주어진 삶만 살아내느라 외면하고 있었지만 어쩌면 몇 년간 꾸려놓은 관성에서 벗어나기 무서웠는지도 모른다. 누구보다 배낭 하나 덜렁 메고 떠나고 싶었는지도 모른다. 용기가 없어서 먼저 말을 꺼내지 못했을 뿐인지도. 그렇게 해묵은 다짐과 꿈이 현실의 돼지껍데기 불판에 올라오는 순간 우리는 떠나야 했다.

드디어 말씀드리다

긴 여행을 준비하는 단계에서 무엇보다 진지하며 조심스러운 일
은 바로, 부모님에게 여행 계획을 말씀드리는 일이었다. 알 만한
사람은 다 아는 나의 세계여행 계획을 모르는 단 두 사람인 우리
엄마, 아빠. 그들에게 말을 꺼내야 하는 때가 오고야 말았다.

프레젠테이션을 해볼까, 폼 나게 기획서를 써서 결재를 올릴
까, 절절하게 편지를 써서 보여드릴까 등등의 안건을 고민했다.
최대한 부모님이 덜 놀라실, 그리고 납득하실 상황을 만들고자
머리를 굴리던 차, 이가 빠지고 다시 나는 꿈을 꾸었다.
'이 빠지는 꿈은 안 좋다던데⋯⋯.'
아침부터 꿉꿉한 마음에 해몽을 찾아봤다. 그런데 이게 신경

쓰이던 문제가 해결되는 꿈이란다. 그 순간, 이때다 싶은 마음이 들어 바로 거실에 계신 부모님 앞에 앉았다. 그리고 본론부터 직구로 날렸다. 선임이와 여행하면서 썼던 내 일기들을 촤라락 펼치면서.

"어때? 재미있지? 나 세계여행하면서 이런 거 더 해보려고."

장난인 줄 알고 웃으시던 아빠는 이내 방으로 들어가셨고, 엄마는 내 옆에서 한숨만 푹 쉬셨다. 난 또 그게 억울해서 사탕 뺏긴 꼬마처럼 목젖까지 내놓고 꺽꺽 울어댔다. 본디 말을 잘 못 하는 내가 앞뒤 다 자르고 하고 싶은 말만 와다다다 뱉어댔으니 그 꼴이 어땠겠는가. 설득력은 이미 지구 저편으로 날아간 후였다.

한바탕 운 뒤, 출근한답시고 집 밖으로 나왔다. 정신을 차려 보니 얼굴이 화끈거렸다. '퇴사'와 '세계여행'이라는 큰 결정을 부모님과 상의 없이 내린 걸로도 모자라 일방적인 통보까지 했다. 그것만으로도 충분히 서운하고 화가 나셨을 텐데, 어린애처럼 내 마음 알아달라고 눈물, 콧물 짜내다가 휙 나와버렸으니…… 팔아먹을 게 없어서 고물상에 철을 팔아넘긴 게냐. 청춘의 패기로 봐달라고 하기에 내 나이는 부모님께 결코 적지 않았다. 그렇기에 어느 정도 여행에 관한 윤곽이 잡힌 후에 말씀드리려고 한 것인데, 선포가 되어버렸으니 모양새가 매우 좋지 않았다.

퇴근 후, 죄송함과 진심을 담아 중학생 이후로 처음 손편지를 썼다. 편지를 꼭 쥐고 현관문 앞에 서성거리며 다시 몰아칠 폭풍에 잔뜩 겁먹고 있자니 철없는 내 꼬락서니에 한숨만 나왔다. 뭐, 미룬다고 될 일도 아니고 집 앞에서 노숙할 순 없으니, 들숨 한 번 크게 들이쉬고 아무렇지 않은 척 문을 열었다.

아무 일 없었다는 듯, 평화로운 집 안. 아침에 내가 던져놓은 돌덩이의 무게는 어디에도 없었다. 이게 바로 폭풍 전야라는 것인가. 조용히 방으로 들어가 옷을 갈아입고, 욕실에서 손과 발이 닳도록 비누칠을 해대고, 이가 갈리도록 양치질을 해보고, 더는 시간을 끌 수 없을 것 같아 거실로 나가 동태를 살폈다. 안방에서 뉴스 시청 중이신 아빠 옆에 편지를 놓고 나와 다슬기 속을 빼고 계신 엄마 앞에 슬며시 자리 잡고 앉았다. 이쑤시개를 하나 집어 조용히 다슬기 속을 파내며 생각해보니 엄마와 마주 앉아 있는 것이 실로 오랜만이었다.

"넌 항상 너 혼자 결정하고 통보해. 엄마 생각은 안 해? 예전이나 서른이나 달라진 게 없어."

정적의 시간이 계속되고, 어떤 말부터 꺼내야 할지 고르고 또 고르고 있는데 엄마가 먼저 말문을 여셨다.

"그래, 어디어디 가려고? 선임이 어머니는 뭐라고 하셨대?"

"……."

"엄마는 너 그렇게 보내는 거 싫다……. 정말 싫어……."

이미 또래들과는 사뭇 다른 인도, 이집트, 요르단과 같은 여행 취향을 지켜보셨던 바, 긴 여행에 나의 건강과 안전이 걱정되셨을 것이다. 평범치 않게 흘러가려는 딸내미의 미래까지.

죄송하고, 고맙고, 또 죄송하고…….

내 잠옷의 별무늬만큼 눈물이 뚝뚝 떨어졌다. 고개 푹 숙이고 다슬기 살을 빼내는 데에만 집중하는 척했다. 그렇게 진지하고 담담하게 엄마와 대화를 나누며 잘디 잘은 다슬기를 반찬 통 하나 가득 채우고 나니 손끝에 밴 그 향이 쉽게 지워지지 않았다.

아침에 일어나니, 어제 모녀가 마주 앉아 열심히 파냈던 다슬기가 가득 든 배춧국이 큰 냄비로 바글바글 끓으며 구수한 냄새를 풍기고 있었다. 뜨끈한 다슬기 배춧국으로 아침을 든든하게 채웠다. 그리고 이튿날, 욕실에 들어가시던 아빠가 고개를 빼꼼 내미시더니 "언제 떠날 거냐" 하고 물으셨다.

받아들이신 건가? 확신할 수는 없었지만 나는 다시 말을 꺼내지 않았고, 부모님도 더 이상 묻지 않으셨다. 그 후로 내 여행은 소리도 없이 가족들 사이에서 기정사실화 되었다. 어찌 부모님이라고 고민이 없으셨겠는가. 그럼에도 말없이 믿어주신 당신들께 다짐했다. 건강히 돌아오겠노라고.

함께 갈 수 있을까?

회사를 박차고 나와 그 어떤 소속 하나 없이 '백수'라는 타이틀을 달게 된 후 불안감은 시나브로 제 몸집을 불려 거칠게 나를 공격하기 시작했다. 느지막이 일어나 하릴없이 빈둥대며 지난 5년간의 회사 생활 동안 누려보지 못했던 자유로움을 만끽하면서도, 한편으로는 끝없이 막막했다. 세계여행을 떠나자고 멋지에게 이야기한 후에도 '시간은 자꾸 흘러만 가는데 해놓은 것은 없고 도대체 이 여행을 떠날 수 있기는 한 걸까' 하는 생각에 편두통을 앓았다.

그중 가장 나를 환장하게 만드는 포인트는, 이 모든 길을 스스로 선택했기에(심지어 모두가 뜯어말림에도 불구하고) 그 누구에게도 불평할 수 없다는 사실이었다. 조언조차 구하기 어려웠다. 대체 누가 조언해줄 수 있단 말인가. "다 잘되겠지, 뭐" 하고 겉으로는 웃으며 속으로는 타는 목을 축여야 했던 빛 좋은 개살구 같은 그날들. 내가 불만을 쏟아낼 수 있는 유일한 존재는 함께 떠날 동행자, 멋지뿐이었다.

뭐라도 해야겠다는 생각은 들지만 아무것도 하고 싶지 않은 무력감, 더 정확히는 뭘 어떻게 해야 할지 모르겠는 막막함. 그 속에서 내가 하는 일이라고는 그저 오전 내내 침대에 누워 스마트폰이나 노트북으로 훑은 수박 겉핥기식의 여행 관련 정보들을 멋지에게 보내는 것이 전부였다. 그 당시 멋지는 맡고 있던 큰 프로젝트 탓에 사직서를 내지 못하고 있었는데, 그런 이유로 녀석은 출근 시간부터 한밤중까지, 나의 뭐 어쩌라는 건지 모를 문자 폭탄들을 받아내야 했다.

처음 얼마간은 '내가 더 시간이 많으니 먼저 알아보고 준비하면 되지'라고 생각했다. 하지만 어느 순간부터 그런 여유가 나오지 않았다. '당최 저 녀석은 떠날 마음이 있기는 한 건가'라는 색안경을 끼고 멋지의 모든 행동을 비뚤게 해석하기 시작했다.

평소 같으면 낄낄 웃어넘겼을 녀석의 장난 섞인 메시지에도 '저럴 시간 있으면 일찍 퇴근하고 뭐라도 좀 알아보지, 나는 온종일 이것저것 찾아봤는데' 하며 서운해했다. 여행에 도움이 될 만한 강연이나 정보를 찾아 보여주면, 녀석에게서 돌아오는 반응은 늘 '좋아! 하자! 가자!'였다.

생각해보면 멋지의 그런 면이 나와 잘 맞아 지난 세월 그리 붙어 다녔고 이 여행도 함께 계획한 것이다. 하지만 모든 일이 그러하듯, 그 중요한 진실은 나의 일그러진 필터에 희석되어 날아가 버렸다.

'생각도 안 해보고 좋다는 거야? 알아보지도 않고!'

처음에는 이러다 말겠지 했다. 우리가 한두 해 함께한 것도 아니고 멋지는 내게 가장 편한 존재였으니까. 하지만 떠날 날짜가 임박해올수록 나의 불안감은 가파르게 상승했다.

'이럴 거면 서로 스트레스 받지 말고 각자 떠나자고 말할까?'

'아니지, 나 혼자 뭐 잘났다고 이 난리인가. 기다려보자.'

'하지만 내가 화제를 꺼내지 않으면 여행에 대해 전혀 말하지 않잖아.'

'떠날 마음이 없는 놈을 내 욕심에 질질 끌고 가는 건가?'

'아니야. 그럴 리 없어. 내가 녀석을 모르는가. 기다리자.'

하루에도 몇 번이나 마음이 오락가락했지만 언제나 결론은 '기다려보자'였다. 그러나 내가 짜증을 내는 횟수가 쌓이자, 녀석이 심상찮은 기운을 느끼기 시작했다. 지난 세월 동안 함께 인도, 터키, 이집트 등을 한두 달씩 여행했을 때도 겪지 않았던 팽팽한 기류가 멋지와 나 사이에 흘렀다. 메시지와 전화도 줄어들었다.

그러던 어느 날, 녀석과 술병을 앞에 두고 마주 앉았다. 그리고 나는 가슴속 깊이 묻어두었던 말을 기침처럼 내뱉었다.

"나 너랑 따로 떠날 생각을 하고 있어."

녀석의 커지는 동공과 그보다 더 큰 침묵.

불타던 연애의 아픈 이별보다 갑절은 견디기 어려운 순간이었다. 나는 애꿎은 술잔만 만져댔다. 무겁게 깔린 정적을 깨고 멋지가 처음으로 뱉어낸 말은, "미안하다"였다.

흔히들 여행이 좋은 이유로 자신을 온전히 알게 된다는 것을 꼽는다. 쳇바퀴처럼 돌아가는 일상에서는 쉽게 발현되지 않던 날것 그대로의 자아가 새로운 환경에서 주머니 속의 송곳처럼 고개를 쳐드는 것이다. 하지만 내 주머니의 송곳은 비행기도 타지 않았던, 여행을 준비하던 시기에 고개를 쳐들고 말았다.

나는 스스로를 무던하고 예민하지 않으며, 즉흥적으로 삶을 사는 캐릭터라 여겨왔다. 여행 또한 하나하나 계획하기보다는 되는 대로 그 상황을 즐기는 스타일을 선호했다.

학창시절의 배낭여행 또한 무계획적이었다. 여행을 준비할 때도 항공권 발권과 가이드북 구매, 그 두 가지 이상은 하지 않았다. 그마저도 가이드북은 목적지로 향하는 비행기 안에서야 첫 장을 펼쳐보았을 정도였다.

공항 문을 나서는 순간 닥쳐오는 '이제 뭘 어떻게 타고 어디로 가야 하지?'라는 커다란 막막함과 약간의 두려움, 감당하기 힘든 설렘. 그것들이 어지럽게 섞여 나를 덮쳐올 때, 그 짜릿한 전율을 느끼는 것으로부터 나의 여행은 시작되었다. 그 대부분의 시간을 함께한 멋지는 이런 나의 여행 스타일에 120퍼센트 부합하는 캐릭터를 지닌 사람이다. 그랬기 때문에 나는 조금의 의심도 없이 세계여행은 멋지와 해야 한다고 생각했다. 함께 장기 여행을 하기에 녀석은 전 세계 70억 인구를 통틀어 나와 가장 잘 맞는 '무계획'적인 인간이었으니까. 하지만 이번 여행을 준비하면서 나라는 사람이 즉흥적인 인간만은 아님을 절절히 깨달았다. 아니, 적어도 오랜 친구 멋지보다는 아니었다.

나는 다른 친구들보다는 무계획적이고, 멋지보다는 조금 더 계획적이었다. 즉, 나는 멋지보다 더 걱정하는 성격이었던 것이다.

그날, 녀석과 나 사이에는 지난 세월만큼 많은 술병이 쌓였다. 그리고 지난 10여 년의 세월 동안 오가지 않았고 오갈 필요도 없던 진한 대화가 이어졌다. 20대 때와 달리 변해버린 각자의 모습과 끝내 변하지 않을 서로의 성정을 깊이 있게 탐구하는 시간이었다.

결국, 멋지와 나는 함께 떠났다. 여행을 떠나기 전에도, 여행 중에도, 여행이 끝난 후에도 많은 이들이 묻는다. 싸우지는 않느냐고. 친구 둘이, 그것도 여자 둘이서 세계여행을 하는 건 참 드문 일이기에 빠지지 않는 질문이다. 그때마다 핏대를 세우며 외친다.

"제가 저 친구를 많이 이해해주죠."

뒤이어 질세라 멋지가 외친다.

"웃겨, 내가 이해하는 거지."

세상에서 가장 잘 맞는 것 같으면서도 여전히 순간순간 나는 멋지를 이해할 수 없다.

잠은 왜 그리 많이 자는지, 영어와 스페인어는 고사하고 한국말은 왜 늘질 않는지, 급성 공복은 어째서 시도 때도 없이 발현되는지, 방광은 또 얼마나 수줍은 크기기에 10리도 못 가 화장실 타령인지.

그러나 그보다 더 많은 순간순간 나는 멋지에게 고마운 마음이 든다. 떠나기 전 내 짜증을 묵묵히 받아주며, "미안하다"라고 말해준 녀석이. 남들이 보면 정신 나간 처자들처럼 서로 장난치며 세계 길바닥에서 꺽꺽대며 함께 웃는, 이 길을 함께 걷는 녀석이.

여행 중 소원을 빌 때가 있다. 별똥별을 보게 될 때나, 호수에 동전을 던질 때, 돌탑 위에 작은 돌멩이를 조심스레 올릴 때. 그때마다 엄마의 건강과 행복에 이어, 항상 이 소원을 빼놓지 않았다.

'꼭, 멋지같이 잘 맞는 남편을 만나게 해주세요.'

이제 우리는, 각자 남자만 잘 만나면 될 것 같다.

이 마지막 문장이, 이 글의 주제다.

남들과는 조금 다른 여행 준비

선임

40리터. 삶에 필요한 모든 것을 챙겨야 하는 우리에게 허용된 용량이었다. 이유는 간단했다. 그 크기의 배낭을 샀기 때문이다. 미리미리 준비해두었으면 좋았으련만, 최장 2년을 계획하고 가는 여행 짐을 챙기기 시작한 시점은 떠나는 비행기가 뜨기 몇 시간 전이었다. 사람 하나 없는 무인도나 오지만 헤매고 다닐 것이 아니라면 생활에 필요한 모든 것은 대부분 현지에서 구해도 되지 않겠냐는 핑계가 있었다. 의외로 현지에서 구하는 물품이 질 좋고 저렴한 경우도 많다지 않은가!

 그런 우리가 세계여행을 앞두고 한국에서 준비했던, 남들과는 조금 달랐던 준비 사항을 열거하고 추천해본다.

1. 겨드랑이 레이저 제모

더운 날 자신 있게 두 손을 번쩍 들 수 있도록 해줄 겨드랑이 레이저 제모! 물론 해외에서는 여성도 제모를 하지 않는 경우가 있다지만, 뼛속 깊이 겨드랑이 털에 대한 터부가 있는 사람으로서 매끈하지 않은 겨드랑이는 괜한 자존감 하락을 동반한다. 현지에서 매번 제모하는 건 불편할 테고, 제모용 제품을 가지고 다니기도 여의치 않겠다고 판단했다. 누가 뭐라 해도 이런 미용 관련 기술은 명실공히 대한민국이 최고이지 않은가!

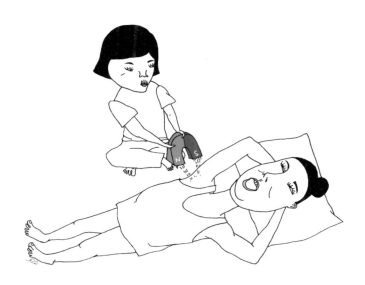

2. 며칠 감지 못해도 티 나지 않는 헤어스타일

출발 직전, 허리까지 내려오던 긴 머리카락을 싹둑 자르고 뽀글뽀글 파마를 했다. 며칠 못 감아도 티가 덜 나는 스타일로 주문한 결과였다. 머리카락은 화수분 같으니 장기 여행을 하다 보면 어느새 다시 장발이 될 것 아니겠는가?

3. 한 번도 쳐본 적 없는 우쿨렐레

장기 여행은 자고로 심심함과의 전투. 놀거리가 없을 때 악기는 무엇보다 좋은 장난감이 되리라 생각했다. 생애 현악기를 단 한 번도 다뤄본 적 없지만 개의치 않고 가장 작은 크기의 우쿨렐레를 배낭 귀퉁이에 동여매고 떠났다. 여행 내내, 인터넷이 연결될 때마다 유튜브 강좌를 보고 독학하며 신나게 퉁겨댔다. 별것 없는 풍경에도 음악이 깔리면 근사해진다. 말이 잘 통하지 않는 외국인 친구들과 허물없이 어울릴 때도 효과 만점! 짊어지고 다녀야 하니 크기가 작고 쉽게 연주 가능한 우쿨렐레, 하모니카, 오카리나 등이 적합하다. 당연히 드럼, 거문고, 하프 등은 곤란하지 않을까?

4. 캘리그래피용 펜 / 캐리커처용 연필 등

무엇인가 그리거나, 쓰거나, 만드는 데 재주가 있다면 재료를 챙겨가자. 여행 중 고마운 사람들을 만났을 때 이보다 좋은 선물은 없다. 그들의 이름을 한글로 써주거나 얼굴을 그려주거나, 뭐라도 만들어주면 두고두고 좋은 추억을 선물할 수 있다. 경비가 떨어졌을 때는 돈 버는 수단으로도 진가를 발휘한다.

캘리그래피를 할 줄 아는 나는 전용 펜을, 캐리커처를 그릴 줄 아는 멋지는 연필을 챙겨 넣었다.

2장

서른,
결혼 대신
야반도주

718일, 야반도주의 여행 경로

CUBA
MEXICO

SPAIN
PORTUGAL
MOROCCO

PERU
BOLIVIA
CHILE
COLOMBIA
ARGENTINA
PARAGUAY
BRAZIL

VIETNAM
CAMBODIA
THAILAND
LAOS

INDIA

SOUTH AFRICA
NAMIBIA
BOTSWANA
ZAMBIA
ZIMBABWE
TANZANIA

AUSTRALIA

SPAIN

액땜 컬렉션

마 드 리 드 MADRID

비행기 탑승조차 못 할 뻔했던, 인천공항에서의 화려했던(?) 출국 쇼 끝에 대망의 첫 여행지, 스페인 마드리드에 도착했다. 아홉 시간의 비행 후 모스크바에서 환승, 다시 다섯 시간의 비행 끝에 이룩한 쾌거다. 하지만 사실 '마드리드공항'에 도착했다고 하는 것이 맞다. 공항 밖으로 나가지 못했으니 말이다.

짐을 찾고 입국 수속까지 마친 시각은 대략 밤 11시 반. 사람들이 바삐 오가는 공항 한가운데에 우뚝 서 '이제 어디서부터 뭘 어떻게 해야 하지?'란 생각을 하고 있는 걸 보니, 정말 이 여행이 시작된 것 같다.

그제야 마드리드 시내까지 가는 방법과 인근 숙소를 알아보기 시작했다. 둘 다 미리 준비하는 성격이 아니긴 하지만 첫날 몸을 누일 숙소조차 예약하지 않았다니……. 그래도 다행인 것은 준비는 잘 안 하지만, 예약하는 행위와도 거리가 멀지만, 위험을 감수하는 '무모함'은 둘 다 없다는 점. 이 늦은 시간에 숙소를 찾으러 돌아다니는 무모함 대신 공항 노숙을 하기로 결정했다.

주위를 둘러보니 우리처럼 공항에서 하룻밤을 도모하려는 이들이 많았다. 질세라 우리도 탐색에 나섰다. 얼마쯤 공항을 뒤지고 다녔을까. 유리창과 벽 사이에 있는 두 평 남짓의 아름다운 공간을 발견했다. 뒤로는 벽이, 멀지 않은 곳에 물이 흐르는 화장실이 있으니 배벽임수 정도로 칠 수 있겠다. 돌침대 같은 바닥 질감 또한 별이 다섯 개. 자물쇠로 단단히 동여맨 배낭을 발아래 배치했다. 보조 배낭은 침낭 안에 넣어 애착인형처럼 안고, 목베개를 베고 누워보니 안전과 안락 두 마리 토끼를 다 잡은 듯 나름 편안한 숙면 환경이 조성되었다.

다음 날 아침, 뻣뻣하게 굳은 어깨와 함께 대망의 첫 숙소를 찾아 씩씩한 발걸음을 옮겼다. 다행히 어렵지 않게 저렴한 숙소를 찾아냈다. 대견함도 잠시, 체크인하려는데 멋지가 믿고 싶지 않은 말을 꺼냈다.

"선임아…… 이상하다……. 내…… 여권이 없네……?"

문장의 진의를 파악하느라 몇 초간의 정적이 흘렀다. 아냐, 그럴 리 없어. 다시 찾아봐. 샅샅이 뒤지라고! 현실을 부정하며 모든 짐을 풀어헤쳤다. 다 있다. 여권 빼고. 초조함의 냄새가 짙게 깔렸다. 마지막으로 여권을 펼쳤던 장소를 떠올려보았다. 그래, 거기다. 공항의 환전소. 환전 절차상 여권을 제시하지 않았던가. 거기 없다면 망할…… 생각하고 싶지도 않다.

별수 없이 너덜너덜한 몸을 일으켜 다시 공항으로 갔다. 조금 전에 떠나온 그곳으로 말이다. 콩닥거리는 마음으로 도착한 환전소에는 하늘이 도왔는지 멋지의 여권이 있었다. 여권을 받아 들고 쑥스럽게 웃는 멋지의 얼굴에 침 대신 잔소리를 퍼부었다.

"이제 시작인데 이렇게 정신 놓아서 되겠어? 이게 뭐냐, 돈 들이고 시간 들이고. 피곤한데 쉬지도 못하고."

아아, 단언컨대 나는 그러면 안 되었다.

드디어 본격적인 여행에 나선 다음 날. 힘차게 출격한 곳은 마드리드에 있는 마요르 광장이다. 대망의 여정을 한번 시작해볼까! 한껏 여행자 티를 내며 시내 지도를 얻기 위해 걸음을 옮기던 그 순간…….

툭.

무언가가 내동댕이쳐지는 소리가 들렸다. 뒤돌아보니 바닥에 어디서 많이 본 사람의 사진이 있었다. 그 길쭉한 얼굴이 바로 나임을, 내 사진이 붙은 여권이 바닥에 펼쳐져 있음을 알아차리는 데는 많은 시간이 걸리지 않았다. 그리고 깨달았다. 누군가 내 가방을 열었다는 것을. 황급히 가방을 뒤졌다. 또 하나 깨달았다. 지갑이, 없어졌다.

소매치기였다. 누군가 내 가방을 열고 지갑을 빼가는 도중 여권이 떨어진 것이다. 바들바들 손을 떨며 애초 목적지인 투어리스트 인포메이션 센터로 향했다. 직원에게 상황을 설명하고, 은행에 연락을 취해 카드들을 정지시켰다. 마지막으로 시내 지도를 얻어 경찰서의 위치를 확보했다.

그렇게 세계여행의 첫 방문지는 마드리드의 경찰서가 되었다. 저마다의 사연을 가지고 대기 중인 스페인 국민들 사이에 한자리를 꿰차고 앉으려니 어이없음과 떨림이 오묘한 감정을 만들어냈다. 손톱을 물어뜯으며 기다린 끝에, 사건 경위를 설명할 수 있었다.

사람의 잠재적 능력은 위기 상황에서 제빛을 발한다. 지지리

모자란 영어 실력이건만, 다급하다 보니 중학생 시절 배운 표현들까지 모조리 소환되었다. 지갑 속에 있던 물품들을 찬찬히 복기했다. 국제현금카드와 각종 신용카드들. 그리고 얼마간의 달러와 유로, 한화. 카메라 메모리 카드와 그 언젠가 멋 내고 싶을 때를 위하여 지갑 안쪽 주머니에 소중하게 챙겨두었던 진주 귀걸이 한 쌍까지. 가장 안타까웠던 것은 초등학교 동창 녀석이 2년간 지니고 다닐 테니 좋은 것 선물하겠다며 거금을 들여 사준 지갑이었다.

미안하다, 친구야. 그 지갑, 나 이틀 썼다……

인천공항 출국 사건부터 공항노숙, 멋지의 여권 분실, 그리고 소매치기까지…….

어두운 경찰서 안에 쭈그리고 앉아 그간의 일들을 차근차근 떠올리다 보니, 액땜 컬렉션 책자라도 제작해야겠다는 생각이 든다. 이 정도로 유난스레 여행의 포문을 열었으니 당분간 꽃길만 걷고 싶다. 진심이다.

우리의 산티아고 1

카 미 노 데 산 티 아 고 CAMINO DE SANTIAGO

나는 지금 술집에 '혼자' 앉아 있다. 멋지 없이 혼자.

가쁜 숨을 고르며, 쑤시는 오금을 매만지며, 지난 며칠을 되돌아본다.

삶을 돌아보고 싶을 때 찾아가는 길. 눈물로 떠나 웃으며 돌아오게 되는 길. 카미노데산티아고. 그 순례자의 길을 걷기로 했다.

배낭을 짊어지고 세계여행을 떠나온 지 4일 차에 내린 충동적인 결정이었다. 예기치 않은 사건들로 여행의 시작을 파란만장하게 수놓은 후 스스로가 한심해서 견디기 힘들었다.

나름 세계여행인데, 최장 2년을 바라보고 떠나온 여행인데, 너무 안일하게 생각한 것은 아닐까. 순간순간 이렇게 문제들이 터지는데 과연 이 여행을 잘 마칠 수 있을까. 이런저런 자책을 하며 침울해지던 중, 어쩐지 심신을 정비한 후 다시 시작해야 할 것 같다는 생각이 들었다. 그리고 갑자기 떠올랐다. 자신을 돌아보게 한다는 그 길의 이름이.

카미노데산티아고는 나를 위로해줄 단 하나의 섬광처럼 다가왔다. 순례자의 길. 이름에서 빛과 향기마저 나지 않는가. 부수적인 조건, 실행 가능성, 기회비용 등을 고려할 여지도 없었다. '머리'가 개입하지 않은 '마음'의 움직임이었으니까.

지금 이 여행은 마음의 움직임에 귀 기울이는 삶을 선택한 결과이지 않은가.

멋지에게 운을 띄웠다. 혹시나 했는데 녀석은 역시나 거칠게 고개를 끄덕이며 동의했다. 이렇게 잘 맞을 수가. 참으로 대책 없는 캐릭터들이다. 생애 한 번 걷기도 어려운, 많은 사람이 수많은 날 준비하여 마침내 부푼 꿈을 안고 경건하게 오르는 그 길을, 전자레인지에 팝콘 튀기듯 우르르 떠나겠다니. 그렇게 우리는 예정에 없던 순례길을 떠나기로 했다.

스페인과 프랑스의 접경지대에 있는 카미노데산티아고는

사도使徒 성 야고보의 유해가 안치된 산티아고데콤포스텔라 Santiago de Compostela로 향하는 순례길이다. 출발지에 따라 크게 일곱 가지 코스로 나뉘는데, 짧게는 600킬로미터부터 길게는 1,000킬로미터가 넘는 긴 여정이다. 전체 구간을 다 걸으려면 보통 한 달 정도가 소요된다고 하는데 우리는 정신 차리는 것이 목적이었으므로 마지막 구간인 111.8킬로미터만을 걷기로 했다. 이마저도, 지난 5년간 집과 회사만을 오가며 다져진 비루한 체력이 걱정됐지만 말이다.

막상 길을 나서려니 등에 짊어진 배낭의 무게가 걱정이었다. 순례길에 오르는 자들 사이에 암묵적으로 전해지는 전설이 있다. 짊어진 짐이 곧 그 생애의 업보라는 것.

우리는 장기 여행자치고 짐이 많지 않았지만, 순례자치고는 월등히 많았다. 하지만 그런 사람들을 위해 목적지인 산티아고데콤포스텔라 우체국에서는 최장 15일간 짐을 보관해주는 서비스를 하고 있다. 그 덕에 우리도 계륵 같은 짐들을 덜 수 있었다.

모든 준비가 완료되었다. 이제 정신 수양 한번 제대로 시작하는 거야. 열정에 과도한 불씨가 붙고, 집 나갔던 의지가 복귀했다. 그것을 기념할 겸 출발 전날 저녁, 축배를 들었다.

그리고 대망의 다음 날. 우리는…… 출발하지 못했다.

짐을 부치러 우체국으로 나선 날은 토요일, 그러니까 주말이었다. 그리고 전 세계 대부분의 우체국은 주말에 운영하지 않는다……

통쾌한 헛웃음이 터졌다. 참 우리답지 않은가.

그래, 열정이 과도했어. 어쩌겠나, 받아들이고 즐겨야지, 뭐.

맥주 두 병으로 다시 한번 전야제를 즐겼다.

월요일 아침, 드디어 첫째 날

이제 정말로 출발이다! 더 이상의 사건, 사고는 없는 거야! 하지만…… 이, 이런……?

생각지도 못한 또 하나의 복병이 눈앞에 강림했다. 문밖에는 비가 내리고 있었다. 멋지다. 정말 완벽하게 멋져. 인생은 영화나 소설과는 다른 이런 빌어먹을 섬세함에 그 생명력이 있나 보다.

괜찮아, 조금 내리다 그칠 거야. 고작 빗방울 따위에 무너지기에는 지난 며칠간 너무 심하게 굴복만 했다. 씩씩하게 우비를 뒤집어쓰고 순례자용 여권을 받기 위해 수도원으로 향했다. 이 여권에 걷는 길의 교회나 레스토랑, 숙소 등지에서 각기 다른 도장을 받는다. 산티아고 길을 꾸준히 걸어왔다는 일종의 증명서인 셈이다. 증명서에 별다른 욕심은 없었지만, 장소마다 특색을 담뿍 담은 도장을 찍어준다니! 소싯적 '참 잘했어요' 스

탬프와 중국집 포도 스티커를 모으던 유별난 수집욕이 고개를 들었다.

비 내리는 수도원에서 순례자용 여권을 발급받아 배낭에 곱게 넣고 저벅저벅, 111.8킬로미터의 첫발을 뗐다. 첫 시작부터 샛노란 화살표가 보였다. 순례자에게 방향을 제시해주는 일종의 표식이다. 도저히 길을 잃을 수 없도록 눈길 가는 곳마다 있는 노란 화살표는 순례길의 상징과도 같다. 길 잃을 걱정 없이 맹목적으로 갈 수 있다는 것이 꽤나 마음에 들었다. 제로에 가까운 공간지각 능력과 시원하게 팔아먹은 방향 감각, 길치계의 우등생으로 그간 얼마나 여행하기 어려웠던가. 나침반과 지도 한 장이면 세계 어디든 찾아갈 수 있는 인간 내비게이터 멋지는 다소 시시하겠지만.

내리던 비는 어느새 그쳤다. 새파란 하늘이 고개를 내민다 싶더니 순례길은 곧 선물 같은 절경을 내놓았다. 빽빽하게 들어선 나무 사이사이로 부챗살 같은 햇살이 들어왔다. 눈앞에 보이는 풍경 그대로의 프레임을 당장 미술관에 전시해도 될 것 같았다. 어쩜 이다지도 아름다울까. 걸음마다 감탄을 떼놓으며 걷다 보니 문득 아무런 목적 없이 자연을 만끽하며 이리 오래도록 걷는 것이 태어나 처음이란 생각이 들었다. 목적지로 향하기 위한 수

단으로써의 길이 아닌, 그 길 자체가 목적인 길. 맺히는 모든 풍경, 느껴지는 모든 냄새, 살갗을 스치는 공기까지도 허투루 보이지 않았다.

초심자답게 이리저리 두리번거리고 들르는 곳마다 순례자용 여권에 스탬프를 찍으며 걸었더니 금세 허기가 졌다. 발도 아팠다. 길바닥에 철퍼덕 주저앉아 양말을 벗고 신발 위에 맨발을 올려놓은 채 1유로짜리 식빵을 꺼내 우적우적 씹었다. 초콜릿 잼 하나 바르지 않은 맨 식빵이 이렇게 고소하고 달다는 것을 처음 알았다.

그날 우리가 걸어온 길은 총 21킬로미터였다. 첫날 성적치고 나쁘지 않았다. 자신의 성과에 다분히 관대한 편인 우리는 스스로에게 칭찬을 아끼지 않으며 순례자들의 숙소인 알베르게를 찾아 짐을 풀었다.

둘째 날

기대를 저버리지 않고 역시나 비가 내렸다.

빗속에서 이틀간 총 45.8킬로미터를 걷고 나니 신발과 정신, 나의 오금과 멋지의 무릎이 사이좋게 망가졌다. 이틀 내내 빵 쪼가리만 뜯어먹어 기력이 쇠했다는 판단에 근처 식당을 찾아

마른 위장에 기름칠을 했다. 정신없이 허기를 메꾸고 몸 상태를 점검했다. 나의 오금은 그럭저럭 달랠 수 있는 수준이었지만 멋지의 무릎 상태가 심상치 않았다. 온종일 인상을 쓰고 걷던 녀석을 내가 모를 리 없었다. 세계여행을 하겠다고 당차게 집을 나온 지 며칠 되지도 않았는데, 초장부터 몸을 망칠 수는 없었다. 끝까지 걷겠다는 욕심이 후에 날카로운 부메랑으로 돌아와 목을 겨눌지도 모를 일이었다. 괜찮다는 멋지를 설득했다.

결국, 멋지는 이곳에서 며칠 쉬며 무릎을 치료한 후 버스를 타고 오기로 했고, 나는 멋지의 몫까지 홀로 걸어 목적지인 산티아고데콤포스텔라로 가기로 했다. 아쉽지만 용단이 필요한 때였다.

셋째 날

순례자의 표식인 조개껍데기를 멋지 것까지 내 배낭에 옮겨 달고 길을 나섰다. 녀석을 두고 가려니 영 마음이 편치 않았지만 나라도 이 녀석 몫까지 완주해내리라 굳게 마음을 다잡았다.

멋지와 만나기로 한 종착지까지는 앞으로 52킬로미터를 더 걸어야 했다. 사흘 후에 만나기로 했지만, 몸도 성치 않은 녀석을 혼자 두기에는 영 마음이 좋지 않아 최대한 빠르게 걸어 이틀 만에 도착할 셈이었다. 감상을 최소화한 채 최대한 빨리, 최대한 많이 걸으려 용을 썼다. 배고픔도 그다지 느껴지질 않았다. 비에 촉촉이 젖은 초콜릿 하나로 간간이 떨어지는 당을 보충해가며 우직하게 걷고, 또 걸었다.

삶을 되돌아보는 길이라는 말이 정말 맞는 것일까. 혼자서 말 없이 걷다 보니 살아온 날들이 머릿속에 파노라마로 재생됐다.

질풍노도였음에 내 영혼 하나 지키기도 버거웠던 10대를 지나, 적어도 타인에게 피해는 입히지 말자는 생각으로 살아왔던 20대. 그리고 이제 서른.

30대에는 주변 사람들과 내가 조금이라도 더 나은 삶을 살았으면 좋겠다. 그리고 바라건대 40대 이후에는 내가 걷지 않은 길에서도, 만나지 못한 사람에게도 긍정적인 영향력을 끼칠 수 있는 사람이 되고 싶다.

그날 걸은 거리는 25.7킬로미터. 목적지까지는 26킬로미터 남짓 남은 상황이었다. 인터넷이 연결되는 곳을 간신히 찾아 미라처럼 누워만 있을 멋지에게 뿌듯한 마음으로 메시지를 보냈다.

무릎은 좀 어떠냐? 나 열심히 걸어서 예상보다 많이 왔다. 어떻게든 내일 도착할 테니 버스 잡아타고 와. 절대 무리하지 말고.

넷째 날

총 여덟 시간을 걸었을 즈음 산티아고데콤포스텔라의 표지
판이 보였다. 마지막까지 젖 먹던 힘을 짜내고 있는데 나를 부
르는 소리가 들렸다. 어제 알베르게에서 만나 친해진 순례자들
이었다. 같은 길을 걷다 보니, 또 만난 것이다. 다시 만나 반갑다
며 맥주 한잔하자는 그들의 요청을 손짓, 발짓하며 거절했다.

멋지가 기다리고 있으니 빨리 가야 했다. 하지만 막무가내로
어깨동무를 하고 들어가는 그들을 마냥 내칠 수는 없었다. 이왕
이렇게 된 거 멋지가 먼저 도착해 잡아놓았을 숙소가 어디일지
알아볼 요량으로 휴대전화를 꺼내 맥줏집의 와이파이에 연결
하는 찰나…… 멋지로부터 온 메시지가 화면에 떴다.

얘가…… 지금…… 뭐라는 거지? 분명 한글이건만 쉽게 이해
할 수 없는 그 믿을 수 없는 문장들을 몇 번이고, 몇 번이고 다시
읽었다. 그리고 가게 사장님을 향해 크게 외쳤다.

"여기 맥주 더 주세요!"

우리의 산티아고 2
카 미 노 데 산 티 아 고 CAMINO DE SANTIAGO

함께 떠나온 지 10일 만에 떨어지기로 했다. 내 조개껍데기까지 대롱대롱 달고 있는 선임의 배낭을 보니 괜스레 눈물이 났다. 가뜩이나 비가 많이 내리는데, 혼자 보내려니 마음이 안 좋았다. 녀석도 아픈 나를 두고 떠나느라 속 시끄러울 테지. 애써 눈물을 집어넣고 대신 잔소리를 쏟아냈다.

남은 52킬로미터는 절대 무리하지 말고 천천히 걸어라. 끼니마다 밥이랑 영양제 꼬박꼬박 챙겨 먹어라. 알베르게 도착할 때마다 꼭 메시지 남겨라. 낯선 이가 질척거리면 못생긴 얼굴을 보여줘라…….

선임이를 배웅하고 나자 침대 위에 놓인 이틀 치의 식량이 눈에 들어왔다. 화장실에 가는 것 외, 모든 걷는 활동을 금한다며 녀석이 사다놓고 간 빵, 소시지, 바나나, 감자 칩, 과일주스와 물 등이었다. 짧은 거리라도 부엌에 들락거릴 일 없도록, 얼마 되지 않는 끼니라도 질리지 않도록, 고심한 흔적이 느껴졌다.

노트북을 켜며 본격적인 셀프 감금 생활을 시작했다. 초콜릿이 발린 빵을 하나 뜯어 먹으며 노트북 속에 저장해둔 전자책을 읽었다. 베르나르 베르베르의 『개미』. 읽고 싶어서 읽는 게 아니라 할 게 이것밖에 없어서 읽는 듯한 느낌에 금세 싫증이 났다. 병정개미가 그의 동료들을 모두 다 이끌고 내 침대 위로 진입하는 듯한 근질근질한 괴로움과 함께 이런저런 생각이 들기 시작했다.

'쩝, 나도 걸어서 산티아고 가고 싶다. 그래, 나 포기하지 않는 오기 있는 인간이다!'

'이제 여행 시작인데, 앞으로 갈 길이 구만 리인데, 지금 몸 챙기는 게 맞지. 그래, 나 포기해야 할 때를 아는 사람이다!'

창밖의 교차로에서 빙글빙글 도는 차들처럼 생각의 뫼비우스 띠가 뱅글뱅글 돌았다. 웃다가, 정색하다가, 넋 놓고 있다 보니 맞은편 침대의 스페인 녀석이 나를 의심스러운 눈초리로 쳐다봤다. 미안, 나 제정신이 아니야.

혼자 견딜 나를 위해 어떻게든 이틀 내 산티아고데콤포스텔

라에 도착하겠다는 선임이의 메시지가 왔다. 혼자 걸어갈 녀석이 문득문득 걱정됐다. 그때부터 계속 휴대전화만 바라봤다. 와이파이는 꿈도 꿀 수 없는 산길을 걷고 있을 테니 당분간 연락이 오지 않을 걸 알면서도.

선임이와 떨어진 지 둘째 날

아침부터 짐을 챙겼다. 오늘은 버스를 타고 선임이와 만나기로 한 장소로 출발하기로 한 날이다. 아무것도 안 하고 누워만 있었더니 무릎도 꽤 괜찮아졌다.

버스 정류장 방향을 확인하고 절뚝거리며 한참을 걸었지만 주변엔 정류장이라고 할 만한 그 무엇도 보이지 않았다. 그저 조용하고 평화로웠다. 행인에게 산티아고로 가는 버스 정류장을 손짓, 발짓하며 물어봐도 내가 가는 길이 맞다는 대답만 돌아왔다. 고개를 갸웃거리며 조금 더 걸어가자 이번에는 순례자의 길 표식인 노란 화살표가 이리로 오라는 듯 눈앞에 나타났다.

'어쩌지? 걸어? 말아? 미친 거 아니야? 걷는다고? 아니, 버스 타러 가다가 이렇게 길이 갑자기 나타난다는 건 걸어보라는 거 아닐까?'

여러 생각들에 복잡해지고 있는데, 바로 옆 성당에서 한 청년이 순례자 여권에 스탬프 찍어줄 테니 받고 가라며 손을 흔들며 소리쳤다.

'그래, 이쯤 되면 이건 걸으라는 신호인 거야. 모든 상황이 그렇게 말하고 있어. 우선 걷자. 진통제 먹으면서 걸어보자. 정 안 되면 버스 타면 되지. 선임아, 기다려라. 내가 간다!'

그리하여 나는 다시 산티아고를 향해 걷기로 했다. 근처 식당에서 와이파이를 연결해 선임이에게 메시지까지 보내고 나니 정말 오롯이 걷는 데에만 집중할 차례였다.

포기하려고 했던 순례길을 다시 걷는다는 설렘에 모든 것이 소중하게 다가왔다. 길가에 핀 꽃의 향기, 비가 내릴 때의 숲 소리, 가끔 마주치는 길을 걷는 사람들의 미소.

하지만 감상은 오래가지 않았다. 남은 50킬로미터를 하루에 25킬로미터씩 나눠 걸은 뒤 극적으로 선임이와 만나려던 계획과 다르게 30킬로미터 남았을 때부터 무릎 상태가 이상했다. 무조건 다음에 나오는 숙소에서 쉬어야겠다고 마음먹은 순간, 그때부터 알베르게가 나오질 않았다. 타이밍, 언제나 타이밍은 중요하다. 다리를 질질 끌면서 겨우 4킬로미터를 더 걸어 알베르게에 도착했지만 청천벽력 같은 소식이 전해졌다. 이미 만실이라서 좁은 공간 하나 내줄 수 없다는 게 아닌가.

이미 어두워지기 시작했는데 이 다리로 이 시간에 어디를 또 간단 말인가. 하지만 속상해할 시간도, 실망할 시간도 사치였다. 다리의 아픔보다는 숙소를 찾아야 한다는 일념으로 걷고, 또 걸었다. 마지막엔 울며불며 뛰기까지 해서 간신히 20킬로미터를 남기고 알베르게에 몸을 누힐 수 있었다. 맙소사, 이 아픈 무릎으로 30킬로미터를 걷다니⋯⋯. 인간은 꽤 위대하다.

선임이와 떨어진 지 셋째 날

오직 앞을 향해 걸음을 옮겼다. 진통제를 초콜릿처럼 오독오독 씹어 먹으며 조심히, 하지만 빠르게 걸었다. 오르막을 오르면 응당 내리막이 있어야 하는데 마지막 코스는 마치 산티아고가 공중에 있는 듯 오르막이 계속된다. 내리막이 나왔다고 생각하는 순간 또다시 오르막이다. 이거 막판에 화끈하구먼. 그리고 마침내⋯⋯ 멀리 커다랗게 '산티아고데콤포스텔라'라는 글자가 보였다.

결국, 해냈다. 이 기쁨을 얼른 선임이와 나눠야지. 녀석이 어디에 있는지 모르니 우선 마을로 들어가 어느 곳에서든 와이파이를 얻어야 했다.

그런데⋯⋯ 응? 잠시만. 저 익숙한 분홍색 점퍼 뭐야.

청계산 등반을 마치고 방금 전까지 막걸리를 대접으로 호로

록 털어 넣은 듯한 느낌의 단발머리 여성은⋯⋯?

선임이다!

내가 도착할 것 같은 시간에 맞춰 마을 입구에서 어슬렁거리던 녀석과 3일 만에 감격적으로 상봉했다. 서로 부둥켜안고 안녕과 안부를 나눴다. 녀석과 내가 서로를 얼싸안다니! 이런 일은 10년 넘게 알고 지냈으면서도 좀체 없었다. 선임이는 내가 지고 있던 배낭을 넘겨받으며 내 무릎부터 걱정했고 나는 이틀간 거의 묵언수행을 했던 터여서 폭풍처럼 넋두리부터 쏟아냈다. 산티아고데콤포스텔라 성당에 가서 순례자 인증을 하는 절차가 남았지만 성당은 무슨. 오늘은 무조건 다 젖혀두고 이 고생을 위로할 테다.

다음 목적지는, 슈퍼마켓이다.

PORTUGAL

1유로보다 큰 행복

리 스 본 LISBON

벌써 떠나온 지 3주째다. 더는 견딜 수 없다. '쉰내'라는 놈이 내 발을 스멀스멀 점령하고 있다. 이젠 개미가 내 발등 위를 줄지어 가는 듯한 환각마저 든다.

문제는 여행을 떠나기 전 비장하게 고심해 고른 샌들에 있고, 달리 말하면 슬리퍼를 챙겨오지 않은 우리의 멍청함에 있다.

적극적으로 아무것도 하지 않은 건설적인 하루를 마치고 숙소로 돌아오면 '오늘도 잘 살았다'라고 자위하며 구석구석 몸을 씻었다. 개인욕실이 딸린 방에 묵을 리가 없으므로 당연히 공동욕실을 오가야 했다. 우리가 가지고 있는 신발이라고는 트레킹화와 스포츠 샌들이 전부이기 때문에 맨발로 욕실에 가지 않으려면 답은 언제나 스포츠 샌들뿐이었다.

바로 그 신발이 문제였다. 온종일 흙 맞고 돌아다니느라 텁텁해진 샌들을 신은 채로 샤워를 마치면 두툼한 샌들 끈이 축축하게 젖어버렸다. 이쯤이야 괜찮다고 공중에 서너 바퀴 힘차게 돌려주고 침대 옆에 곱게 널어두는 것까지는 괜찮았다. 다음 날 25퍼센트가량 미심쩍게 덜 마른 샌들 끈을 보기 전까지는 말이다. '신고 돌아다니면 금방 보송하게 마를 것이야'라는 긍정적인 사고로 주저 없이 발을 끼워 넣기를 여러 날. 티끌 모아 태산이라고 조상님께서 말씀하셨던가. 여러 겹의 덜 마른 직물이 마찰하며 발생하는 쉰 걸레 향이 차곡차곡 쌓여 그 위용을 뽐내기 시작했다.

선임이라고 다른 상황은 아니었다. 녀석의 샌들은 내 것과 달리 끈은 얇아 잘 말랐지만 신고 벗으려면 버클을 끌러야 했다. 그래서 샤워를 마친 뒤 늘 샌들을 발등에 대충 걸친 채 질질 끌며 좀비 스텝을 밟았다. 샌들과 달리 엄지와 검지 발가락 사이로 끈을 쏙 끼우기만 하면 되는, 신고 벗기 편한 고무 슬리퍼가 너무도 필요했다.

"야, 까짓거 당장 사자!" 하며 입을 모았으나 한 켤레에 15유로를 거뜬히 웃도는 가격에 매번 지갑을 봉인하고 돌아섰다. 불편하고 찜찜한 건 오래되었지만 여행 초장부터 사치품(처음 불편함을 느꼈을 때만 해도 슬리퍼는 사치품이라 여겼다)에 돈을 쓸 수는 없었으니까.

술 마시는 돈을 며칠만 모으면 충분히 살 수 있는 가격이라는 것은 알고 있었다. 하지만 신발의 불편함은 음주의 즐거움을 포기하는 데에 전혀 위협을 가하지 못했다. 무엇보다 한국에서 2,000원이면 살 수 있는 놈을 그 열 배의 값을 주고 산다는 게 영 기분 나빴다. 미리 준비하지 못한 아둔함을 돈으로 맞바꾸는 것 같아 별거 없는 자존심이 구겨지기도 했고.

쓸데없는 오기로 버티길 3주, 정말 참을 만큼 참았다. 비싸고 뭐고 이제 그냥 사버리자 벼르고 있는데 이곳 리스본에 벼룩시장이 열린다는 고급 정보를 입수했다. 이름하여 '도둑 시장'. 도둑이 장물을 내다 팔기도 한다고 해서 붙여진 별명이란다. 집에서 쓰던 담요부터 수제 타일까지, 종류가 가늠할 수 없이 다양하다고 하니 이것은 저렴한 슬리퍼를 찾아보라는 계시일 것이다. 광장에 도착하자마자 매의 눈으로 시장을 훑었다.

이걸 누가 돈 주고 사나 싶은 머리 없는 인형부터 귀에 걸면 없는 미모도 끌어올 것 같은 고급 핸드메이드 귀걸이, 누가 끌어내기라도 했는지 억지로 나온 듯한 아저씨, 꽃 달린 모자까지 쓰고 잔뜩 멋을 낸 숙녀분까지. 팔리는 물건도, 파는 사람도 무

척이나 다양했다. 소싯적에 산처럼 쌓인 장당 5,000원짜리 옷더
미 사이에서 보물 같은 옷가지 낚시 좀 해본 실력으로 바닥에 널
브러진 물건들을 샅샅이 뒤지기를 30여 분. 빈티가 줄줄 흐르는
슬리퍼를 찾았다. 조금 전까지 누가 신다가 잠시 벗어놓았다고
해도 믿을 만큼 발바닥 자국이 선명히 패어 있지만 괜찮다. 가격
이 1유로니까. 아무도 관심을 보이지 않는 너절한 모양새임에도
누가 먼저 채갈까 급히 값을 치렀다. 내 것은 되었다. 이제 선임
이 것을 찾아보자. 박차를 가해 또 이 잡듯 뒤지기를 10여 분, 날
렵해 보이는 슬리퍼를 발견했다. 디자인 때문이 아니라, 밑창이
종잇장처럼 얇아서였다. 아니나 다를까 신자마자 돌바닥의 울
퉁불퉁함이 선명하게 발바닥에 전해졌다. 건강하게 지압한다
생각하지, 뭐. 2유로를 외치는 주인아저씨에게 혀 짧은 포르투
갈어와 갖은 애교를 얹어 1유로로 흥정했다.

　"꺅! 드디어 샀다! 그것도 1유로에!"
　정말이지 허름한 슬리퍼를 가슴팍에 소중히 안으니 기분이
좋아진다. 그럼 이제 주류 판매점으로 가볼까? 늘 지독하게 절
약한 돈으로 아낌없이 그 지방 술을 사 먹는 것은 우리의 소비
습관이다. 이곳에서 유명하다는 그린와인을 숙소로 데려와 망
설임 없이 뚜껑을 땄다. 2유로짜리 슬리퍼는 비싸다고 1유로로

깎아 사놓고, 술값 7유로는 지갑에서 망설임 없이 꺼낸다니. 늘 그랬지만 웃음이 나온다. 하지만 생각해보니 실로 오랜만에 적은 돈으로 즐거웠다.

파릇한 대학생 시절, 헉 소리 나는 비싼 등록금 때문에 아르바이트를 죽어라 해도 손에 쥐는 것보다 빚이 쌓였다. 뭘 사고는 싶은데 10원이라도 허투루 쓸 수 없는 주머니였다. 선임이와 정상회담급 회의를 거쳐 고른 1,000원짜리 매니큐어, 500원짜리 점보지우개에도 흥겨웠다. 책가방 대신 빚을 짊어지고 나간 사회 초년생, 여전히 가난했지만 해를 더하며 빚을 깎아나가는 재미를 맛봤다. 사회생활 5년 차, 학자금 대출을 다 갚아갈 무렵이 되자 수입은 한층 늘었지만 작은 즐거움을 느낄 여유는 줄어들었다. 그리고 어느덧 벌이와 맞바꾼 스트레스를 소비로 풀고 있었다. 별다른 이유도 없이 마시는 데 쓴 술값, 꼭 필요하지도 않은데 산 화장품……. 그렇게 해서 기분이라도 나아지면 좋으련만, 돌아오는 길엔 늘 헛헛하고 외로웠다. 돈으로 찰나의 즐거움만 사고 있었던 것이다. 떠나오니 그 사실이 선명하게 보였다.

게스트하우스 주방에 있는 싸구려 유리컵에 와인을 가득 따라 건배했다. 혓바닥에 달콤하게 닿아 목구멍에서 알알이 터지

는 그린와인의 청량감이 평범하지만 특별한 오늘을 축하하기
에 퍽 어울렸다.

 1유로짜리 슬리퍼가 명품 구두보다 소중한 이 순간이 즐겁
다. 작은 기쁨 앞에 인색하지 않은 내 모습이 좋다. 넉넉지 않은
여행경비지만 그 안에서 사치와 절약을 고민하는 지금이 행복
하다. 아직 남아 있는 와인과 발가락에 끼워놓은 슬리퍼를 바라
보고 있자니 오늘 하루도 멋대로 잘 살았다 싶다.

MOROCCO

잘하는 놈, 못하는 놈

마 라 케 시 MARRAKESH

유독 그런 날이 있다. 평소와 달리 무엇이든 해보고 싶고 어떤
것도 해낼 수 있을 것 같은 자신감이 합을 이루는 그런 날. 아침
에 알람 없이 눈을 떴는데 출근 시간이 아직 한참 남아 있다든
지, 대충 손닿는 대로 집어 입은 티셔츠와 바지의 구색이 썩 어
울린다든지, 정류장에 닿자마자 코앞에 버스가 바로 선다든지,
버스에 타자마자 햇살이 들어오는 자리가 났다든지, 하는 날.
오늘은 무슨 이유인 걸까? 대체 어떤 즐거운 보너스가 생겼기
에, 선임이에게 자신감이 강림했을까? 사하라사막 투어를 예약
하러 가는 길, 선임이가 지도를 들고 환히 웃으며 설치는 모양
이 매우 불안하다.

누구에게나 강점과 약점이 있다. 조금만 신경 써도 손쉽게 해낼 수 있는 분야가 있는가 하면, 남들의 몇 배를 노력해도 쉽게 따라갈 수 없는 부분이 있기 마련이다.

위선임의 약점은 공간지각이다. 아니, 약점이라는 말로는 부족하다. 조물주께서 선임이 뇌를 빚으려는 찰나 재채기를 하신 듯하다. 공간지각을 관장하는 부분이 잔뜩 찌부러진 게 틀림없으니 말이다. 녀석의 세상은 공간이 아닌 선이나 면으로 이루어져 있는 것 같다. 넓은 약속 장소 근처에 도착해서 어디냐고 물으면 '지금 옆에 빨간 자전거 지나갔어'라고 말하는 사람. 술 마시다가 화장실에 가면 건물 안에서 길을 잃는 사람. 밤에 간 길과 낮에 간 길을 전혀 다르게 기억하는 사람. 그런 사람이 바로 선임이다.

그런 녀석과 세계여행을 떠나왔다. 열 살 때부터 살았던 동네에서도 간혹 길을 잃는 놈과 말이다. 숙소, 버스정류장, 은행 등 찾아야 할 곳이 넘치는데 한껏 길을 헤맨 뒤에도 본인은 늘 새로운 길을 걸으니 지루할 틈이 없다고 해맑게 웃는다. 하! 이놈을 버리고 갈 수도 없고 거참……. 내가 없었다면 인천공항에서 헤매다가 그대로 집으로 가지 않았을까? 아니, 집에나 돌아갈 수 있었을까? 당연히 길 찾기는 내 몫이 된 지 오래다.

그런 선임이가 오늘은 자신이 길을 안내하겠다고 나섰다. 못한다고 아예 안 했더니 퇴화하는 것 같다나. 의존적으로 변해가는 자신의 모습이 싫다며, 믿고 맡겨보라고 큰소리를 쳤다. 진심으로 믿을 수 없지만, 저 정도 열정이 뻗쳤을 때의 녀석은 그 누구도 말릴 수 없다. 지도와 나침반 기능이 있는 휴대전화를 손에 들고 눈을 매섭게 뜨는 모양이 각오를 단단히 한 모양이다. 스치며 읽었던 육아 전문가의 말이 떠올랐다.

이럴 때 믿고 맡겨야 자존감을 키울 수 있다.

녀석을 '키우는' 기분으로 일부러 지도 귀퉁이에 눈길조차 주지 않고 자신 있게 숙소 문을 열어젖힌 선임이의 뒤를 조용히 따라나섰다.

뙤약볕이 내리쬐는 마른 길바닥 위에서 영화 포스터만큼 큰 지도를 폈다 접었다 돌렸다 뒤집는 선임이를 바라보고 있자니 첫걸음을 떼는 자식을 보는 심정이 이런 것일까 싶었다. 불쑥불쑥 도와주고 싶은 마음이 생겼지만 꾹 누르고 여유 있게 하라며 너그러이 웃어주었다. 내 말이 들리는지 안 들리는지, 녀석은 나침반 기능을 활성화시키기 위해 손에 쥔 휴대전화를 이리저리 돌리기 바빴다. 저러다 터널 증후군에 걸리는 게 아닐까 걱정이 될 정도였다. 그렇게 의미 없는 좌회전, 우회전, 유턴을 얼마나 반복했을까. 안 되겠는지 아예 바닥에 지도를 펼쳐놓고 엉덩이를 철퍼덕 깔아버렸다.

미숙하지만 그래도 천천히 잘 찾아가고 있길 바라며 무심한 척 뒤를 따랐다. 하지만 점점 지도를 확인하는 횟수보다 슬금슬금 내 눈치를 보는 횟수가 많아졌다. 사막 투어를 예약하러 갈 거라는 우리에게 숙소 사장님은 지도에 동그라미까지 쳐주며 볼거리가 많은 곳이니 나간 김에 이것저것 구경하고 즐겁게 놀다 오라고 했다. 그런데 우리가 걷는 길은 사람도 잘 보이지 않는 골목길이었다. 사막 투어를 예약할 여행사가 있을 법한 번화가는커녕 마라케시의 골목만 구석구석 쑤시고 있는 셈이었다. 길을 잃은 게 아닌가, 하는 의심의 시작은 미약했으나 그 끝은 창대한 확신이 되었다. 우린 길을 잃었다.

이 또한 여행이려니, 마음을 비웠다. 몇 시까지 예약하러 가기로 약속한 것이 아니다. 오늘 못 하면 내일 하면 된다. 길을 잃은 게 아니라 마라케시를 여행하는 중이라고 마음 하나 바꿔 먹었을 뿐인데 갑자기 여유가 생겼다.

골목 구석구석 사진도 찍고, 벤치에 앉아 사람도 구경했다.

그런 나와 달리 큰소리치던 선임이의 어깻죽지가 너덜너덜, 갈 곳 모르고 흔들렸다. 가여운 놈, 괜찮대도……. 그냥 이렇게 골목 구경이나 하자니까. 큰소리치며 걷던 녀석이 힘 빠진 모습으로 또다시 휴대전화 나침반을 돌리기 시작하는 걸로 봐서는 오늘은 본인만 따라오라며 잔뜩 으스댔던 게 어지간히 창피한 모양이었다.

더는 보고만 있을 수 없었다. 자존심에 포기하겠다는 말도 못할 녀석을 위해 내가 나서기로 했다. 절대 보지 말라던 지도를 억지로 빼앗자, 녀석은 못 이기는 척 건넸다.

길 찾기의 달인, 김멋지가 나섰으니 곧 사하라사막 투어를 예약할 수 있을 것이다. 희망이 차오르는데, 이게 웬걸. 처음부터 지도를 못 본 채로 한참을 헤맨지라 현재 좌표를 도저히 알 수가 없었다. 가뭄에 콩 나듯 보이는 행인에게 물어물어 간신히 현재 위치를 인식했는데, 대체 여긴 어디? 고기도 먹어본 놈이 맛있게 먹는다고, 길도 잃어본 놈이 화끈하게 잃는구먼.

우리가 있는 곳이 어딘지 알고 나니, 지도 보며 길을 찾아 가기란 누워서 잠자기만큼이나 쉬웠다. 곧 찾던 길이 나타났다. 두 시간 만이었다. 이 작은 도시 마라케시를 한 바퀴 빙 돌아도 남았을 시간. 헛웃음이 새어 나왔다.

사하라사막 투어를 예약하고 나오는 길, 용케 해냈다고 웃고 있는데 멀리 큰 광장이 보였다. 그 순간, "……응? ……어?"

선임이의 얼굴이 구겨졌다. 그도 그럴 것이 저곳은 우리가 매일같이 오가던 광장이었다. 헤맨 곳에서부터 정신없이 찾아오느라 지도만 봤던 나도 그제야 눈치챘다. 광장은 숙소와 직선거리로 1킬로미터밖에 떨어지지 않은 곳이었다. 구부러진 골목까지 생각해서, 아무리 넉넉하게 잡아도 1.5킬로미터 정도나 될까? 이 짧은 거리를 이렇게 오래 헤매기도 쉽지 않을 것이다. 이기가 차는 사건을 만들어내신 오늘의 주인공을 쳐다봤다. 본인의 찬란했던 자신감이 바닥에 뒹굴고 있음과 사투의 시간이 괜한 고생이었음을 느낀 녀석은 무안해하고 미안해하느라 바빴다. 연신 지도를 펼쳤다 접었다 유난을 부릴 때부터 참았던 한마디를 던졌다.

"앞으로, 잘하는 놈이 잘하는 거 하자."

잘하는 놈 말에 못 하는 놈이 머쓱하게 웃었다.

줄까 말까

사 하 라 SAHARA

선일

'이 투어, 정말이지 거지 같군.'

색색의 카펫이 즐비하게 늘어서 있는 가게에 앉아 생각했다. 점원은 계속해서 카펫들을 펼쳐대며 구매를 종용했다. "베스트 퀄리티, 굿 프라이스"라는 동일 문장을 열세 번쯤 반복하며. 내 미간에 깊게 자리한 굵은 골짜기가 보이지 않는 것일까, 보고도 무시하는 것일까? 어깨에 올리는 무게를 어떻게든 줄이고자 팬티도 두 장만 들고 다니는 배낭여행자 처지인데, 지금 카펫을 사라는 건가? 저 전봇대만 한 카펫을? 국 끓여 먹을 수도 없는데? 기가 찰 노릇이다.

당초 사하라사막은 우리의 계획에 없었다. 사막은 10년 전 인

94

도 여행의 절정으로 꼽았던 쿠리사막으로 족하다고 생각했다. 그런데 숙소의 주인장이 사하라사막에 가지 않는다는 우리를 별종 취급 하는 것이 아닌가. 외계인을 본대도 그 정도 눈길은 아니었으리라. 그곳이 그렇게 좋은가? 그럼 한번 가봐? 즉흥적인 선택과 신속한 결정, 우직한 추진력이 발사되었다. 바로 그다음 날 떠나는 2박 3일 사하라사막 투어 프로그램을 신청했다.

내 입맛대로 할 수 없는 투어 프로그램을 선호하진 않지만, 차 없는 우리가 사막에 들어가기 위해서는 어쩔 수 없었다. 그래도 별다른 걱정 없이 호기롭게 떠난 우리는 출발 약 두 시간여 만에, 나머지 2일을 걱정하기 시작했다. 싸늘한 직감이 등골을 관통했다.

'아…… 망했구나.'

패키지 투어의 망할 요소들을 뭐 하나 놓치지 않고 고루 응집한 것 같았다. 왜 왔는지 도통 모를 곳에 데려가서 호객 행위를 하는가 하면, 선택권 없는 비싼 식당에서의 식사는 형편없었다. 그뿐만이 아니었다. 온종일 똑같은 풍경만이 스치는 창밖을 바라보며 비좁고 불편한 미니버스 안에 구겨져 있어야 했다. 그렇게 무려 아홉 시간을 달린 끝에 지금 여기, 이 난데없는 카펫 가게에 와 있는 것이다.

사막에 널린 모래알을 다 합쳐도 지금 내 짜증보단 덜할 것 같다는 생각이 들 때 즈음 드디어 낙타를 탈 수 있었다. 한껏 지쳤지만 어떻게든 흥을 내보려 했다. 하지만 사하라사막은 생각보다 감흥이 덜했고, 날씨가 흐렸던 탓에 하늘의 별도 찾아보기 힘들었다.

그래도 어쩌랴. 돌아갈 수도 없는 일. 자꾸만 스며오는 실망감을 애써 감추며 투어의 마지막 날이 되었다. 그날은 새벽부터 낙타를 타고 사막을 가로지르며 일출을 보는 일정이었다. 해가 뜨기 전 출발해야 하므로 칠흑 같은 어두운 새벽부터 눈곱도 떼지 않은 채 배정받은 낙타에 끙차, 기합을 넣으며 올랐다. 그런데 어찌된 일인지 가이드가 길을 나서질 못했다. 문제가 생겼는지 저쪽에서 너덧 명이 심각하게 이야기를 나누고 있었다. 웅성거리는 소리가 점점 커지는 것으로 보아 무언가 일이 벌어진 것이 분명했다.

부족한 리스닝 실력 대신 뛰어난 눈치로 파악한 상황은 대략 이러했다. 투어 구성원 중 연배가 지긋하신 어르신 두 분이 체력의 한계를 느끼셨는지 낙타 대신 지프를 타고 편안히 가기로 변경하셨단다. 그리하여 낙타 두 마리를 출발지로 돌려보냈는데, 중간 어디서 의사소통이 꼬인 것인지 낙타가 네 마리나 돌려보내진 것이다. 그러니까 지금, 결론적으로 두 마리의 낙타가 부족한 상황이었다.

그 탓에 브라질에서 온 커플이 낙타에 오르지 못한 채 미간을 좁히고 서 있었다. 어제의 사막 주행에서 우리 뒤에 있던 이들이었다. 내내 쉼 없이 싸웠기에 기억하고 있었다. 남자친구가 깜박 잊고 카메라 배터리를 충전하지 않은 까닭인 듯했다. 그 때문에 둘은 어제 사막에서 단 한 장의 사진도 찍지 못했다. 한껏 기대하고 떠나온 여행일 텐데, 인생 최고의 사진을 찍어 SNS에 올리고 둘 사이의 견고함을 만천하에 뽐내며 '좋아요'와 하트 세례를 받고 싶었을 텐데……. 어떻게든 사태를 해결해야 했던 남자는 지난 저녁 내내 투어 구성원들에게 배터리를 빌리러 다녔다.

그런데 이 무슨 얄궂은 운명의 장난인지, 그 커플의 낙타가 간밤에 사라진 것이다. 받아들일 수 없다는 표정으로 둘은 강력하게 가이드에게 항의했지만, 이미 떠난 낙타를 다시 소환할 수는 없는 노릇이었다.

이 모든 상황을 지켜보고 있는 나머지 투어 구성원들 사이에 미묘한 긴장감이 감돌았다. 소리 없는 말들이 무거운 침묵 사이에 떠 있었다. 내가 양보하고 싶지는 않지만, 누구라도 양보해주었으면 하는 마음들. 그러고 있는 사이, 어느새 푸른 새벽빛이 까만 어둠을 밀어내며 빠르게 달려오고 있었다. 서둘러 움직이지 않으면 일출은 물 건너간다고 말하는 듯했다.

잠시 고민하다가, 저쪽 편에 있는 멋지를 보았다. 예상대로 녀석도 나를 보고 있었다. 말로 해도 한국어를 알아들을 사람은 이곳에 아무도 없었지만, 긴장감이 알알이 박혀 있는 침묵은 입 대신 눈으로 말하게 하는 힘이 있다. 몇 번의 뜻이 담긴 눈빛이 오고 간 후, 우리는 동시에 낙타에서 내려왔다. 태어나 낙타를 처음 타보는 것도 아니요, 사막을 처음 와보는 것도 아니요, 어제 사진 한 장 못 찍은 것도 아니었다. 그리고 다른 모든 것을 차치하더라도, 우리는 '연인'이 아니지 않은가. 울상인 청춘 남녀 커플보다 우리가 절박할 이유는 어디에도 없었다.

'줄까, 말까'의 갈림길에 설 때는 주는 삶을 살자는 나름의 개 똥철학을 지킬 기회였다.

그로부터 약 한 시간 후. 이런 젠장. 짙은 후회가 밀려왔다.

우리는 여전히 막사를 벗어나지 못했다. 해는 이미 과장 조금 보태 중천에 떠 있는데 말이다! 지프 운전사는 기다려도 나타나질 않았다. 어찌된 일이냐 재차 물었지만, 그는 지금 자고 있다는 막사 주인의 답변만이 돌아왔다.

맙소사. 헛웃음이 나왔다. 여보시오, 내가 낙타를 양보한다고 했지, 일출까지 양보한다고 했소! 이 양반이 진짜……. 그렇다고 막사로 들어가 외간 남자를 흔들어 깨울 수도 없는 일. 횡한 사막에서 일어나지 않는 운전사만 오매불망 기다리고 있자니 욕지기마저 입술에 올랐다. 괜히 양보했나, 하지 말걸. 이래서 사람이 안 하던 짓을 하면 안 되는 거야.

시간이 얼마나 흘렀을까. 드디어 지프 운전사가 깨어났다. 이제 정말 출발이다! 그는 내심 미안했는지 우리에게 지프 지붕 위에 올라가보라고 했다. 멋진 사진 한 장 찍어주겠다며. 어이가 없었지만 그 와중에 긍정의 톱니가 제 할 일을 시작했다. 투덜거림을 멈추고, 상황을 즐기기로 했다.

그럼 어디 한번 놀아볼까? 덩그러니 세워진 지프 지붕 위에 올라 촌스러운 사진들을 찍기 시작하자, 슬슬 신경질 대신 즐거움이 피어났다. 한참을 모델 놀이에 빠져 있다가 이제 되었다 싶어 지프 지붕 위에서 내려가려 한 그 순간······.

어어······? 이 남자 보소? 우리가 아직 땅으로 내려오지도 않았는데 시동을 걸고 출발해버리는 것이 아닌가? 당황한 마음에 소리도 지르지 못하고 본능적으로 손잡이를 움켜쥐는데, 그는 웃음소리와 함께 "꽉 잡아!" 한마디를 창밖으로 흘리고 사막을 질주하기 시작했다.

으어어어어어어어어어! 이게 뭐야!!!

엉겁결에 타게 된 지프 주행은 짜릿했다. 예상 밖이었다. 사하라사막이 삽시간에 놀이공원으로 변했다. 사막에서 롤러코스터를 타는 느낌에 온몸에 전율이 흘렀다.

캬. 뭐지, 이거? 미친 듯이 재미있는데?

전신에서 폭발하는 아드레날린을 만끽하며 성대가 나가도록 소리를 지르는데, 저 앞으로 낙타 무리가 보였다. 세상에, 한참 전에 출발한 사람들을 우리가 거의 10분 만에 따라잡은 거야?

그런데 어쩐 일인지 오랜만에 만난 일행들의 얼굴이 모두 죽상이었다. 오랜 시간 낙타를 타느라 지친 얼굴들을 스쳐 지프는 상쾌하게 내달렸다. 다시 소리를 지르며 멀어지는 우리에게 브라질 커플만이 간신히 손을 흔들었다. 투어가 끝나고, 일행들은 모두 우리에게 롤러코스터 탑승 후기를 들려달라 아우성이었다. 너무 신나 보였다며, 너무 부러웠다며 입을 모았다. 투어의 모든 일정 중 그 일출 주행 시간이 가장 지치고 힘들었다며.

역시 사람은 마음씨를 곱게 써야 하는 거야!

우리는 오전의 후회와 짜증은 말끔히 잊은 듯, 승천한 어깨뽕을 흔들어대며 거들먹거리기 시작했다.

CUBA

두 얼굴의 도시

트 리 니 다 드 TRINIDAD

낯선 곳에서 겪는 첫 경험이 그곳의 인상을 좌우하는 건 어쩔 수 없다. 환영 인사에 따뜻한 차 한 잔을 곁들여 건네는 숙소에 묵느냐, 목적지를 앞에 두고도 일부러 뱅뱅 돌아가는 택시기사님을 만나느냐에 따라 모든 것이 처음인 여행자는 쉽게 엎을 수 없는 인상을 받는다.

 살사의 도시에 도착해서일까, 내 위장이 배고픔에 춤을 추기 시작했다. 고르고 고른 식당에 들어서니 단정하게 깔아놓은 하얀 식탁보 위로 아무렇게나 수박씨를 쏘아 뱉은 듯 파리가 돌아다녔다. 괜찮다. 싸고 맛 좋으면 이 정도는 정겹지, 뭐. 메뉴판을 펼쳤다. 어이고야? 삐뚤빼뚤 손글씨로 적힌 가격이 예상을 홀쩍 뛰어넘었다. 그러나 이미 밝은 미소로 우리를 맞이해준 이 식당의 주인 할아버지, 할머니에게 긍정적 선입견을 품어버린 터였다.

'숨은 고수를 제대로 찾아왔나 보군. 좋다. 싸지 않지만 맛이 뛰어나면 기분 좋게 낼 수 있는 값이다.'

비싼 가격조차 멋대로 생각해버리고 시원하게 쿠바식 백반을 종류별로 하나씩 시켰다.

그때 밖에서 머뭇거리던 여행자 한 명이 들어와 자리를 잡았고 이어 현지인 두 명이 들어와 앉았다. 그중 여행자로 보이는 이가 말을 걸었다. 이름은 '하오'로 중국에서 왔단다. 그와 이런저런 대화를 나누던 도중 음식이 나왔다. 그리고 우린 말을, 아니 호흡까지 멈췄다. 급성 공복이 극에 치달은 나는 물론이고 음식에 큰 신경을 쓰지 않는 선임이마저도 실망한 눈치였다. 푸슬푸슬한 팥밥, 습자지같이 얇은 고기, 푸석하게 삶은 카사바, 그리고 시들한 양배추 채가 서로 어울리지 않는 비율로 놓여 있었다.

"끝이야? 다 나온 거야? 이렇게 단출해도 돼? 이 많은 밥을 고작 이 반찬으로 먹을 수 있다고 생각하시는 건가? 고기를 천장에 걸어두고 밥 한 숟가락 뜰 때마다 한 번씩 쳐다보면서 먹어야겠는데?"

배신감에 한 방 얻어맞은 눈을 끔뻑거리며 선임이와 수군거렸다. 지금까지 쿠바의 그 어떤 도시에서도 이 정도 가격에 이 따위 품질은 본 적이 없었다. 그래도 맛은 있을 거라고 생각했다. 그 관대한 기대는 그리 머지않아 여지없이 무너졌다. 작은 한숨에도 폴폴 날아갈 듯한 밥은 입안에서 깔깔하게 돌아다녔고, 과하게 소금을 털어 넣은 고기는 이가 들어가지 않을 만큼 질겼다. 그래, 사람의 인상과 요리 실력은 비례하지 않을 수 있다. 싸고 맛있을 거란 필터는 내가 씌운 것이니, 누굴 탓할 수도 없었다.

맛없는 음식을 참고 먹는 데에 동병상련의 감정이 생겼는지, 하오와 급격하게 친해졌다. 서로 눈앞에 놓인 음식에 대한 불평과 쿠바 여행 이야기를 나누다가 이 고장 명물 살사 클럽 '카사델라무시카Casa del La Musica'에서 만날 약속까지 하며 접시를 비웠다. '먹었다'가 아닌 그저 '때웠다'가 되어버린 식사였지만 이런 날도 왕왕 있는 것 아니겠는가.

진짜 문제는 따로 있었다. 주인 할아버지께 밥값으로 외국인용 화폐인 CUC 몇 장을 건넸다.

쿠바는 외국인이냐 내국인이냐에 따라 'CUC'와 'CUP'라는 각각의 화폐를 사용한다. 외국인이라고 내국인용 화폐를 사용

못 하는 것은 아니지만, 입장료나 물가가 외국인과 내국인이 서로 다르게 적용되는 곳이 꽤 있다.

보통 CUC를 내면 CUC로 거슬러주는데, 잔돈이 모자랐는지 할아버지는 CUP로 거슬러주셨다. 식당을 나서며 무심코 세어보니 돈이 모자랐다. 할아버지께 계산이 잘못된 것 같으니 모자란 돈을 더 달라고 말하는 순간, 기대한 적 없는 두 번째 배신이 시작되었다.

인자하게 미소 짓던 할아버지의 눈이 얼음처럼 차갑게 굳었고, 우리를 향해 부드럽게 말씀하시던 할머니의 목소리는 갈기갈기 찢어졌다. 변신 속도가 헐크 바지 뜯어지는 것만큼이나 빨랐다. 알아들을 수는 없지만 대충 눈치를 보니, 계산은 잘못되지 않았으니 어서 나가라는 말인 듯했다. 갑자기 역정을 내는 두 분의 태도에 놀랐지만 대수롭지 않은 일이라고 생각하고, 계산기를 꺼내 거슬러 받아야 할 CUC 액수에 CUP 환율을 천천히 눌러 곱하며 거스름돈이 모자란다는 것을 일러드렸다. 하지만 할아버지는 채가듯 계산기를 빼앗아 부서지도록 버튼을 두드리더니 내 눈앞에 들이댔다. 계산법은 내가 제시한 것과 같았다. 환율을 잘못 적용한 것 빼고는 말이다. 쿠바에선 오랫동안 '1CUC=24~25CUP'라는 부동의 환율을 적용하고 있었는데 그는 24에 한참 못 미치는 18을 적용했던 것이다. 우리를 향해 푸근하게 웃던 그분들이 맞나 싶었다.

덜 받은 액수는 우리 돈으로 1,800원 남짓으로 크지 않았다. 까짓것 안 받아도 그만이었다. 밥값에 비해 좀 과하지만 팁으로 드린 셈 치면 됐다. 하지만 할아버지의 태도가 괘씸해 발걸음이 돌아서질 않았다. 많은 관광객이 드나드는 이 도시에서 장사하시는 분이 CUC와 CUP의 환율을 모를 리가 없지 않은가. 맛없는 음식은 고의가 아니었겠지만 이것은 분명 의도적인 사기였다.

아는 영어, 스페인어 모두 섞어 환율을 설명했다. 금세 친구가 된 하오도 식당을 뜨지 않고 우리를 도왔다. 그럼에도 할아버지는 잘못된 환율을 굽히지 않으셨다. 그의 그 강경한 기세에 옆에서 식사하던 현지인까지 나서 우리를 도왔다. 이 동네 택시기사라고 밝힌 그들이 환율은 24가 맞다고 설명하는데도 할아버지는 물러설 기색이 없었다. 정이 뚝 떨어지고 그 자리에 오기가 생겼다.

다른 여행자들은 그냥 얼마 안 되는 돈이라고 포기했나 본데, 우리는 물러서지 않을 거다. 사람 잘못 봤다. 36CUP 돌려주지 않으면 이 식당에서 나가지 않을 테요!

하오도, 우리를 도와주던 택시기사들도 모두 같은 생각인 듯 물러설 기색이 없었다. 한국인 두 명, 중국인 한 명, 쿠바인 네 명의 각 언어가 뒤섞인 고함과 계산기의 숫자가 이리저리 오갔다. 그동안 얼마나 많은 여행자의 쌈짓돈을 이렇게 취해가셨을까. 다음에 올 여행자를 위해서라도 절대 그냥 넘어가선 안 된다는 투지가 들끓었다. 결국, 할아버지가 포기했다.

분명 거스름돈을 올바르게 돌려받았는데, 뒷덜미가 찝찝했다. 꼭 그렇게까지 하셔야 했을까. 도움을 준 택시기사 중 한 명이 식당의 비밀을 알려주었다. 여행자와 현지인에게 받는 가격이 서로 다르단다. 우리가 본 메뉴판은 외국인들 전용으로 현지인용보다 거의 7~8배 비싼 금액이 적혀 있다고 했다. 어쩐지 아주 깊숙한 곳에서 꺼내 주더라니!

볼일이 있다는 하오와는 저녁에 만날 약속을 하고 헤어지고 우리를 도와준 택시기사들과 이야기를 나누었다. 분홍색 벽을 배경으로 선 그의 모습이 퍽 조화로워 사진기를 만지작거리자, 웃으며 선임이와 사진을 찍어달라고 했다.

그렇게 세 번째 배신이 펼쳐졌다. 그는 몇 장의 사진을 찍던 중 불쑥 선임이의 어깨에 팔을 턱 걸치고 포즈를 취했다. 그리고 사진을 찍은 뒤에도 그 팔을 내려놓을 기색이 없었다. 웃으며 넘기려는데 정도가 심해졌다. 이런저런 말을 하며 점점 선임이 쪽으로 더 밀착하더니, 느끼한 눈빛 발사는 물론이고 얼굴을 조물조물하기까지……. 무엇인가 잘못 돌아가고 있다는 확신이 들었다. 표정이 굳어진 선임이는 갈 곳이 있다고 둘러 대며 그를 급히 떼어냈다. 그 와중에도 어디 가냐, 내 택시 타라, 데려다주겠다, 밤에 춤추러 클럽에 올 거냐, 쉼 없이 추파를 날리는데 짜증이 온몸에 들러붙었다.

하오와 카사델라무시카에서 만나기로 약속한 시각이 다가 왔지만 가봤자 관광객을 등쳐먹으려는 사람뿐일 거라는 생각에 자꾸만 꺼려졌다. 온종일 시달린 마음에 음악이고 살사고 다 싫었지만 연락처도 없는 여행자와의 약속을 어길 수도 없는 노릇이었다.

억지로 도착한 살사 클럽은 집 앞마당을 개조한 느낌이었다. 사람도 거의 없고, 음악도 나오지 않아 썰렁했다. 유명세에 비해 초라하군. 실망이 슬그머니 번졌다. 오늘 끝까지 엉망이구먼.

그래도 입장료가 아까워 맥주를 사 들고 앉아 하오와 여행 이야기를 나누고 있는데 마이크 점검하는 소리와 함께 사회자 가 등장했다. 둘러보니 그새 꽤 많은 사람들이 클럽 안을 채웠 다. 곧 라이브 밴드 음악이 시작되고 분위기가 반전되었다. 특 유의 흥겨운 리듬이 공간을 채우자 모두 들썩이기 시작했다. 살사의 향연이 이어졌다. 사람들의 엉덩이가 씰룩이고 흥겨움이 곳곳에 물들었다. 나도 괜스레 몸을 들썩였지만 춤추는 방법을 몰라 입만 벌린 채 눈 호강에 빠져 있는 그때, 한 할아버지가 다가와 손을 내밀며 춤을 권했다. 낮에 겪은 일련의 사건들 때문에 이건 또 무슨 수작인지 당연한 경계심부터 앞섰지만 못 춘다고, 배워본 적 없다고 손사래를 쳐도 소용이 없었다. 움직이는 모든 것이 다 살사가 된다며, 가르쳐줄 테니 그냥 음악에 몸을 맡기란다.

'불순한 의도가 느껴지면 피하면 될 테지, 사람도 이렇게 많은데 뭔 일 있겠어?'

"운, 도, 뜨레스(1, 2, 3). 운, 도, 뜨레스."

할아버지는 나의 손을 잡고 형편없는 내 발놀림을 천천히 잡아주셨다. 다른 분과 추면 편할 것을, 굳이 나를 가르쳐주실 필요가 없는데도 말이다. 조금씩 익숙해지고 여유가 생기자 음악이 들리고, 사람과 춤이 보이기 시작했다.

나는 어느새 할아버지의 손을 붙들고 살사를 추고 있었다. 비로소 늘 머리로 그리던 쿠바에 제대로 발을 담근 느낌이었다. 끝까지 구경만 하고 앉아 있었을 나를 끌어준 할아버지가, 음악이 넘치는 이 공간이, 낭만이 흐르는 이 도시가 좋아져버렸다. 사람 마음 참 가볍기도 하지. 부침개 뒤집듯 이리 쉽게 뒤

집히다니.

할아버지의 구령에 따라 다시 발에 집중했다.
"운, 도, 뜨레스. 운, 도, 뜨레스."
식당 할아버지의 떨어져 나올 듯 매섭던 눈도, 할머니의 불
같이 갈라지던 목청도, 택시기사의 질퍽한 손길도 서툰 살사
스텝에 자근자근 밟혀나갔다.

결핍이 여행에 미치는 영향

산 타 클 라 라 SANTA CLARA

'시간이 멈춘 나라' 쿠바. 인터넷 사용이 어려운 이곳에선 좀처럼 세상 돌아가는 일을 알 수가 없다. 스마트폰이 없던 그 옛날의 배낭여행으로 돌아간 느낌이다. 정보가 필요하면 인터넷 카페로 가야 했던, 돌아다닐 수 없는 저녁이 되면 침대 위에서 손으로 일기를 쓰던, SNS 대신 마주 보고 끝말잇기를 했던 그 시절로 말이다.

전 세계에 몇 곳 남지 않은 사회주의 국가, 정치적 이유로 국제사회에서 고립된(여행하던 당시 쿠바는 미국과 수교가 재개되기 전이었다) 그들만의 특별한 문화는 대체 불가능한 매력을 뿜어내지만 때로 결핍을 만들었다. 그리고 우리는 그 결핍 속에서 무언가를 발명해냈다.

도시 이름이 마음에 든다는 단순한 이유로 온 산타클라라에서 선임이가 갑작스레 불편함을 호소했다. 바라데로 바닷가에서 정신 놓고 놀아서인지, 몸 상태가 불안정해서인지, 아래쪽에 기분 나쁜 불순물이 흐르는 느낌을 받는다고 했다. 여성의 생식기에 염증이 생길 때 나타나는 증상이다. 오래 앉아 일하거나 고온다습한 환경에 있거나 체력이 달리면 면역력 부족으로 여성들이 흔히 앓는 질환이다. 계속되면 병원에 가야겠지만, 단발성이라면 진찰을 받아야 할 정도는 아니다. 하지만 건강한 몸뚱이는 여행하는 데 있어 최고의 자산. 한시라도 치료를 미룰 순 없었다. 당장 약국에 가자고 선임이를 이끄는데 급히 생각이 스쳤다.

'이걸 어떻게 설명하지?'

그렇다. 당최 설명할 길이 없었다. 정규 교육과정으로 공부했던 영어로도 설명할 방법을 모르겠는데, '화장실이 어디예요?' 따위의 스페인어만 겨우 더듬거리는 우리가 대체 그 약을 뭐라고 말하는지 어떻게 알겠는가.

사실, 인터넷에 접속하기만 하면 된다. 그거 하나면 될 일이었다. 하지만 이 도시에는 인터넷을 사용할 수 있는 곳이 딱 한 군데뿐이었다. 그마저도 컴퓨터가 몇 대 되지 않아 긴 줄을 서서 기다려야 하고, 사용료 또한 매우 비쌌다. 단어 하나 찾기 위한 목적으로는 시간과 돈이 너무 아까웠다. 그렇다고 약사님께

이 질환을 스페인어로 설명해낼 재간은 더더욱 없었다. 잠시 머리를 굴렸다. 식당 메뉴 고를 때만 쓸 게 아니라 이럴 때 열심히 사용하라고 달린 머리이지 않은가. 곧 방법을 생각해냈다. 여행을 할수록 눈치와 잔머리가 느는 듯한 기분이다. 이가 없으면 잇몸으로, 글이 없으면 '그림'으로.

그런데 다시, 큰 문제가 발생했다. 부위가 부위인 만큼 그림으로 표현하기 좀 난처했던 것이다.

"아니, 뭐, 생식기가 어때서? 부모님이 물려주신 소중한 우리 몸의 일부라고. 자손을 이어갈 수 있는 영장류의 신성한 부분이라고!"

괜히 외쳐봤지만 눈, 코, 입은 내 마음과 달리 부끄러움에 허둥거렸다. ……정적. 하얀 종이 위로 연필을 쥔 손이 벌처럼 빙글빙글 맴돌았다.

결심해야 할 때였다. 잠깐의 쑥스러움만 이기면 돈을 아낄 수 있다! 늘 그랬듯 불편함을 돈과 맞바꾸는 데에는 자신이 있었다. 이왕 그리는 거 화끈하게 하기로 했다. 흔히 여성의 신체를 표현할 때 쓰는 W, Y 같은 기호를 사용하면 덜 창피할 순 있겠지만 말하고자 하는 내용에 오류가 생길 수 있었다.

우선 머릿속에서 그림에 등장할 여인을 침대에 눕혔다. 가야 할 길이 구만리인데, 벌써 얼굴이 붉어지는 느낌이었다. 엉덩이를 그리는 것으로 조심스레 첫 획을 떼자 놀랍게도 진도가 척척 나갔다. 넓게 펼친 다리까지 그려내고 오해의 소지가 없도록 환부는 최대한 자세히 묘사했다. 점점 본래의 목적을 잊고 대담한 선과 섬세한 표현력으로 예술의 혼을 담기 시작했다.

내가 춘화에 소질이 있던 사람이던가. 시도해보기 전엔 모른다는 말이 진하게 가슴에 와 닿았다. 환부가 그려진 몸이 완성되었으니, 이제 질환을 표현해야 했다. 통증인지, 상처인지, 염증인지 알려줘야지. 잠시 고민 끝에 귀여운 2등신 세균을 그렸다. 금방이라도 못된 짓을 저지를 듯한 악랄한 표정의 세균에게 무시무시한 삼지창도 하나 쥐어주었다. 혹시나 먹는 약을 줄까봐, 알약을 환부에 직접 넣는다는 화살표도 친절하게 그렸다. 이 정도면 완벽하다. 다른 병이라고는 상상할 수 없다. 약학 잡지에 지금 당장 실어도 문제없을 품격이었다.

이제 나의 첫 춘화, 아니 '질병화'가 제 역할을 하는지 알아볼 차례였다. 행여 사람들이 쳐다볼까 봐 고이 접어 지갑 깊숙이 넣고 은밀하게 약국으로 향했다. 진열장 너머로 빼꼼 고개를 들이밀었더니 다행히 약사로 보이는 두 명이 모두 여자였다. 아주 조금, 덜 쑥스러울 것 같았다.

당당하게 약국 문을 열고 그림을 내밀었지만, 알고 있었다.

내 볼은 붉게 달아올랐을 것이다. 약사는 잠깐 멈칫하고 종이를 뚫어질 듯 쳐다보더니 선임이까지 뚫어져라 바라봤다. 같은 여자인데도 이렇게 창피하다니⋯⋯. 1초가 1분만큼 긴 영겁의 시간이 지나고 약이 아닌 스페인어 폭격이 돌아왔다. 내 '질병화'의 품격과 그 안에 품은 작가의 원대한 뜻을 이해하지 못했나?

글씨가 복잡하게 적힌 종이를 흔들며 설명하는 것으로 보아 이곳은 처방전을 가진 사람만 약을 살 수 있는 약국이라 일반의 약품은 살 수 없다고 말하는 듯했다. 이렇게 내 '질병화'의 첫 전시가 어이없이 끝나버렸다.

그 약사분이 가르쳐준 방향에는 그보다 조그마한 약국이 있었다. 하지만 이번엔 약사가 다 남자였다. 더 민망한 마음에 선임이와 서로 주뼛주뼛 등을 밀치며 네가 가라고 투덕거렸다.

에잇, 주사위는 이미 굴렀다. 이렇게 된 거 당당하게 들어가자. 창피함은 잠깐이야.

어깨를 활짝 펴고 저벅저벅 걸어가 다시금 지갑을 열고⋯⋯ 깊숙한 곳에 봉인해뒀던, 비밀의 작품을 조심스레 꺼냈다. 두 분은 이상한 그림에 멈칫하더니만 이내 피식, 실소를 감추지 못했다.

'그래요, 나도 지금 이 상황이 웃기니까 우리 얼른 볼일 보고

깨끗하게 헤어집시다. 지금 피차 서로 부끄러운 거 아니요.'

이런 내 마음을 알아채기라도 한 듯, 그들은 벽에 걸린 진열장을 뒤져 금세 약을 가져다줬다. 한술 더 떠 약을 입에 넣는 척을 하며 안 된다는 뜻의 엑스 표시를 긋더니, 차마 삽입이라는 걸 몸으로 표현하지 못하겠는지 동작을 멈췄다.

'괜찮아요. 이해해요. 나도 그건 도저히 몸으로 표현 못 하겠으니까.'

약값을 치르고 잽싸게 종이를 접어 약국 밖으로 빠져나왔다. 약속한 듯 말없이 걷던 우리는 약국에서 꽤 멀어진 후에야 한참을 배를 잡고 웃었다. 비록 그 과정은 남부끄럽고 쑥스러웠지만, 그래도 성공이다. 손엔 약이 들려 있었으니까 말이다.

그런데…… 이 방법, 꽤 괜찮다. 도저히 말로 표현이 안 되면 그림으로 그리면 되겠어! 그렇게 쓸데없지만 익혀두면 언젠가 쓸모 있을, 잔기술이 또 하나 늘었다.

새로운 동행
산 타 클 라 라 SANTA CLARA

거하게 부은 얼굴로 느지막이 기상한 아침. 반숙 달걀 프라이를 두 개나 얹어주는 숙소의 후한 조식을 즐겼다. 하릴없이 동네 어귀를 어슬렁거렸다. 카메라 셔터를 의미 없이 난사하며 동네의 개, 과일 가게, 자전거 등을 찍었다. 게걸스럽게 밀어 넣었던 아침 식사가 위장에서 사라져갈 때쯤, 식당인 듯 식당 아닌 식당 같은 의심스러운 공간에 들어갔다. 허름한 외관과는 달리 예상한 맛을 한참 웃도는, 맛있는 쿠바식 백반을 대차게 해치웠다. 공원 벤치에 기대, 옆에 앉아 계신 동네 할아버지와 꼭 같은 크기의 배를 과시하며 늘어졌다. 여행하다 보니 필요한 소소한 물품들을 사러 슈퍼마켓에 들렀다. 점원이 점심에 맥주 몇 잔 마시고 진열한 듯, 펜과 하수구 마개가 한 공간에 혼재되어 있

120

다. 쿠바 가게들의 진열 방식은 대부분 이런 식이지만 볼 때마다 뜨악하다. 그 처참하도록 혼란한 틈에서 과학 수사하듯 필요 물품을 찾아냈다. 쇼핑을 마친 뒤 여전히 하릴없이 골목을 서성였다. 속절없이 또 배가 고파진 저녁. 숙소로 돌아와 낮에 사둔 빵 쪼가리와 과일 몇 입 베어 먹고 잠을 청했다.

그제 같은 어제와 어제 같은 오늘, 그리고 또 오늘 같을 내일이 빠짐없이 돌아간다. 값이 만만한 어딘가에서 배를 채우고, 자그마한 물품들과 간단한 먹을거리를 사고, 어떤 것도 힘을 들여 느끼지 않는다. 의미 없는 '의', '식'과 짧은 '감응'을 며칠째 반복하며 평소와 다름없이 숙소로 돌아온 저녁, 침대 위에 누운 선임이가 먼저 입을 뗐다.

"그렇게도 오고 싶던 쿠바에 왔는데, 그다지 즐겁지가 않다."

"……나도."

불쑥불쑥 고개를 쳐들던 마음의 소리였다. 세상에 뱉어버리는 순간, 인정할 수밖에 없는 현실이 되어버릴까 미뤄온 끝없는 무기력감에 대한 짧은 고백이랄까. 예상했던 장기 여행의 슬럼프였다.

"오늘 술 한잔할까?"

"……좋지."

하루가 멀다고 영접하는 주酒님이거늘, 마치 '오랜만'이라는 듯 말하는 게 꽤 깜찍하게 들렸다. 말 끝나기가 무섭게 뛰쳐나가 럼의 한 종류이자 쿠바의 대표 술 아바나클럽 한 병과 달콤함이라곤 1그램도 없는 탄산수 한 병을 사왔다. 안주 하나 없이 급조한 술상이지만 생각보다도 월등하게 형편없어서 서랍장 위에 놓여 있던 장미 조화를 재빨리 얹어보니, 조금 더 예쁘게 형편없어졌다. 슬쩍 눈이 마주친 순간, 둘 다 '빵' 웃음이 터져버렸다.

세계여행을 떠나오기 전, 우리가 가장 오래 해본 여행은 두어 달이었다. 이번에는 그 기간을 훌쩍 넘길 것이기에 슬럼프는 애초에 예상했던 터이다. 우리보다 먼저 세계를 누빈 여행자들에게도 익히 들었다. 처음인 곳을 밟고, 색다른 것을 맛보고, 새로운 사람을 만나고. 늘 다르고 늘 새로운 것을 경험하는 게 어느덧 '일상'이 되어버리는 여행자의 모순. 각오는 하고 있었지만, 하필 꿈꾸던 쿠바에서 마주하게 될 줄은 몰랐다. 인정하는 순간, 입안이 가루약을 털어 넣은 듯 썼다.

남은 술이 목구멍으로 넘긴 술보다 현저하게 적어졌을 즈음, 우리는 결국 대안을 만들어냈다. 조심스럽게 인정한 사실에 비해 너무도 간단하고 명료한……

이마저도 즐기자.

마음이 가는 대로 해보자.

피하지 않고 계속 마주하다 보면 슬럼프에도 슬럼프가 오겠지.

우리는 슬럼프와 멱살잡이하는 대신 깔끔하게 동행하기로 했다. 무엇인가 이루려고 떠나온 게 아니었다. 경쟁, 조급, 집착 같은 것들은 그동안 걸어온 길바닥에 죄 버렸다.

아무것도 하기 싫으면 아무것도 안 하면 된다. 마음의 소리에 손을 들어주려 떠나온 여행이니까. 게다가 내 옆엔 같이 아무것도 안 해줄 친구 놈도 있지 않은가? 정 가만히 있기 뭐하면 끝내주게 숨 쉬고, 폼 나게 자고, 신나게 밥 먹기 따위를 하면 되겠지.

그렇게 우리는 꽤 한동안 중력을 덜 받은 채, 발을 디딘 것도 공중에 뜬 것도 아닌 무위의 삶을 이어갔다.

서른 번째 생일 1

비 날 레 스 VINALES

매년 달력에 있는 365일 중 하루.

하지만 누구에게나 특별한 그날.

12월 24일, 크리스마스이브.

내 생일.

    어린 시절에는 생일이 겨울방학 중에 있다는 이유로 친구들에게 초대장을 보내지 못했다. 그저 24일 저녁 즈음, 가족끼리 둘러앉아 12월 25일에 태어난 친오빠 나이만큼의 초를 꽂은 케이크를 한 쪽씩 나눠 먹었다. 머리가 좀 굵어져 전국구로 생활 반경을 넓힌 10대 후반에는 친구들과 가까운 곳으로 1박 2일 여행을 떠나 일탈의 즐거움을 탐했다. 성인이 되었다는 자부심

넘치던 20대 초반에는 마시고 죽자 콘셉트로 술집에 똬리를 튼 채 친구들과 고래고래 사랑과 꿈을 노래하며 날이 새도록 청춘을 놓지 않았다. 다소 철이 차곡차곡 들어가던, 혹은 그렇다고 믿던 20대 중반에는 조용한 레스토랑에 앉아 밥 한 끼에 술 한 잔 곁들이며 생일을 축하했다.

그렇게 1, 2, …… 7, 8, 9로 나이의 뒷자리가 다투어 오르고, 1, 2, 3……으로 앞자리마저 찰칵찰칵 넘어가며 크레파스, 3단 필통 등 완구용품에서 주름 개선, 피부 재생 영양크림으로 선물이 바뀌었다. 갈 수 있는 곳은 한층 다양해졌으며, 즐길 수 있는 돈은 조금이나마 더 풍족해졌다. 하지만 언제나 나의 생일날이면 전 세계적인 기념일이라는 흥분과 연말이라는 로맨틱한 특수성이 부록처럼 딸려왔다. 그 덕에 사랑하는 친구들과 제날짜에 생일을 나누기는 점점 어려워졌다. 그리하여 나의 생일은 자연스레, 23일로 당겨졌다. 어느새 그것이 당연해졌을 즈음 친구들은 하나둘 '남자친구'가 아닌 '남편'이, '아기'라 부르던 신상 구두가 아닌, '진짜 아기'가 있는 가정을 꾸려갔다. 그리고 아내와 엄마라는 새로운 역할을 맡은 친구들과는 점차 만나기 어려워졌다.

20대 후반, 어느새 나에겐 23일조차 생일이라기보다 오랜만에 친구들을 만나는 날로 그 의미가 변해갔다. 그리고 그날이

지나 생일 당일인 24일이 되면 나는 여느 날과 다를 바 없이 회사로 나섰고, 거리 가득 잔뜩 들뜬 사람들을 보며 터덜터덜 집으로 돌아왔다.

12월 24일.

추운 그날, 난 늘 시리게 혼자였다.

'에이, 뭐 생일이 별거냐' 싶다가도 좋은 사람과 보내고 싶어지는 크리스마스이브의 밤. 1년 중 유일하게 나만을 위해 생색내도 되는 '내 생일'. 그때마다 나는 정작 외로웠다. (남자친구가 없었느냐 묻는다면 잠시 먼 산 좀 봐야겠다.) 시끌벅적 사랑이 가득한 도시의 공기 속에서 나를 위한 선물이랍시고 혼자 영화나 공연을 보는 것도 괜히 구차했다. 홀로 방에 앉아 특선 영화나 뒤지며 쪼그려 앉아 수면바지 무릎 부분에 서글픔을 닦아내는 것도 언젠가부터 익숙해졌다.

그렇다. 나는 생일날 이렇다 할 기억이 없다.

추억 없는 내 20대 생일에 대한 모든 역사를 꿰차고 있는 선임이는 쿠바에 들어와 12월에 접어들 무렵부터 생일에 뭘 하고 싶냐며 슬쩍슬쩍 떠보았다. 그저 아바나 한구석 술집에서 조용히 보내고 싶다는 내 대답은, 진심이었다. 그저 이번에는 혼자이지 않아도 된다는 사실만으로 딱히 더 바라는 환상은 없었다.

하지만……

　이번, 서른, 나의 생일은…….
　내 인생을 탈탈 통틀어 가장 시끌벅적한 생일이었다.

　비, 술, 음악, 사람.
　내 생일 무렵, 나는 내가 사랑하는 모든 것들에 안겨 있었고,
그 포근함과 달콤함에 웃음을 멈추지 못했다. 외로움이나 서글
픔 따위가 비집고 들어올 틈은 1밀리미터도 없이 진심으로 노
래하고, 춤추고, 웃었다. 좋은 날, 좋은 사람과 같이 있다는 게 이
렇게 따뜻하다는 것을 처음 알았다.

　나의 서른 번째 생일은 글로 그리기 벅찼다.

서른 번째 생일 2

비 날 레 스 VINALES

멋지의 생일이 다가오고 있다.

녀석이 여행을 떠나 처음 맞는 생일, 하필 발붙인 나라는 인터넷이 되지 않는 쿠바다. 한국에 있는 다른 지인들로부터 축하 메시지도 받을 수 없는 고립 상태인 것이다. 그러니까 그날, 녀석의 곁에는 축하해줄 사람이 전 세계 통틀어 오로지 나뿐일 예정이다. 온전히 내 몫이 된 녀석의 서른 번째 생일. 하, 맙소사. 얄궂다. 내게 왜 이런 시련이⋯⋯?

시시각각 머리를 굴렸다. 대체 어떻게 축하해준담? 손편지를 쓰자니 생각만으로도 온몸의 세포가 맥반석 위의 오징어처럼 오그라들었다. 그 불가피한 부작용도 마뜩찮은 데다 달랑 편지

한 통으로 때우기도 뭐했다. 그렇다고 선물을 사자니 등에 지는 모든 것이 업보인 여행자 신분에 그마저도 쉽지 않았다. '자, 여기 예쁜 쓰레기. 앞으로 약 2년여간 메고 다니렴' 하며 웃을 수는 없는 노릇이지 않은가. 서프라이즈 이벤트를 기획해볼까도 했지만 금세 불가능한 일임을 깨우쳤다. 변기 위에 앉아 있는 시간 빼고 모든 순간 붙어 있는 이 상황에서 뭘 어떻게 준비한단 말인가. 생각은 돌고 돌아 출구 없는 터널에 봉착했다.

아무리 아이디어를 짜내도 이렇다 할 묘안이 떠오르지 않아 하는 수 없이 녀석의 의중을 떠보기로 했다.

"야, 크리스마스쯤에는 아바나에 도착할 것 같지? 너 거기 엄청나게 가고 싶어 했잖아. 뭐 하고 싶은 거 있냐?"

최대한 자연스럽고 무심하게 묻는다는 것이 그만, 말을 걸며 시선을 딴 곳으로 던져버렸다. 이런 젠장, 완벽하게 어색했다. 다행히 눈치채지 못한 것 같지만, 너무 자연스러워서 혼잣말인 줄 알았는지 답도 없었다. 깊은 심호흡으로 태세를 가다듬고 다시 한번 같은 질문을 던졌다. 마치 오늘 날씨에 관해 이야기하는 듯, 들숨 날숨에 어쩌다 섞여 나온 기침이라는 듯, 무관심의 냄새를 한껏 얹어서.

"응? 글쎄, 딱히 하고 싶은 거 없는데? 조용한 술집이나 가서 한잔하지 뭐."

이런, 갖은 노력에 비해 별다른 수확이 없었다. 쓱 지나가며 표정을 살피니 녀석은 적극적으로 아무 생각이 없는 얼굴이었다. 분명 무의식중에 나온 진심이다. 그래, 그냥 술이나 한잔 먹여야겠다. 조용한 곳에서의 한잔을 누구보다 좋아하는 놈 아닌가. 그럼 됐지 뭐. 이곳 쿠바에서 뭘 더 어떻게 할 수 있겠는가. 멋지가 좋아할 술과 안주, 분위기까지 삼박자가 고루 배합된 적당한 술집이나 물색하는 것으로 결론 내렸다.

이도 저도 귀찮아져 마음속 결정을 했건만, 막상 날짜가 다가오자 다시 불편해졌다. 아바나 뒷골목의 어느 허름한 술집에서 잔을 기울이는 것만으로도 분명 멋지는 98퍼센트 만족할 것이다. 하지만 결정적인 2퍼센트는 채워지지 않겠지. 지난 스물아홉 번의 12월 24일마다 쌓였을 설움을 아는 내가 안일하게 생각하고 있다는 사실이 못내 마음에 걸렸다.

남김없이 극도로 행복할 때 나오는 멋지의 표정이 있다. 코의 평수를 한껏 개방한 채 마음껏 구겨져 웃는 못생긴 표정. 안 되겠다. 그 표정을 봐야겠다.

호기롭던 다짐에 비해 별다른 아이디어 없이 김멋지 생일이 이틀 전으로 다가왔다. 그때, 솔깃한 이야기를 입수했다. 숙소 내

131

에서 친해진 여행자 몇몇이 쿠바 친구들과 함께 아바나 근교로 놀러 간다는 것이었다. 날짜를 물으니 12월 23일에 떠나 크리스마스까지 보내고 돌아온단다. 순간, 머릿속 촉에 타닥 불이 붙었다. 멋지가 화장실에 가느라 자리에 없는 지금이 기회였다. 신속하고 은밀하게 멤버 중 한 명에게 접근해 그 여행에 우리가 합류할 수 있겠냐고 물었다. 이미 친해진 그들 사이에 우리가 무턱대고 끼겠다는 것이 어색한 상황이었지만, 이것저것 따질 때가 아니었다. 초고속으로 친해지지, 뭐.

여행 속의 여행을 꾸려볼 심산이었다. 생일 당일 늘 혼자였던 녀석이 사람들에게 둘러싸여 끝도 없이 축하받을 수 있게 만들고야 말겠다!

기획자이자 파티 플래너, 나아가 큰 그림을 그리는 화가의 면모로 일을 도모한 후 슬쩍 멋지에게 운을 띄웠다. 예상대로 녀석은 별로 내켜 하지 않았다. 이제 막 얼굴을 튼 사람들, 게다가 외국인들과 섞여서 가는 여행에 괜스레 어색하거나 불편한 일이 생길까 염려하는 눈치였다. 나와 단둘이 보내는 생일은 소소하지만 편안함이 보장되어 있을 것이다. 하지만 저 여행은 큰 재미와 큰 어색함, 둘 중 어떤 것이 튀어나올지 모를 복불복이지 않은가.

이미 모든 판을 벌여놓았기에 취소하면 여러모로 모양이 우습게 되겠지만, 녀석의 결정을 기다리기로 했다. 깜짝 여행이고 뭐고 저놈 마음이 불편하면 쓸모없는 일 아닌가.

마침내 멋지가 입을 뗐다.

"가자."

좋았어! 아주 소란스러운 생일을 보내게 해주지.

대망의 23일. 멤버들이 아침부터 숙소 앞으로 모였다. 한국인 은 멋지와 나를 포함해 다섯 명, 현지 쿠바인 네 명과 스웨덴인 한 명, 한국인이지만 아르헨티나에서 태어나 현재는 쿠바에 살 고 있는 국적이 모호한 한 명까지. 다국적 축구팀 같은 이 글로 벌한 사람들이 모두 멋지, 네 생일을 축하해주기 위해 모인 것 이라며 수선을 떨었다. 그들에게는 그저 크리스마스를 즐기기 위한 여행일 테고 녀석도 그 사실을 모르는 바 아니건만 오래간 만에 겪는 시끌벅적함이 좋은지 멋지의 얼굴이 마냥 해맑았다. 훗, 시작이 좋군.

그런데 웬걸. 여행 속 여행, 코드명 '멋지 생일 축하 기념 프로 젝트'가 난관에 봉착했다. 출발 시각이 되어도 멤버 중 하나가 나타나지 않았다. 해는 어느덧 중천에 걸렸고 기대감은 높이 솟 은 해와 엇갈려 바닥으로 내려왔다. 시작이 좋다고 설레발을 괜 히 떨었나. 다행히 멋지의 표정은 아직 맑음이었다. 코 평수는 아직 개방되지 않았지만 이게 어딘가. 만회의 기회는 남아 있다. 힘내자, 위선임.

얼마 후 마지막 멤버가 나타났다. 몇 시간 만에 나타난 그를 탓할 새도 없이 서둘러 출발했는데…… 이번에는 교통수단이 문제였다. 열한 명이 탑승할 차가 도통 잡히지 않았다. 아, 계획했던 그림은 이게 아닌데, 어쩌지.

다행이라고 해야 할까, 몇 시간 만에 차를 잡았다. 그런데, 갈수록 가관이었다. 트럭이 잡힐 거라곤 생각도 못 했다. 총 열한 명의 몸뚱이와 2박 3일의 짐들을 8인용 좌석에 구깃구깃 구겨 넣으니 흡사 양계장 트럭 같았다. 구겨진 닭들은 비포장 도로에서 트럭이 조금만 속도를 낼라치면 튀어 오르기 일쑤였다. 이러다 한 명쯤 달리는 차 밖으로 튀어나간다 한들 이상할 것이 없어 보였다. 그나마 다행인 점은 출발부터 고생길임에도 멋지 얼굴이 여전히 밝다는 것. 매일 나와 둘만 붙어 있다 여러 닭, 아니 사람들을 만나서인지 여간 흥이 나는 듯했다. 짜식, 어지간히 내가 지겨웠나 보군.

엉덩이 두 짝을 사정없이 고문하며 한참을 달린 끝에 드디어 목적지에 도착했다. 온종일 제대로 된 식사도 못 하고 고생만 한 모두의 얼굴이 파리했다. 특히, 급성 공복 환자 멋지의 얼굴은 이미 말린 미역색이 되어 초반의 밝은 표정은 자취를 감췄다.

긴급 상황. 어서 녀석의 위장을 채워야 한다.

급하게 숙소를 잡고 멋지가 씻는 동안 밥상을 준비했다. 미리 일행들에게 일러두었던 만큼 메인 메뉴는 멋지가 영혼을 내어 사랑하는 고기와 술로 준비했다. 쿠바의 상징과도 같은 아바나 클럽 한 병과 녀석이 일편단심으로 아끼는 한국 소주를 정갈히 상에 올렸다. 함께 온 장기 여행자 부부는 애지중지 배낭에 넣고 다니던 즉석 미역국까지 내놓았다. 씻고 나온 멋지의 둥그런 눈이 소주 뚜껑만큼 커졌다. 다양하게 차려진 생일상을 쿠바에서 알현하니 당연한 일 아니겠는가. 녀석을 주인공 자리에 앉히고 한국 표준 시각 기준으로 12월 24일이 되는 순간, 축하를 시작했다.

일행 중 한 명이 라이터 불을 붙여 멋지 앞으로 내밀었다. 불을 켠 손을 케이크 삼아 '후' 불어보라 재촉하고 정신 차릴 틈도 없이 생일 축하 노래를 불렀다. 각국의 언어로 도돌이표 붙여 연속으로, 몇 번이나, 쉬지 않고. 모두가 멋지를 향해 웃고 손뼉 치는 와중, 슬쩍 곁눈질해 녀석을 바라보았다. 눈에 살포시 차오른 습기라니. 좋아, 성공한 듯하다.

속을 든든히 채우고 밤거리로 나섰다. 평소 멋지와 둘이서 여행할 때에는 상상도 못 한 일이다. 그동안은 위험하다는 생각에 해가 지면 외출을 삼갔는데, 지금은 여럿이 함께인 데다 쿠바 현지인도 있으니 용기가 났다. 거리에는 자유롭게 기타를 치고 노래를 부르는 청년들이 있었는데 갑자기 우리에게 합류하라고 제안했다. 알고 보니 우리 일행 중 한 명의 고향 친구들이라고. 그래? 친구의 친구라면 내게도 친구지! 이역만리 타국의 낯선 외국인이 금세 친근해지는 마법이, 그 밤거리에 있었다.

한참을 떠들썩하니 흔들며 놀다 흥이 식을 때 즈음이었다. 이제 그만 숙소로 돌아갈까 하는데 노래를 부르던 청년들이 기가 막힌 곳이 있다며 함께 가자고 했다. 잠시 고민하다 친구의 친구인데 뭐, 하는 마음으로 따라갔는데 막상 도착한 곳은 으슥한 창고 같은 곳이 아닌가. 불안감이 엄습했다.

아, 괜히 믿었나! 김멋지의 서른 번째 생일에 사건, 사고에 휘말리는 그림은 예상치 않았다. 재빨리 탈주로를 탐색하는 순간, 커다란 문이 열리고 수많은 이들이 나타났다. 레게 머리를 하고 트럼펫을 부는 청년, 배가 불뚝 나온 북 치는 꼬마, 해괴한 가면을 쓴 구릿빛 피부의 소년과 음악 한 줄기 없이 자신만의 살사 리듬으로 춤추는 긴 머리 소녀까지. 해리포터의 승강장으로 빨려 들어온 기분이었다. 눈앞에 펼쳐진 믿을 수 없는 광경에 입을 벌리고 한참을 서 있으려니, 우리를 초대한 청년이 이곳은

공연 소품들을 모아놓는 창고인데 저녁에는 마을 청년들의 아지트로 쓰인다고 설명해주었다. 뒤이어 그가 잠시 창고 안의 모두를 주목시킨 후 우리를 소개했다. 모두 알아들을 수는 없었지만, 단 한 단어는 확실히 알 수 있었다.

"아미고Amigo."

'친구'라는 그 말에 모두의 입꼬리가 올라가고 눈꼬리가 휘어졌다. 곧이어 난데없이 춤판이 벌어졌다. 나름의 환영식인 듯했다. 주저할 새도 없이 삽시간에 '아미고'가 된 모두가 중앙으로 나아갔다. 멋지도 이내 연신 몸을 흔들어댔다. 저토록 애석한 춤사위를 쑥스러운 기색 없이 내보이다니…… . 여간 흥이 났나보다.

좋았어, 이 기세를 몰아 다시 한번 놀라게 해줘야지.

싹 눈치를 살핀 후 개중 가장 우두머리로 보이는 청년에게 다가갔다. 손짓, 발짓을 총동원해 멋지의 춤사위보다 더 애석한 스페인어로 귓속말을 전했다.

"저기, 이상한 옷 입고 더 이상한 춤 추고 있는 땅딸막한 애 보여? 저놈이 내 친구인데 오늘이 생일이야. 같이 축하해줄 수 있어?"

그는 한쪽 입꼬리를 씩 올리며 엄지를 치켜들었다. 잠시 후. 트럼펫과 북, 살사가 함께하는 생일 축하 노래가 창고 가득, 울려 퍼졌다.

쿠바의 시골 동네, 구석진 어느 창고 안. 그곳에는 모든 것이 있었다. 음악, 노래, 춤, 청춘, 열정, 사랑, 우정, 땀. 이곳에 없는 것은 단 하나 같았다. 내일.

한참을 '내일'과 '내 일'이 없는 사람들처럼 불살라 놀다 지쳐 밖으로 나왔다. 그때, 선물처럼 비가 내리는 게 아닌가. 누가 먼저랄 것도 없이 빗줄기를 맞으며 신발을 벗은 채 하나둘 춤을 췄다. 살사를 추는 사람, 알 수 없는 자신만의 리듬을 타는 사람, 한국에만 있는 줄 알았던 관광버스 춤을 추는 아저씨까지.

내리는 빗줄기에 그간의 부담감이 씻겨 내려갔다. 훗, 이 정도면 꽤 했는걸! 훗날 두고두고 오늘 내리는 이 비까지 내가 관장했노라고 뻐겨야지. 저 멀리 입을 귀에 걸고 출처 모를 스텝을 밟고 있는 멋지의 코 평수가 활짝 개방되어 너울너울 춤을 추고 있었다.

1월 1일

멕 시 코 시 티 MEXICO CITY

내일은 1월 1일. 여행을 떠나와 처음 맞는 새해다.

'새'와 '첫'과 '1'이 난무하는 이날, 법석을 떨 법도 하지만 우리에게는 '새'로운 도시, '첫' 경험들이 이미 일상이 되었다. 낭만의 도시에서 꼭 일출을 봐야 한다든지, 날이 날이니만큼 한식을 먹어야 한다든지 따위의 포부나 환상은 당연히 없다. 게다가 연인도 아닌 친구 놈과 함께 아닌가. 그저 지금 있는 멕시코시티, 저렴한 숙소에서 늘 그렇듯 술 한잔하며 12월 31일과 한 해를 동시에 저편으로 보내면 되는 일이다.

지금보다 시퍼렇게 어릴 적에는 '시작'과 '처음'이 주는 설렘과 긴장이 있었다. 두근거리는 '첫' 등교, 어설픈 '첫' 키스, 궁금한

'새' 친구, 낯선 '새' 신발. '새'해도 마찬가지였다. 3분의 1도 못 쓰고 방치되어버릴 테지만 다이어리를 사서 그 첫 장에 영어 공부, 운동, 독서, 절주(그 와중에 금주는 절대 쓰지 않았다) 같은 결심을 써 내려갔다. 잠을 쫓으며 보신각 타종 소리와 함께 행복한 소원을 빌었다. 나이를 먹고 경험이 포개지며 점점 처음인 것, 새로운 것보다는 익숙한 것들이 많아졌다. 1년 365일, 두 번인 날이 어디 있겠냐며 흥미를 잃었고 종국에는 화장실 변기 위에서 새해를 맞았을 때도 그 어떤 감정의 동요가 없었다. 이렇게 '나이'를 얻고, '처음'을 잃어가나 싶었다.

그래도 타국에서 맞는 1월 1일. 내 나라가 아닌 곳에서 맞는 새해는 '처음'이다. 그 사실에 살포시 설렘이 일었다. 평소보다 고급스러운 술과 음식을 먹을 좋은 핑계이지 않은가.

마트는 사람들로 가득했다. 운집해 있는 멕시코인 사이를 당당하게 비집고 들어가 당연한 듯, 주류 판매대로 직진했다. 음, 오늘을 기념하기에 어떤 녀석이 좋을까. 마침 해가 빼꼼 얼굴을 내민 그림이 있는 맥주를 발견했다. 이름마저 'SOL', 태양이란다. 새'해'니까 '해' 맥주……. 좋아, 어울려. 완벽해. 그런데 'Limon y Sal'이라고 적혀 있었다. 레몬과 소금이 들어 있다는 말이다. 맥주에……? 테킬라의 민족은 뭐가 달라도 다르구먼.

의심스러워하는 나와 달리, 새로운 것을 시도하는 것에 겁이 없는 선임이는 맛이 궁금하다며 금방이라도 캔을 열 것처럼 눈을 희번덕거렸다. 결국 레몬과 소금의 은총을 받은 '해 맥주'를 장바구니에 집어넣었다. 그리고…… 평범하게 맥주만 살 순 없다는 생각에 근사한 술도 하나 사기로 했다.

"이런 날 돈 쓰지, 언제 써."

당당하게 주류 판매대 앞에 서서 가격표를 훑었다. 이럴 때만 나오는 집중력으로 한참을 이것저것 보던 끝에 발견했다. '베일리스 오리지널 아이리시 크림'. 아이리시 위스키에 부드러운 크림과 초콜릿을 혼합한 알코올이다. 달콤한 맛과 향 때문에 우유랑 섞어 먹으면 꿀꺽꿀꺽 넘기다가 어느새 남성의 어깨에 기대고야 만다는 작업주! 싱글몰트 위스키를 더블 스트레이트로 연거푸 털어 넣을 것같이 생겼지만 의외로 이런 달콤한 술을 좋아하는 선임이에게 구매를 종용해볼 만했다.

예상은 적중했다. 야반도주 로드의 재정을 맡은 선임의 결재가 떨어졌다. 기분 내는 김에 돈 좀 쓰자는 말이 통했던 것 같았다. 흐뭇한 마음으로 호기롭게 상자를 집었는데! 응……? 텅 비어 있네?

"누가 훔쳐 갔나? 범죄로 악명 높다더니, 역시 멕시코는 마트부터 남다르군."

빈 상자를 들고 재고가 있는지 물어볼 직원을 찾았지만, 손님으로 가득 찬 마트에는 우리에게 신경 써줄 사람이 없었다. 하지만 곧, 인자한 미소의 아주머니 한 분이 구원투수로 나타나셔서 알아듣지 못할 스페인어로 랩을 하시는데…… 아주머니를 넋 놓고 바라보고 있자니 우리가 스페인어 바보라는 걸 간파하신 듯 만국 공통어인 손짓, 발짓을 하셨다.

손짓, 발짓이라면 기가 막히게 알아듣지! 빈 상자를 들고 계산을 한 후 저쪽 마트 구석으로 가면 새 술을 준다는 것 같았다. 외국어 능력 시험에 '눈치' 파트가 있다면 단연 만점을 맞을 실력이었다. 이어 파파야와 아보카도, 올리브를 안주로 간택해 차례로 담았다. 무거운 비닐봉지를 들여다보니 다 선임이 좋아하는 거네?

양손 무겁게 숙소로 돌아오는 길, 도로가 유난히 시끄러웠다. 어쩐 일인지 멀리서 관람차도 번쩍거리며 돌아가고 있었다. 매년 이맘때면 약 한 달간 도로를 통제하고 간이 놀이시설이 들어선단다. 쿠바를 떠나 멕시코에 도착하자마자 둘 다 약속한 듯 이틀을 꼬박 감기로 앓아눕는 바람에 전혀 모르고 있던 사실이었다. 이 나라의 연말도 한국만큼이나 활기차게 돌아가고 있었구나……. 한국에 보신각이 있다면 멕시코에는 관람차가 있구나! 참새가 방앗간을 그냥 지나칠쏘냐?

기괴하게 움직이는 놀이기구, 형형색색 풍선을 파는 아저씨의 외침, 캐릭터 그림을 얹은 어린이들의 얼굴, 생전 처음 보는 길거리 음식……. 별천지였다. 칙칙한 숙소 안에선 상상도 못 했던 요란함에 두 손 가득한 무거운 짐도 잊고 이곳저곳을 돌아다녔다. '몸보신'이란 핑계로 라임을 잔뜩 뿌린 새우 꼬치, 요란한 과일 꼬치, 매콤하게 구운 닭다리까지 정신없이 입에 집어넣었다. 배가 부르자 정신이 들었다. 양손 가득 먹을 게 있다는 것을. 늘 한 치 앞을 못 보는 것이 우리의 매력이라면 매력이다. 이 정도면 그만 돌아설 법도 한데 멕시코 전통 먹거리는 꼭 먹어야 한다며 고기를 노릇하게 구워 올린 타코까지 사고 나서야 별천지를 빠져나왔다.

숙소에 돌아와 오늘 사온 음식과 술로 상을 차렸다. 짭조름한 맥주와 달콤한 리큐어, 매콤한 타코, 담백한 과일.

1월 1일, 매년 오는 날이라며 무심했지만, 어쩌다 보니 놀이공원(?)도 가고 근사한 상(?)도 차렸다. 불과 일주일 전에 쿠바에서 크리스마스 음악에 맞춰 살사를 췄는데, 지금은 멕시코에서 타코를 먹으며 카운트다운을 기다린다니, 우리가 세계를 여행하고 있음을 실감했다.

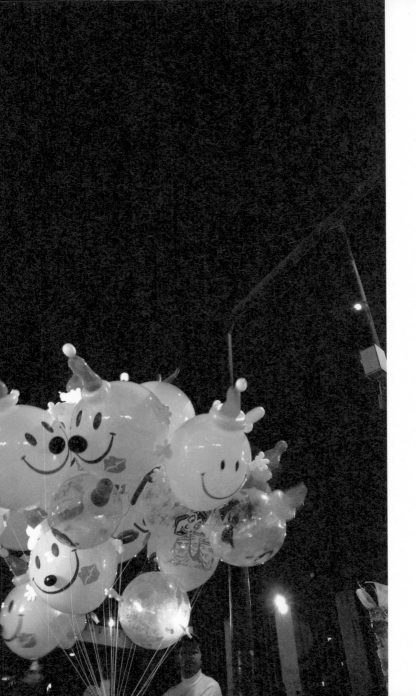

문득 다양한 인생이 이 게스트하우스 안에 있을 거란 생각도 들었다. 서로 다른 국적, 나이, 성별의 사람들이 같은 공간에서 각자의 새해를 준비하겠지. 누구는 웃음을, 누구는 한숨을, 누구는 후회를, 또 누구는 다짐을.

누렇게 뜬 안개 무늬 벽지 위로 지난 1년의 기억이 떠올랐다. 여행을 하기 위해 돈을 모았고, 결국 떠나와 하루하루를 생생하게 살았다.

괜찮은 시간이었지 않은가. 예측하지 못하는 일이 가득했지만, 그 낯설고 익숙지 않은 느낌이 외려 활기가 되었다.

내년 1월 1일을 우리는 어디에서 맞이할까? 그곳이 어디든 앞으로 여행할 날들을 진하게 추억하길. 적당히 반성하고 마음이 넉넉한 미래를 그리길, 바라본다.

침침하게 형광등 밑, 삐걱거리는 나무 의자에 앉아 베일리스를 채운 플라스틱 컵으로 선임이와 건배한다.

3, 2, 1.

땡!

"새해 복 박박 긁어다가, 올해 더 잘 놀아보자!"

PERU

여권이, 없어졌다

와 카 치 나 HUACACHINA

여행 중 겪을 수 있는 당황 유발의 최고봉, '여권 분실'.
남의 일이라고만 생각했던 그 사건에 휘말리고야 말았다.

분실 1일 차

　사막의 오아시스 주위로 형성된 아름다운 마을인 페루의 와
카치나를 떠나 나스카로 가기로 한 날. 우리는 버스 터미널에
있었다. 어째서 이 나라는 버스표를 구매할 때마다 여권을 보여
달라고 하는 걸까. 같은 나라 안에서 도시 이동을 하는 것일 뿐
인데 거참 귀찮기도 하다. 구시렁거리며 주섬주섬 보조 배낭을
뒤져보는데…… 여권이 없었다.

　왜 없지? 배낭에 넣었나?

여권을 넣었을 만한 주머니를 모두 살폈지만 여전히 없었다. 곁에 있던 멋지와 당시 함께 여행 중이던 또 다른 동행의 표정이 '아, 어디에다 두고 또 못 찾고 그래'에서 '이거 사달 난 건가'로 바뀌었다. 결국 터미널 바닥에 모든 짐을 꺼냈다. 내 것뿐만 아니라 멋지와 동행의 배낭까지. 그러고 나서야 인정했다.

여권을…… 잃어버렸네?

걱정과 염려보다 짜증과 귀찮음이 밀려왔다. 살면서 여러 번 느끼는데, 사람은 막상 큰일을 당했을 때 생각보다 큰 감정에 휩싸이지 않는다. 그 큰일이 본인의 일이라고 인지하고 받아들이는 데 에너지가 몰려 감정이 파고들 틈이 없기 때문이다. 이번에도 마찬가지였다. 별다른 위기의식이 느껴지지 않았다. 그저 이렇게 더운데 여권이 사라진 이 상황이 짜증스러울 뿐.

도대체 어디 있단 말인가. 공중전화를 찾아 방금 체크아웃하고 떠나온 숙소에 연락을 취했다. 방 번호를 말하고 분실물이 없는지 물으니, 나른한 목소리의 직원은 없다고 대답했다. 분실물의 품목이 여권임을 강조하며 사안의 심각성을 재차 되짚었지만 돌아오는 대답은 같았다. 아마 그들에게는 하루가 멀다 하고 일어나는 귀찮은 문제 중 하나일 터이다. 애달픈 것은 내 쪽이니 직접 가서 찾아보는 수밖에.

아직 우리의 냄새가 채 가시지 않은 방을 이 잡듯 탈탈 털었다. 여권은 보이지 않았다. 숙소도, 터미널도 아니라면 도대체 어디서 잃어버린 것인가. 한 가지 시나리오가 나왔다. 리마에서 떠나올 때 버스 터미널에 두고 오지 않았을까. 이 나라에서는 버스를 탈 때마다 여권을 요구하므로, 그때도 당연히 여권을 제시했었다. 희망이 보이는 듯했다. 숙소의 전화를 빌려 리마의 버스 터미널에 전화를 걸었지만 역시나, 없단다. 지푸라기 말아 쥐는 심정으로 그래도 혹시나 찾게 되거든 연락을 달라고 했다. 연락처를 물어오는 수화기 너머 목소리에 아…… 뒤늦은 깨달음이 밀려왔다. 받을 수 있는 연락처가 없구나. 이제야 뒤늦게 실감이 났다. 나를 증명할 수 있는 오직 하나의 수단을 잃어버렸다는 것을. 이제 어디에서도 내가 나임을 증명할 수 없게 되었다. 여권을 정말, 잃어버린 것이다.

개미 콧구멍이 뿜는 바람같이 희미하게 잡히는 와이파이로 한국대사관의 전화번호를 알아내 연락을 취했다. 그들은 내가 처해야 할 조치들을 열거해주었으나 통화 음질이 좋지 않아 몇 번을 되물어야 했다. 이런 긴박한 상황이 되자 어디서나 터지는 와이파이, 아무 때나 연락을 취하고 또 받을 수 있는 휴대전화가 있던 삶이 사무치게 그리워진다. 모든 것을 잃어봐야 그 소중함을 알게 된다는 고언, 귀에 딱지가 앉게 들었던 그 말을 이렇게 실감하기는 처음이다. 그동안 나 참 편한 삶을 살아왔었구나.

대사관의 설명에 따르면 여권을 재발급받기 위해서는 대사관이 있는 리마로 다시 돌아가야 했다. 여행 기간이 짧다면 임시 여행증명서를 발급받으면 되지만 나는 앞으로 남은 여행이 길고 여러 국가를 방문할 예정이기에 새 여권이 필요했다.

긴급회의가 소집되었다. 멋지와 둘뿐이었다면 함께 리마로 돌아갔겠지만 지금은 둘이 아닌 셋이었다. 5일 전에 대학 시절을 함께 보낸 언니가 우리의 야반도주 로드에 합류했다. 다니던 회사를 그만두고 이직하기 전, 우리와 여행하기 위해 남미로 날아온 것이다. 함께하는 여정은 약 한 달뿐인데 대사관에서 안내한 여권 재발급까지 걸리는 시간은 열흘에서 보름이다. 계획한 여행의 반을 나 때문에 낭비하게 할 수는 없었다. 그렇다고 우리와 여행하기 위해 날아온 그녀를 혼자 보낼 수도 없었다.

결자해지. 나 홀로 리마로 돌아가 여권을 재발급받고 다시 합류하기로 했다. 그렇게 셋이 여행한 지 5일 만에 우리는 헤어졌다. 강을 거슬러 올라가는 연어처럼 홀로 리마로 돌아가는 길, 감정은 실감을 넘어 어이없음의 단계로 진입했다.

분실 2일 차
리마로 돌아왔다.

혼자 밤 버스를 타고 열 시간을 이동하며 마음을 굳게 먹었다. 지금은 전시 상황. 목표 없이 사는 것이 목표인 그간의 삶의 태도를 잠시 넣어둘 때다. 두 가지 목표를 세웠다.

첫째. 최대한 빠른 시간 안에 여권을 재발급받아 멋지와 언니가 있는 곳으로 합류할 것.

페루 여행의 하이라이트인 '마추픽추'는 어떻게든 함께 보고 싶었다.

둘째. 홀로 있는 이 기간에 최대한 경비를 아낄 것.

어찌 되었건 분실은 내 잘못이다. 이미 네 돈, 내 돈의 개념이 없어지고 공동 주머니에서 나오는 돈으로 여행하고 있었으니 돈을 아끼는 것이 멋지에 대한 배려였다. 누구보다 빠르게, 누구보다 멋지게 새 여권을 들고 금의환향하리라!

전에 묵었던 숙소로 다시 돌아갔다. 바쁜 하루가 될 예정이었다. 여러 정보를 폭풍같이 검색하고 가장 먼저 경찰서로 향했다. 여권 분실에 관한 조서를 작성하기 위함이었다.

다음 목적지는 리마의 버스 터미널이다. 이미 전화로 그곳에 내 여권이 없다는 사실을 확인했지만, 지푸라기라도 잡는 심정이었다. 역시나 없다. 망할. 하지만 냉정해져야 한다. 더 이상의 실수는 없어야 한다.

　오늘의 마지막 목적지, 대사관으로 향했다. 기분 좋게도 대사관 직원들은 모두 친절했다. 안내받은 절차는 이러했다. 일단 리마에 있는 대사관에서 나의 여권 재발급 신청을 한국으로 보낸다. 한국에서 발급이 되면 리마 대사관으로 배송된다. 새 여권을 받으면 이민청에 가 페루 입국 도장을 다시 받는다. 안타깝게도 세계 여러 나라 중 남미 지역이 재발급을 받는 데 가장 오래 걸리는 편이란다. 신청을 마치고 돌아서려는데 영사관님으로부터 특별 면담 제안이 들어왔다. 리마, 와카치나 구간에서 한 달 새 한국인 여권 분실이 일곱 건 넘게 있었단다. 우리나라의 여권은 비자 없이 입국할 수 있는 나라가 많아 외국에서 나름 힘이 있기에 쉽게 도난의 표적이 된다는 설명이었다. 그제야 분실이 아닌 도난당했을 수도 있다는 사실을 깨달았다.

　이왕 이렇게 된 거 리마에서 좋은 시간을 보내자고 마음먹었다. 숙소로 돌아오니 이미 어둠이 내려 있다. 오늘 하루 말도 통하지 않는 먼 타국에서 홀로 각종 관공서를 돌며 이 많은 것들을 해낸 스스로가 대견하다.

분실 3일 차

아침에 눈을 뜨자마자 오늘 할 일을 생각했다. 그리고 깨닫는다.

'딱히 할 일이 없구나. 새 여권이 도착할 때까지 기다리는 것 외에는.'

그렇다고 내내 침대에 누워 있을 수만은 없었다. 최대한 돈을 들이지 않는 선에서 나름 즐겨보기로 하고 미라플로레스 광장을 관광했다. 미라플로레스Miraflores는 '꽃을 보다'라는 뜻의 스페인어인데…… 글쎄, 꽃이고 뭐고 내 여권이나 보고 싶다.

분실 4일 차

있는 힘껏 아껴보려는 의지도 시들해졌다.

사유는 '심심'이다. 새 여권이 언제 올지도 모르는데 혼자 맨날 미라플로레스만 돌아다닐 수는 없잖은가. 멋지도 내게 아낀다고 추하게 있지 말고 즐기라는 메시지를 보내왔다. 고민하다가 리마에서 유명하다는 패러글라이딩을 시도하기로 했다. 이런…… 바람이 잘 불지 않아 중간에 절벽에 불시착해버렸다. 되는 일이 없다. 이왕 이렇게 된 거, 홀로 바에 가서 맥주나 한 잔! 아직은 버틸 만하다.

분실 5일 차

덥다. 너무 덥다. 도저히 한낮에는 움직일 재간이 없다. 온종일 숙소에서 라임 뿌린 망고로 연명했다. 식비 절감의 차원이기

도, 더워서 입맛이 없는 까닭이기도 했다. 하지만 온종일 망고만 먹으니 얼굴마저 망고빛이 돼간다.

분실 6일 차

한 달에 한 번, 여성에게 찾아오는 마법의 날이 시작되었다. 반갑지는 않지만 여기저기 돌아다닐 때보다 차라리 이렇게 혼자 숙소에 박혀 있을 때 시작해서 다행이라 생각해본다.

분실 7일 차

어제의 생각이 큰 착오였음을 깨달았다. 강도 8.0의 지진 같은 생리통이 왔다. 진통제가 떨어져 사러 나가야 하는데 도저히 움직일 수 없을 정도의 통증이 온몸을 엄습했다. 더위와 아픔에 절어 침대에서 일어나지 못했다. 온종일 굶고 땀을 흘리느라 탈진 상태가 되었다. 침대 시트는 푹 젖었고, 내 몸과 마음도 젖었다. 멋지에게는 아무 일 없는 척 메시지를 보냈다. 아프다 해서 뭐하겠는가. 걱정만 시킬 뿐. 외롭고 우울하다.

분실 8일 차

오늘은 여권이 도착할 줄 알았는데……. 또 오지 않았다.

국제 특송 위치추적 서비스를 수만 번 새로고침 했다. 어째서 새 여권은 세계 이곳저곳을 다 들렀다 오는 건지. 한국에서 떠난 여권은 스페인과 프랑스를 거쳐 동남아에 가 있는 참이다. 주인 닮아 세계여행 중인 건가. 오늘도 숙소 도미토리 방에는 어제 들어온 녀석이 체크아웃하고, 또 새로운 여행자가 들어왔다. 어서 와. 리마는 처음이지? 호스텔 주인이 된 것만 같다.

내가 지금 여기서 대체 뭘 하는 걸까.

분실 9일 차

드디어! 새 여권이 도착한다는 소식이 전해졌다.

거침없이 체크아웃했다. 내 평생 다시는 리마와 이 지겨운 숙소에 오지 않을 것이다. 11시 15분경 새 여권을 볼 수 있었다. 이렇게 감격스러울 수가. 볼을 타고 한 줄기 눈물마저 흐르려는 찰나, 아아…… 세상은 내 편이 아니었다. 대사관의 여권 판독기가 말썽을 부렸다. 어쩐 일인지 계속해서 오류를 뱉어낸다. 판독을 마쳐야 여권을 인수할 수 있다는데, 답답한 노릇이다.

이민청에 방문해 페루 입국 도장을 받아야 하는 절차가 남아 있음에 바질바질 속이 탔다. 이민청은 1시까지만 운영한다는데 벌써 시간은 12시를 넘어가고 있었다. 사정을 들은 대사관 직원 분의 배려로 새 여권을 인수했다는 증명서를 들고 이민청부터 다녀오기로 했다. 택시를 잡아타고 날아갔다. 드디어 리마를 떠날 수 있다는 환희에 택시비 정도는 껌값으로 느껴졌다. 간신히 시간 맞춰 도착했는데…… 이럴 수가. 사람이 정말 많다. 끝없이 늘어선 줄에 정신이 아득해졌다. 이리저리 눈치껏 줄을 서봤지만 내 차례가 된 것은 1시 12분. 이민청 운영 시간이 종료되었다.

아……. 오늘은 정말 리마를 떠날 수 있다고 생각했는데. 표현하기 힘든 실망감과 좌절이 몰려왔다. 풀려버린 다리를 질질 끌고 근처에 다시 숙소를 잡았다. 짐을 다시 풀고 나니 그제야 온종일 아무것도 먹지 못했다는 사실을 깨달았다. 터덜터덜 걸어나가 아무렇게나 허기를 때우는데, 목에 울컥 걸린다. 크림 하나 없는 맨빵이라도 친구들과 먹고 싶다. 이것보다는 맛있겠지.

내일은 무슨 일이 있어도 이곳을 떠나리라.

분실 10일 차

마지막 날이다.

조금만 더 힘내기로 했다. 대사관에 들러 판독에 성공한 여권을 받고, 이민청 문이 열리자마자 첫 번째로 이첩 신청을 완료했다. 그런데…… 이 직원 보게나? 상사의 서명이 필요한데 출타 중이라며 몇 시간 후에 다시 오란다. 하, 급한 사람 태반인 이민청에서 이 무슨 행태란 말인가. 당장 처리해달라고 따졌다. 내 스페인어 실력이 이토록 일취월장했다니. 따져 물으니 놀랄

만큼 금세 해결되었다. 당당히 새 도장을 받은 새 여권을 들고 공항까지 택시를 잡아 날아갔다.

드디어, 드디어 리마를 탈출한다!

분실 11일 차

드디어 멋지와 언니를 만난다.

아날로그하게 쿠스코의 센트로 광장 분수대 앞에서 만나기로 했다. 심지어 언제 만날 수 있을지도 알 수 없다. 두 사람은 오늘 마추픽추를 보고 내려온다고 했다. 그렇다. 망할 놈의 여권 때문에 결국 마추픽추를 함께 가지 못했다. 게다가 오늘 둘은 쿠스코를 떠날 예정이다. 이미 마추픽추를 다 봤으니까.

나는? 함께 가지 못한다. 왜? 마추픽추를 아직 못 봤으니까. 하하하. 이런 연유로 우리 셋은 극적으로 열흘 만에 만났지만, 40여 분쯤 짧게 만난 후 헤어졌다. 언니와 멋지는 볼리비아 코파카바나로 넘어가는 차에 올라탔다. 이렇게 스치듯 만나고 다시 헤어지다니. 두 사람이 오늘의 감회를 내게 말했다.

"선임아, 이거 원, 군대 면회 온 것 같다야. 아하하하하."

CHILE

얼굴이냐, 엉덩이냐

아 타 카 마 ATACAMA

'세상에서 가장 어떠한 곳' 류의 수식어에 끌리는 편이 아니다. 낡은 표현이라 생각한다. 그나마 '세계에서 가장 높은 곳' 같은 표현은 괜찮다. 객관적인 수치로 증명되는 사실이니까. 취향이나 관심사에 따라 의미 혹은 흥미를 느끼고 찾는 이가 있을 것이다. 가장 별로라고 생각하는 수식은 '세계에서 가장 아름다운' 것들이다. 주관적인 '아름답다'에 어떻게 '가장'이라는 최상급 표현을 붙일 수 있을까. 그런 표현은 내게 '가장' 별로다.

칠레의 아타카마는 수식어부터 남달랐다. '세계에서 가장 건조한 곳', '세상에서 가장 메마른 지역'이라는 별명에 별로라는 생각 대신 흥미가 돋았다. '아름다운'도 아니고 '높은'도 아닌 가장 '메마른' 지역이라니. 객관적으로 증명할 수 있는 사실이자, 여행자에게 어필하는 긍정적 수식어도 아니지 않는가. 얼마나 건조하기에? 마침 칠레로 넘어가기로 했던 차, 볼리비아 우유니에서 칠레 아타카마로 국경을 넘는 2박 3일 투어 프로그램을 고민 없이 신청했다.

출발 당일 아침, 여행자들을 빼곡히 실은 차량이 시원하게 바람을 가르며 출발했다. 그로부터 여덟 시간째, 창밖의 풍경은 변함이 없다. 아무래도 누군가 출발할 때 풍경을 가위로 오려 창문에 붙여놓은 것 같다. 그렇지 않고서야 분명 달리고 또 달리는데 이토록 같은 느낌일 수가! 이 광활한 땅덩어리가 이렇게나 무심하게 방치되어 있다니!

3일 만에 국경에 도착했다. 아니, 도착했단다. 가이드가 이곳이 국경 지역이라 설명했지만 몇 번을 되물었다.

"여기가? 지금 이곳이? 진심으로?"

이런저런 국경 검문소를 경험했지만 이런 미니멀리즘은 또 처음이다. 인테리어 콘셉트가 '무'와 '여백', 혹은 '휑함'인 듯하다. 아니지, 바깥에 있으니 '아웃테리어'인가. 좌우간 이런 곳에서 무슨 출입국 심사를 한다는 말인지 의심스러웠다. 뭉게뭉게 피어오르는 당황을 여권 사이에 끼워 넣고 줄을 섰다. 어찌 되었건 서라니까 서겠는데, 지금 이것이 '줄'인지도 사실 잘 모르겠다. 내가 발붙이고 선 곳이 길이 되고, 또 줄이 되는 그런 곳이다. 다른 여행자들도 사방으로 물음표 담긴 시선을 보내는 걸 보니 비슷한 생각을 하는 듯하다.

엉거주춤 그들 사이에 서서 차례를 기다리고 있는데, 반갑지 않은 손님이 찾아왔다. 생리 현상이다. 먹을 것을 살 수 있는 가게가 몇백 킬로미터를 달려야 겨우 나타나는 이곳에선 물마저 귀한 처지라 수분 섭취를 최대한 자제했다. 그런 노력에도 불구하고 불현듯 강한 요의가 느껴졌다. 화장실의 위치를 묻는 내게 가이드는 두 팔을 벌려 허공을 향해 활짝 펼쳐 보였다. 아······. 친자연적 개방형 화장실을 뜻하는 만국 공용어로군. 하, 거참. 화장실이 없는 국경 검문소도 처음이다.

마침 같은 곤란을 겪고 있는 멋지와 함께 길을 나섰다. 혼자가 아니라는 사실이 별로이기도, 위안이 되기도 하는 복합적 마음이었다. 사람들이 줄을 선 건물의 반대 방향을 향해 탐사를 시작했다. 다행히 용도를 알 수 없는 의문의 담벼락 하나를 발견했다. 내 몸 하나 숨길 만한 야트막한 그림자까지 있으니 이 정도면 엉덩이를 잠시 가릴 수 있겠다 싶었다. 멋지부터 일을 치르게 했다. 어지간히 급한지 아까부터 두 발을 방방 구르고 있는 모양새였다. 함께 일을 치를 수는 없는 구조이니 마음과 용량이 모두 넉넉한 내 방광이 양보해야지.

망을 보기 시작했다. 이 허허벌판에서 누가 보겠냐는 생각에 스스로가 우스웠지만 내 안의 통념과 상식은 본능적으로 주변을 살피고 있었다. 일을 치르는 동안 미어캣처럼 목을 빼고 두 눈을 바쁘게 굴리던 멋지가 모든 일을 마치고 흐뭇한 표정으로 복귀했다.

이제 내 차례. 바통을 전해 받듯 멋지를 스쳐 지나 그늘에 입성하는 동시에 바지춤을 내렸다. 0.1초도 안 되는 시간에 이뤄진 동작은 민첩함이라기보다 절규에 가까웠다. 곧이어 워터파크가 개장했다. 폭포 같은 효과음과 함께 진한 해방감이 느껴졌다. 깊게 패어 있던 미간이 펴지고, 긴장한 근육들도 할 일을 마쳤다는 듯 풀어졌다. 아아…… 좋구나. 내 안에서 세상으로 분출되는 소리에 가만히 귀 기울여보는데 그 양이 상당하다. 쪼그려 앉은 다리가 이제 저리기 시작하는데 수압은 좀처럼 약해질 생각을 않는다. 허허허, 이런……? 방광의 저장 능력에 새삼스레 경탄했다. 그런데 그때, 낯선 음성이 들렸다. 알아들을 수 없는 말들, 각기 다른 톤으로 섞이는 여러 명의 대화. 게다가…… 남자 목소리.

황급히 고개를 들어 멋지를 살폈다. 아아……. 녀석의 눈을 보는 순간, 모든 사태를 파악했다. 튀어나올 듯한 동공, 허우적거리는 짧은 팔다리, 역시나 알아들을 수 없는 말. 우어어어어어, 선임아!!!

이럴 수가. 이 휑한 곳으로 사람이 오다니. 그들도 방광의 저장 문제에 봉착한 것일까? 아아, 침착해야 한다. 상황을 판단해 보자. 시작보다는 덜하지만 아직 내 물줄기는 거세다. 의지로 끊어낼 수 있는 미약함이 아니다. 성급히 움직였다가는 바지를 적실 것이 자명했다. 선택은 두 가지로 좁혀졌다.

얼굴이냐, 엉덩이냐. 둘 중 무엇을 내다 팔 것인가.

절체절명의 순간이었다. 아⋯⋯ 그 어떤 선택지도 싫다. 시간을 멈출 수 있는 초능력이 절실했다.

내 생각이 뒤죽박죽되는 동안, 멋지는 행동이 뒤죽박죽되고 있다. 저쪽을 가리켰다, 나를 봤다, 저쪽을 봤다, 나에게 발을 굴렀다, 고장 난 인형처럼 허우적거렸다. 남자들의 목소리가 점점 다가오고 있었다. 이곳으로 걸어오고 있구나. 세계에서 가장 건조한 사막을 위해 분연히 자신의 배설물로 대지를 적시고 있는 누군가를 그들은 어떻게 받아들일까.

이 순간 그 언젠가 받았던 질문이 떠오른다. 목욕탕에 불이 났을 때 손에 든 바가지가 하나라면 당신은 어디를 가릴 것인

가. 얼굴인가, 상체인가, 하체인가. 물 천지인 목욕탕에 불이라니, 운도 지지리 없다며 웃어넘겼다. 그 질문에 답을 내려야 하는 상황이 닥칠 줄은 진심으로 몰랐다. 그때 깊이 있게 생각했어야 했다. 그랬다면 지금 이 순간 어느 부위(?)를 지킬 것인가로 소중한 몇 초를 낭비하지 않아도 될 텐데.

목소리는 왼쪽에서 들려오고 있었다. 오른쪽으로 회전하면 얼굴을 마주하는 상황을 방지할 수 있겠지만 날것의 엉덩이를 내보여야 하고, 왼쪽을 선택하면 엉덩이를 지킬 수 있겠지만 얼굴을 숨길 수 없다. 얼굴과 엉덩이가 반대쪽에 달린 신체 구조가 새삼 원망스러웠다.

드디어 마음의 용단을 내렸다. 그들과 눈을 마주칠 자신이 없다. 의사 결정은 신속하고 결단력 있게! 빙그르르. 오른쪽 허벅지에 딱! 힘을 주어 지지대로 삼았다. 컴퍼스마냥 왼 다리를 돌려 오른쪽으로 180도 회전! 백조의 호수를 추는 유니버설발레단 같은 우아한 동작. 회전과 동시에 크리스털 같은 노오란 조각들이 방울방울 허공을 가르고 하얀 엉덩이 두 쪽이, 세상을 향해 전시되었다.

위선임의 지식백과 사전에 새로운 지역 설명이 업데이트되는 순간이었다. 칠레 아타카마, 세상에서 가장 창피한 곳.

ARGENTINA

떡볶이 원정대

멘도사 MENDOZA

'꽂힌다'라는 건 열정과 속도를 동반한 동사다. 이것 아니면 어떤 것도 대신할 수 없는 해바라기 순정과 똥, 된장을 가리지 않고 오늘만 사는 불도저급 추진력이 담겨 있다. 한국을 떠나온 지 161일째, 말 그대로 갑자기 떡볶이에 '꽂혀'버렸다.

온종일 뜨겁게 내린 해에 뼈까지 녹아내린 듯, 연체동물처럼 이리저리 휘어져 있던 선임이가 이것 좀 보라며 흰자위를 까뒤집고 휴대전화를 내밀었다. 숙소의 미세한 와이파이로 SNS를 탐닉하던 중이었다. 화면 속에는 '서울 10대 떡볶이'라는 문구가 선명했다. 각양각색의 맵시를 뽐내는 떡볶이가 날 좀 보라며 춤췄다. 포크로 찔렀을 때 잠시 몸을 움츠리다가 온몸을 흔들며 다시금 튀어 오르는 떡의 탱글탱글한 질감, 적당하게 벌겋고 되직한 국물이 영롱하게 빛을 내며 흐르는 고혹적 자태. 떡볶이 외길 인생 선임이는 이미 흘려버린 눈과 흘려버린 침으로 못생겨지고 있었다. 나라고 다른 모양새는 아니었다.

일순간, 콧구멍에 과분한 힘이 들어가며 늘어져 있던 뇌에 전류가 돌기 시작했다. 나는 천성이 게을러 나무늘보의 삶을 꿈꾸지만, 무언가 꽂히면 치타가 되어 전에 없는 집중력과 추진력을 발휘하는 성격이다. 바로 그런 순간이었다. 온 마음을 다해 떡볶이 생각밖에 나지 않았다. 벌떡 일어나 떡볶이를 만들겠다며 수선을 떨었다. 떡이 없는데 어떻게 떡볶이를 만들겠느냐며 한심한 눈길과 함께 선임이가 물었지만, 나는 씩 웃어 보였다.

"선임아, 나 떡도 만들 거야."

삼계탕을 만들기 위해 병아리부터 키우겠다는 느낌, 김치찌개를 끓이기 위해 배추부터 심겠다는 느낌, 장인 정신이 어려 있는 바로 그 느낌으로 인터넷 검색창에 '떡 만드는 법'을 넣었다.

"가만있어보자, 강력분? 박력분? 이게 뭐야. 강력분은 강력하게 만들어 먹는 건가? 그럼 박력분은 박력 있게 만드는 거야? 다 모르겠고, 나 지금 급하니까 마트에서 손에 잡힌 밀가루로 간다!"

늦었다며 말리는 선임이를 강력하고 박력 있게 치워버리고 숙소 매니저에게 다가가 지금 이 시각 열려 있는 마트가 있는지 물었다. 너무 늦은 시간이라 연 곳이 없다는 대답이 돌아왔지만 그런 대답은 이미 예상했다. 이대로 포기할 내가 아니다. 좋아, 그럼 닫았는지 내 눈으로 확인하겠어. 안 그러면 잠 못 잔다. 오늘 할 일은 수없이 미뤄봤어도 오늘 먹을 야식을 단 한 번도 미뤄본 적 없는 사람이야, 내가.

"금방 올게, 기다려. 꼭 해줄게, 떡볶이."

떡볶이를 향한 시뻘건 탐욕을 막을 수 있는 건 없었다. 선임이의 만류에도 뛰쳐나갔다. 10분여를 컴컴한 골목 사이로 뛰다 보니 저 멀리 상업적인 냄새가 나는 불빛이 가느다랗게 비쳤다. 이 느낌, 옳지. 역시나 마트였다. 구멍가게라는 표현이 걸맞았지만 오직 단일 품목으로 밀가루만 판다고 해도 감사했다.

"¡Hola! ¿Tienes harina?"

급한 와중에도 '밀가루 있어요?' 정도는 번역해오는 나, 멋쟁이라 불러다오. 조그만 아시아 처자가 왜 이 밤에 밀가루를 사러 왔는지 도저히 영문을 모르는 아주머니는 알 수 없는 스페인어를 쏟아내셨다. 아마 강력, 박력의 종류를 따져 물으시는 것 같은데 나조차도 무엇으로 만드는지 알 리가 없었다. 그저 "Harina, por favor(밀가루, 부탁드려요)."를 연신 외쳤다. 다시 생각해봐도 멋있는 문장이다. 밀가루를 부탁한다니……. 아주머니는 대화가 안 통한다고 생각하셨는지 어깨를 한 번 쓱 올렸다 내리며 밀가루 한 봉지를 건네주셨다. 생각보다 큰 크기였지만 겁먹지 않기로 했다. 전부 떡으로 만들어 먹을 것이다. 양파와 마늘, 맥주를 고르는 것도 잊지 않았다. 오늘 내 안에 있는 멋이란 걸 폭발시킬 테다. 불가능을 가능으로 바꾸는 열정(이라 쓰고 식욕이라 읽는다)을 지켜보아라.

빈손으로 터덜터덜 돌아올 것이라 예상했는지, 선임이는 밀가루를 꼭 쥐고 있는 내 손을 놀란 눈으로 바라보았다.

"훗, 이게 끝이 아니란다. 잊지 못할 마법을 보여주지."

배낭을 열어 선물 받은 튜브 고추장과 고춧가루, 기내식을 먹을 때마다 야금야금 모아둔 설탕과 후춧가루를 꺼냈다. 익반죽을 위해 물이 담긴 냄비를 불 위에 올려놓고, 호스텔 공용 양념도 하나씩 모아놓기 시작했다. 재료가 모두 준비되니 이게 가능하겠나 싶어 뚱했던 선임이도 떡볶이 먹을 생각에 흥이 올라 수선을 피웠다. 지구 반대편에서 떡볶이 원정대가 뜨겁게 탄생한 순간이었다. 플라스틱 볼에 방금 사온 밀가루를 타오르는 정열만큼 들이붓고 열정만큼 끓는 물을 넣어 반죽을 시작했다.

"아, 뜨거워! 떡볶이 만들어 먹으려다 손 다 녹겠네."

떡볶이를 먹겠다는 순수한 열의는 이제 하나의 도전이 되어

가고 있었다. 야수의 눈빛으로 뜨거움에 포효하며 반죽을 이리 저리 치대다 보니 뽀얀 반죽이 점점 쫄깃한 탄성을 자아냈다. 이건 끝이 아니다, 시작일 뿐. 커다란 도마를 올려놓고 반죽을 조금씩 떼어다 가늘게 늘리기 시작했다. 비록 그 모양새가 생각 과 다르게 불어터진 지금 나의 손가락 같았지만 괘념치 않았다. 어디서 본 건 있어서 떡이 서로 붙지 않도록 식용유 마사지까지 끝내며 모든 준비를 마쳤다. 이제, 진짜 떡볶이를 만들 시간만 이 남았다.

멸치, 다시마, 무 같은 육수 삼총사가 절실했지만 수돗물이 녹물이 아닌 것만 해도 다행이었다. '심플 이즈 더 베스트'라지 않았나. 고추장 꽉, 고춧가루 꽉꽉, 설탕 스윽, 간장 졸졸, 송송 썬 양파 담뿍 넣어 끓인 국물에 떡을 넣고 기다렸다. 매콤하게 끓는 듯한 이때, 다진 마늘 찹찹 넣고 후춧가루를 후춧후춧 뿌 려 3분 더 끓이면 드디어 완성! 밀가루 사겠다고 뛰쳐나간 지 1시간 30여 분 만에 이룩한 쾌거였다. 지구 반대편에서 떡볶이 를 만들어내다니, 눈물이 차오르는 것 같았다.

떡볶이 냄비를 놓은 식탁 위에는 전운이 감돌았다. 맛이 없 으면 밀가루 사는 데에 쓸데없이 돈을 쓴 것뿐만 아니라 소중한 고추장과 고춧가루를 낭비한 단죄를 받을 터였다. 선임이가 먼

저 포크를 들어 떡을 한 입 베어 물었다. 눈썹이 미약하게 들썩였다. 다시금 국물에 듬뿍 찍어 남은 떡을 씹더니만, 별안간 폭소했다.

"왜? 이상해?"

급히 떡 하나를 깨물어보니 웃음이 터져 나왔다. 떡이 아닌 듯하면서, 뭔가 떡 같은 맛. 맛이 없는 듯하면서, 뭔가 맛이 있는 맛. 성공과 실패 사이를 아찔하게 오가는 맛에, 떡을 씹다 말고 둘 다 한참을 웃어젖혔다.

그렇게 떡볶이 같은 무언가의 묘한 매력에 중독되어 있는데 누군가 다가왔다. 아까부터 우리를 유심히 지켜보던 일본 친구였다. 한국인의 소울 푸드 떡볶이 맛을 좀 보여줄까. 맵다는 경고와 함께 "너희 나라에 이런 거 없지?"라며 떡 하나를 건넸다. 그 친구는 기세 좋게 떡 하나를 한입에 털어 넣더니, 금세 얼굴이 벌게져서 급하게 물을 찾기 시작했다.

"으하하. 우리 이런 거 삼시 세끼 먹어도 멀쩡한 무서운 민족이라고!"

해묵은 한일 감정 따위 통쾌하게 한 방에 날아갔다. 그리고 어느새 냄비 바닥이 훤히 보였다. 벌게진 입술로 우리는 외쳤다.

"내일 한 번 더!"

위스키 온 더 록

엘 칼 라 파 테 EL CALAFATE

아주 사소한 구석에 마음을 뺏겼다.

'인간이 신에게 쉽게 접근할 수 있도록 만든 곳', '얼음, 물, 그리고 하늘, 이 단순한 조합이 빚어내는 장관', '폭 5킬로미터, 높이 60미터, 길이 30킬로미터의 장대함', '유네스코 세계 자연유산'. 환상적인 푸르름에 넋을 잃게 된다는 페리토모레노 빙하를 수식하는 표현은 많았지만 그 어떤 말에도 우리는 그저 담담했다. 그 미지근한 마음에 불을 붙인 건 빙하가 가진 명성에 비해 매우 사소한 것이었다. 바로 위스키. 트레킹을 마칠 즈음, 빙하 조각을 넣어준다는 위스키에 마음이 그만 동해버린 것이다. 빙하 위에서 빙하 위스키라니. 우리는 짠 내 나게 아끼다가도 써야 할 때는 뒤도 안 돌아보고 쓰는, 돈은 적어도 낭만은 가득한 한

량들이다. 트레킹 비용은 제법 비쌌지만, 기꺼이 값을 치렀다. 사람은 의외로 자질구레한 이유로 큰 결정을 내린다.

만년설은 봤지만, 빙하는 처음이라 꼼꼼하게 준비물을 챙겼다. 우선 추위를 봉쇄해야 한다. 숙소 문만 열어도 차가운 바람이 온 얼굴을 깎아내는데, 빙하 위를 걷는 트레킹이라니. 볼리비아에서 샀던 털점퍼와 털토시, 털모자, 털양말, 털이란 게 붙어 있는 모든 품목과 패딩점퍼까지 꺼냈다. 반사된 햇빛을 막아줄 선글라스, 행여 넘어졌을 때 날카로운 빙하로부터 손을 보호해줄 장갑, 꽉 조인 아이젠으로부터 내 발등을 지켜줄 트레킹화도 준비했다. 마지막으로 비상식량을 챙겼다. 빙하 옆에서 컵라면이나 핫도그 따위를 팔고 있을 리 만무하니 먹을거리를 준비해야 했다. 소고기와 채소를 잔뜩 넣어 주먹밥을 뭉쳐놓고 혹시 몰라 달걀까지 삶아두었다.

이튿날, 두 시간 정도 버스를 타고 로스 글라시아레스 국립공원으로 들어갔다. 커다란 호수가 나타나자 배로 갈아타고 빙하에 더 가까이 다가갔다. 갑자기 사람들이 웅성거리기 시작하면 알 수 있다. 볼거리가 생긴 것이다. 창문 너머 멀리 푸른 얼음이 보이기 시작했다. 급히 배 2층으로 올랐다. 시리도록 환한 광경에 짧은 신음을 뱉었다. 서서히 눈앞에 다가오는 거대한 얼음덩어리를 보고 문득 지구 남쪽에 와 있는 것을 실감했다.

배의 뒷부분에선 아르헨티나 국기가 바쁘게 펄럭였다. 배 뒤로 펼쳐진 파란 하늘, 하얀 만년설, 그리고 다시 푸른 빙하. 파란색과 흰색으로 이뤄진 아르헨티나 국기는 이곳에서 영감을 받은 게 분명하다. 눈에 담을 수 있는 저 먼 끝까지 빙하가 깔려 있었다. 비죽비죽 얼음 가시를 드러낸 빙하는 먼 곳까지 용케 왔다는 듯 도도한 푸른빛을 엷게 흘리며 환영 인사를 건넸다.

드디어, 뭍에 닿았다. 이제 손에 잡힐 듯 가까운 곳에 빙하가 있다. 직원분이 능숙한 손길로 아이젠을 한 짝씩 채워주신 후 걷는 방법을 알려주셨다. 얼마 전 트레킹으로 무리한 탓에 무릎이 성치 않은데, 힘을 주고 스파이크를 얼음에 박아 내리면서 걸어야 한단다. 발 모양으로 알파벳 V자를 만들며 올라갈 때는 팔자걸음, 내려갈 때는 안짱걸음. 풍류 한 번 즐기려다 무릎에 벼락이 떨어지게 생겼다. 그래도 어쩌랴. 여기까지 왔는데. 돈도 냈는데. 가방에 주먹밥이 있는데. 위스키도 마시고 싶은데. 물러설 수는 없다. 해보자, 한번.

조심스럽게 걷기 시작했다. 스파이크가 얼음에 살짝만 덜 박혀도 쉽게 미끄러졌다. 무릎에 아찔하게 전달되는 통증에 슬쩍 신음이 터졌다. 처음 걸음마를 배운 아기처럼 뒤뚱뒤뚱 걷기를

몇 분, 조금 익숙해지자 고개를 들어 멀리 바라보았다. 하얗다. 그리고 파랗다. 거친 도화지를 아무렇게나 찢어 붙인 듯하다. 3차원이라는 공간감이 없어졌다. 빙하를 오르는 사람들이 점으로 보이는 것으로 겨우 거리를 느꼈다. 배에서 볼 때와 또 다른 느낌이었다.

　빙하의 깊은 곳까지 들어오지 않았는데도 크레바스(빙하의 표면에 생긴 균열)는 제법 깊었다. 좁게 갈라진 얼음 틈 사이로 흘러나오는 신비로운 푸른 빛. 눈이 쌓이고, 얼고, 또 그 위에 눈이 쌓이고, 얼고를 반복하며 켜켜이 쌓인 얼음에 큰 압력이 가해지면 푸른빛을 띠게 된다고 한다. 사람을 집어삼킬 수도 있는 구덩이가 이토록 묘한 색이라니. 한없이 투명한 파란색이란 게 바로 이런 것이구나. 빨려 들어갈 것 같다. 자칫 발을 헛디디지 않도록, 정신을 붙잡고 가이드를 따라 일렬로 열심히 빙하를 탔다. 생각보다 따뜻한 날씨에, 예상보다 잘 버텨주는 무릎에, 기분이 상쾌했다.

　트레킹을 시작한 지 한 시간 반쯤 흘렀을 때, 다들 상기된 표정으로 평평한 빙하 언덕에 모였다. 작은 나무 탁자 위에는 빙하 조각이 가득 든 유리잔이 줄을 서 있었다.

　드디어 기다리던 시간이 왔구나. 방금 뚜껑을 딴 듯 목까지 가득 차 있는 위스키 병 옆에 캐러멜 쿠키가 쌓여 있다. 안주까지 준비하다니, 이 투어 꽤 하는데? 가이드는 익숙한 몸짓으로 유리잔 위에 위스키를 차례로 따랐다. 얼음 바위에서 떼어낸 조각 위에 위스키를 붓다니. 진정 위스키 온 더 록Whisky on the Rocks(위스키 음용의 한 방법으로 얼음에 위스키만 넣고 마신다) 아닌 가. 산에서는 담금주, 바다에서는 소주가 어울린다고 여겼다. 이 제 나만의 풍류 리스트에 '빙하에서는 위스키'가 추가됐다. 재 빨리 한 잔 차지하고 위스키의 고운 자태를 지켜봤다. 해를 향 해 유리잔을 들어 올리자, 달그락 얼음이 돌아가며 출렁이는 위 스키 사이로 짙은 햇빛이 통과했다.

차가운 위스키를 한 모금 물었다. 혀와 만나 따뜻해진 위스키 를 슬그머니 목 뒤로 넘기자 이내 속이 뜨거워졌다. 적당하게 얼 얼한 혀 위로 캐러멜 쿠키를 얹었다. 씁쓸함 위로 달콤함이 번진 다. 하늘을 올려다보았다. 구름이 돌고래 모양이었다. 파란 하늘 에 하얀 고래가 떠다닌다니, 잠시 현실감각이 무뎌졌다. 여기는 신들이 인간을 위해 만든 게 아니라 그들 자신을 위해 만든 냉동 고가 아닐까? 원탁에 둘러앉아 위스키를 마실 때 필요한 얼음을 이곳에 숨겨둔 게 아닐까? 저 돌고래가 이 냉동고를 지키고 있 는 게 아닐까? 비현실적인 풍광에 엉뚱한 상상이 줄을 이었다.

현실로 돌아오니, 신이 나서 위스키를 홀짝거리는 선임이가 보였다. 그 뒤로 세계 각국에서 온 사람들이 왁자지껄 이야기를

나누고 있었다. 지구 반대편에서 아끼는 친구와 오늘 처음 만난 사람들에 둘러싸여 마시는 위스키. 시린 얼음 위로 따뜻한 웃음이 날아다녔다. 고래가 떠다니는 하늘만큼이나 현실에도 낭만이 넘쳤다.

문득 떠나온 나 자신에게 고마웠다. 이렇게 늘 풍류를 즐길 줄 아는 여유 있는 사람이 되고 싶다, 감동하는 사람이 되고 싶다, 사라지는 것을 소중히 여길 줄 알고, 가진 것에 감사할 줄 알고, 현재를 사는 사람이 되고 싶다는 생각이 순서 없이 들었다. 그런 시간이 성실하게 켜켜이 쌓이면 나만의 빙하가 만들어지고 꽤 만족스러운 푸른빛을 띨 것 같다.

오랜만에 생각 좀 한다고 제멋에 취해 있는데 내 입속은 처지가 달랐나 보다. 차가운 위스키를 홀짝홀짝 털어 넣었더니 속은 뜨끈한데 몸이 바르르 떨린다. 팔팔 끓여낸 감자탕이 절실하다고 외치고 있다. 낭만 없기는, 쯧. 30년을 넘게 같이 살아온 내 머리와 입맛은 아직도 서로 협업이 안 된다. 급히 캐러멜 쿠키를 입안 가득 털어 넣으며 외쳤다.

"가이드님, 여기 한 잔 더 주세요!"

밤마실
부에노스아이레스 BUENOS AIRES

구글 번역기를 돌렸다.

아침까지 내가 돌아오지 않으면 경찰에 신고해줘.

집주인에게 이렇게 말하면 나가지 말라고 말리려나? 우선 쪽지를 남겨? 그냥 가지 말까?

   한 달 전, 선임이는 콜롬비아 여행을 하기로, 나는 아르헨티나의 부에노스 아이레스에서 잠시 살아보기로 각각 결정했다. 그리고 오늘은 선임이와 만나기 하루 전이자, 이곳에서 혼자 보내는 마지막 밤이다. 그동안 두려움에 고이 접어 넣은 일탈을 해보고 싶었다. 바로 밀롱가, 탱고를 추려고 사람들이 모이는 클럽에 가는 것이다.

이 탱고의 본고장에는 널린 게 밀롱가다. 탱고 음악을 내 몸처럼 사랑하는 내가, 이곳에 머무는 한 달 동안 밀롱가에 안 가봤을 리가 없지만 지금 가려는 곳은 조금 다르다. 녹음된 음악을 스피커로 틀어주는 일반적인 여타 밀롱가와는 달리, '말디타 밀롱가Maldita Milonga'는 오케스트라가 플로어 옆에서 직접 연주를 한단다. 악기에서 퉁겨져 곧바로 귓구멍에 꽂히는 탱고를 들으며 춤추는 사람들을 볼 수 있다니, 눈과 귀 호강이 200퍼센트 보장된 곳임이 분명했다. 하지만 이 외출엔 한 가지 문제가 있다. 밤 11시나 되어야 오케스트라 연주가 시작된다는 것이다. 사장님이 오픈 팻말을 걸자마자 박차고 들어가 탱고 삼매경에 아주 잠깐 빠진다고 해도 나올 수 있는 시간은 대략 12시다. 그때 숙소로 돌아오려면 택시를 타는 수밖에 없다.

밤이 밝고 치안 좋은 한국에서는 새벽 2시 정도 되어야 좀 늦었네 하는 정도이지만 여행을 떠나와선 해가 넘어간 뒤 외출은 최대한 삼가왔다. 나에겐 익숙하지 않은 도시이고 그들에게 난 눈에 띄는 이방인이다. 게다가 지금은 선임도 없는 혼자이기에, 위험에 빠지거나 범죄에 노출될 확률이 높았다. 부모님이 하사하신 몸뚱이를 그대로 건사해 집으로 돌아가려면 방 안 침대 위에서 하루를 정리하는 게 낫다고 생각은 했다.

그래서 여태 미뤄왔던 것인데, 내일이면 선임이 만나러 이구아수로 떠나야 하니 오늘밖에 날이 없지 않은가. 5분 이상 고민을 안 하는 사람인 것을, 오랜만에 고민에 고민을 더하니 배가 고파서 잠시 생각을 접고 스테이크용 고기 두 덩이를 냉장고에서 꺼내 노릇하게 구워냈다.

파전을 먹다 보면 막걸리가, 순대국밥을 먹다 보면 소주가 들려 있듯이 왼손엔 어느새 와인이 있다. 당연한 순서다. 나는 알코올 리그에서만큼은 스위스 명품시계처럼 한 치의 박자도 벗어나지 않는 정확한 사람이다. 고기 한 조각에 와인 한 모금. 한참을 쉴 새 없이 오갔더니 어느새 접시는 텅 비었고 와인은 반병도 채 남지 않았다. 다시 생각했다.

여기까지 와서 좋아하는 음악 한 번 라이브로 못 듣고 가면, 두고두고 후회할 것 같았다. 온종일 고민을 반복했던 게 무색할 정도로 주酒님의 힘은 대단하다. 갑자기 없던 용기가 들끓었다. 지금 이 순간만은 불량 잡배들에 맞서 싸울 수 있을 것 같았다. 심지어 플로어 중간에서 탱고 음악에 맞춰 개다리 춤을 출 수도 있을 것 같은 거친 용기가 치밀어 올랐다. 그래, 일단 출발하고 보는 거다.

가진 것 중 가장 단정해 보이는 옷(그래봤자 세탁한 옷)을 주워 입었다. 여기까진 막힘이 없었으나 막상 지갑을 챙기다 보니 생각이 많아졌다.

'대체 얼마를 가져가야 하지? 가진 돈을 다 가져가기엔 찝찝한데. 입장해서 마실 음료값, 돌아올 택시비, 중간에 나쁜 형님들 만나면 적당히 드려야 하고. 그럴 땐 하나도 아깝지 않다는 듯 기분 좋게 싹싹 털어드리고, 뒤돌아서 땅을 치며 엉엉 우는 거라 익혔는데……'

무릇 개념 있는 잡배들은 만족할 만한 돈을 앗아가면 좋은 마음으로 사람은 돌려보낸다지 않는가? 전 세계인의 심리는 비슷하지 않을까? 혹여 그들이 열받아서 해코지할 정도보다는 많게, 동시에 상납을 마친 뒤 마음 아파 앓아누울 정도보다는 적게 넣고 싶었다. 정성을 기울여 산정한 금액을 주머니에 쑤셔 넣고 흐뭇하게 집을 나섰다.

11시 되기 10분 전, 오늘의 목적지인 말디타에 도착했다. 미리 자리 잡고 앉아 오케스트라 연주를 즐길 수 있는 시간이었다. 매일 밤 들른다는 듯 짐짓 여유로운 발재간을 부리며 입장했다고 생각하지만 모르겠다. 팔다리가 같은 방향으로 나갔는지도.

이미 플로어 위에서는 사람들이 녹음된 음악에 맞춰 탱고를 추고 있었다. 진토닉 한 잔을 시켜 들고 자연스럽게 그들 사이로 섞였다. 라이브 밀롱가는 뭔가 근엄하지 않을까 싶어 나의 수더분한 옷차림새에 주눅 들어 있었는데 의외로 격식 없이 입은 커플도 꽤 있었다. 절도 있게 밀고 당기는 그들의 발을 훔쳐보며 진토닉을 홀짝거렸다. 어느새 11시 15분이 되었는데도 오케스트라가 등장하지 않는다. 테이블 자리는 점점 차고 춤추는 사람들로 플로어도 복잡해져 가는데 이게 무슨 일인지. 가는 날이 장날이라고 설마 오늘은 공연이 없는 거야? 안 돼, 이 양반들아. 나 이제 못 온다고. 애 다 탔으니 어서 시작하라고!

고민하지 말고 진작 와볼 걸 그랬나? 바보같이 뭐가 무서워서 미뤄뒀었나. 아니, 무서운 일이긴 했지. 더 늦기 전에 빨리 돌아갈까? 지금 가면 버스를 탈 수 있지 않을까?

집으로 돌아갈까 말까를 고민하고 있는데 11시 30분, 드디어 환한 조명과 함께 오케스트라가 등장했다. 총 아홉 명인 그들의 조합을 보자 마른침이 꼴깍 넘어갔다. 조용한 공기를 꿰뚫는 박수와 함께 연주가 시작되었다. 상냥한 피아노, 우는 바이올린, 담담한 첼로, 달래는 베이스, 노래하는 반도네온, 몽롱한 조명 사이를 휘젓는 사람들, 옅게 남은 와인 위로 덮인 진토닉 향기. 부에노스아이레스에서의 마지막 밤이 귓속에, 눈 안에, 혀 위로 진하게 스며들었다.

오케스트라가 나오지 않을까 조바심 내는 데 진을 뺐는지, 다

행히 무대 중간으로 뛰쳐나가 춤사위를 보일 용기는 잦아들었다. 이성을 잠시 테이블에 내려놓고 탱고에 빠져 있는 동안 훌쩍 시간이 흘렀다. 12시. 애써 마음을 채근해 몸을 일으켰다.

조금 전까지도 머리를 가득 채웠던 음악 소리가 멀어지면서 귓바퀴를 윙윙 돌았다. 아쉬움을 툭 털어내며 나온 골목에서 세 명의 사내와 눈이 마주쳤다. 늦은 시간, 관광객이 있기엔 어색한 장소다. 당연히 궁금해서 쳐다본 것이겠지만 혹시 모를 마음에 심장이 두방망이질했다. 급한 걸음으로 골목을 빠져나가니 사람들이 나만 주시하고 있는 듯한 느낌에, 목덜미의 솜털이 비쭉 곤두서기까지 했다. 다행히 운 좋게 택시를 바로 잡았지만 여기서부터 다시 긴장을 놓지 말아야 했다. 최대한 자연스럽게 주소를 말하고 짐짓 긴장하지 않은 척, 덜덜 흔들리는 무릎을 다잡으며 콧노래를 흥얼거렸다. 미리 휴대전화에 다운로드해 놓은 지도로 GPS를 잡아보니 기사님이 정상적으로 집을 향하고 있다. 휴.

택시에서 내려, 건널목을 건너, 현관문에 열쇠를 꽂는 순간까지 누군가 쳐다보고 있는 것 같아 몸이 움찔거렸다. 달칵, 자물쇠가 돌아가고 집에 발을 들이자 저릿함과 짜릿함이 동시에 밀려왔다.

여행을 떠난 이래 최고의 일탈을 결국 해냈다. 긴장 때문에 무거웠던 신발을 벗고, 무사 귀환을 축하하기 위해 남은 와인을 따랐다. 아직도 가슴이 파르르 떨린다. 다시는 혼자 이런 위험을 부담하는 일은 하지 말아야지.

내일은 미련의 조각 하나 남김없이 이 도시를 떠날 수 있을 것 같다.

나쁜 남자

푸 에 르 토 이 구 아 수 PUERTO IGUAZU

저벅저벅, 끼익.

벽을 향해 돌아누운 채라 볼 수는 없었지만 본능적으로 느낄 수 있었다. 홀로 누워 있던 방 안에 누군가 들어왔다.

여기는 멋지와 한 달간 떨어져 각자 여행하다 만나기로 한 아르헨티나 이구아수의 숙소다. 나는 멋지보다 하루 먼저 도착해 미리 방을 잡았다. 16인실 도미토리였다. 물론, '남녀 혼성'. 여행 중 가장 빈번하게 선택하는 숙소 형태다. 성별의 구분 없이 무조건 많이 '넣는' 방이 가장 저렴한 까닭이다. 하지만 비수기인 까닭인지 숙박객은 나 하나였다. 비어 있는 15개의 침대가 을씨년스럽던 참이었다.

잘되었다 싶었다. 게다가 남자인 것 같은데, 으흐흐. 한번 새
초롬하게 로맨스를 꿈꿔볼까? 붉어지는 마음으로 돌린 시선의
끝에는 환하게 웃고 계신 초로의 할아버지 한 분이 계셨다. 그
럼 그렇지. 내 팔자에 무슨 볼 빨간 상상이냐. 그러나 실망감은
잠시, 미소가 떠올랐다. 환하게 웃고 계신 할아버지의 인상이
방 안 공기를 족히 3도는 데워놓는 것 같았다. 웃는 얼굴은 만국
공용 슈퍼 패스지. 할아버지, 합격!

룸메이트를 평가하는 것은 계속되는 도미토리 생활로 생긴
못된 버릇이다. 인종, 국적, 나이, 성별, 언어, 가치관, 생활습관
이 모조리 제각각인 낯선 이들과 방을 함께 쓰는 것은 즐겁고,
고맙고, 행복한 경험만을 선사하진 않았다. 잘못 걸리면 내 큰
코가 원망스러울 정도의 체취에 질식하거나, 밤마다 웅장한 코
골이 콘서트에 참석해야 했다. 예의가 없는 친구들도 많았다.
멋지와 함께 룸메이트들의 점수를 매기는 것은 소소한 즐거움
이자 나름의 방어책이었다.

본인을 러시아에서 온 '알렉산드르'라 소개하신 할아버지는
서글서글한 첫인상을 굳히시려는 듯 직격탄을 날리셨다.

"밥은 먹었어?"

이럴 수가. 따뜻해졌다. 안 그래도 온종일 굶다시피 해 위장

에서 뱃고동 소리가 처연하게 재생되던 찰나였다. 혹시 들으셨나? 쓸데없는 자존심을 세우고 싶었지만, 실제 나간 대답은 "배고파"였다. 언제나 본능은 이성을 앞선다. 그리고 순식간에 내 앞에 상이 차려졌다. 한껏 피곤한 와중이었지만 피로보다 허기가 우세했다.

그리고 그 즐거웠던 식사가 끝나고 세 시간째, 나는 그에게 붙잡혀 있다. 할아버지는 말이 많았다. 말이 많다는 문장으로는 부족하다. 말의 화수분, 말의 폭포, 말의 전령사, 하……. 더 강력한 비유가 필요한데 비루한 어휘력이 한탄스러울 지경이다. 여기서 중요한 것은 나는 도무지 그 말들을 알아들을 수가 없다는 사실이다. 러시아 출신 할아버지께서는 간혹 몇 문장만 영어로, 대부분 스페인어로 말하셨다. 스페인어를 잘 알아듣지 못한다는 내게 할아버지는 호탕하게 웃으시며 직접 스페인어를 알려주겠다 했지만, 문제는 스페인어로 스페인어를 가르쳐주는 데 있었다.

어찌할 바를 모른 채 말의 총알들을 받아내고 있는데, 느닷없이 마테차를 타주시겠단다. 그렇다. 할아버지 대화의 또 다른 특징은 주제가 쉬지 않고 날뛴다는 것이다. 어찌 되었건 마테라면 남미의 녹차라던 바로 그 차! 마침 맛이 궁금하던 차였다. 타주신 차를 한 모금 마신 후 실제 느낀 맛의 약 백만 배 부풀린 리

액션을 내놓았다. 이 대화에 마침표를 찍어보겠다는 나름의 포부였다. 식사 후 차를 마신다는 것은 만남을 대충 마무리하는 것이지 않은가. 이 상식적인 통념이 아르헨티나에서도 통하길 바랐다.

그리고 그로부터 40여 분……. 나는 마테의 역사부터 종류, 음용 방법, 올바른 도구 사용법에 관한 '마테 원론' 수업을 수강해야 했다.

또래 친구라면 "야, 너 말 너무 많아!"라고 상쾌한 독침을 날릴 텐데, 그럴 수 없었다. 얼마나 말동무가 그리우셨으면 이러실까……. 나와 통화만 연결되면 쏟아내듯 이 말, 저 말을 하시는 바다 건너의 엄마가 생각난 까닭이었다. 하지만 잘 알아듣지도 못하는 말에 리액션까지 요구하시니 이거 원 환장할 노릇이긴 했다.

다음 날, 멋지가 도착했다. 녀석을 숙소로 들이기 전 주의(?) 사항들을 설파했다. 한 달만의 해후를 기뻐하는 것보다 그것이 내게는 중요했다. '뭐 그 정도로 말이 많겠어?'라는 표정의 멋지를 데리고 전장으로 향했다. 멋지까지 등장하자 할아버지는 한껏 신이 나셨는지 종이와 펜을 찾으시더니 우리의 이름을 본인의 모국어인 러시아어로 써주셨다. 뭐라도 챙겨주고 싶은 마음인가 보다. 그 따뜻한 마음이 고마워 우리도 캐리커처와 할아버지 존함을 캘리그래피로 써서 화답했다.

그리고 한 시간, 두 시간……. 웃고 있던 멋지의 입꼬리가 파르르 떨려오기 시작했다. 세 시간이 넘어갈 즈음, 우리는 나름의 돌파구를 모색했다. 지루한 내색하기, 단답형으로 대답하기, 하품하기, 전화 온 척해보기(남미에서 전화라니, 좀 심했다), 종국에는 멋지와 눈으로 모종의 사인을 주고받은 후 승부수를 날렸다.

"너무 피곤해서 자야겠어요."

강력한 한 방이었지만 큰 하자가 있었으니, 우리는 졸리지 않았다. 슬프게도 시곗바늘은 고작 8을 가리키고 있었다. 그래도 묵언 수행이 낫겠다 싶어 벽 쪽으로 돌아누워 멀뚱멀뚱 눈을 굴리고 있기를 한 시간여. 다시 끼익, 저벅저벅. 발소리와 문소리가 들렸다. 브라보! 할아버지가 외출하셨다! 문이 닫히고도 한참의 정적이 흐른 후에야, 조심스레 돌아누웠다. 저편 침대에서 이불 밖으로 빼꼼히 눈을 굴리고 있는 멋지의 시선과 만났다. 눈이 마주치고, 웃음이 터져버렸다. 으하하하하. 이게 뭐야, 대체.

그 후로 며칠간 할아버지는 우리가 어디에 있건 찾아내어 말을 거셨다. 부엌에서 뭘 먹고 있으면 "뭐 먹어?" 하며 나타나시고, 숙소 수영장 옆에서 늘어져 있다 보면 "덥지?"로 포문을 여셨다. 몰래 테라스로 나가 앉아 있으려니 "바람 부니?" 하며 의자를 가져와 곁에 앉으셨다. 심지어 동네 골목에서까지……. 어쩜 이렇게 귀신같이 우리를 찾아내시는지. 한번 이야기를 트면 기본이 30분. 잘라내지 못하면 서너 시간 동안의 고행이었다.

결국, 우리에겐 '알렉산드르 촉'이 생겼다. 할아버지가 방에 들어오시는 발소리만 들리면 하던 일들을 멈추고 침대로 직행했다. 이렇게까지 해야 하나, 자괴감이 들었지만 어쩔 수 없었다. 알아들을 수 없는 말들에 끊임없이 웃으며 고개를 끄덕이는 일은 생각보다 거센 노동이었다.

그렇게 숙소를 내 마음대로 못 쓰고 산 지 4일 차, 역대 최고의 사건이 벌어졌다. 새벽 6시경, 할아버지는 자고 있는 나와 멋지를 깨우셨다. 정말로 자고 있었던 상황이었다. 잘 떠지지도 않는 눈꺼풀을 억지로 개방해보니 눈앞에 마테차가 놓여 있었다. 이 새벽에 웬 마테……. 그 순간 그간 쌓인 스트레스가 섞여 폭발해버렸다. 안 그래도 커다란 눈을 꿈뻑, 한 번 감았다 뜨고 얼마간 나와 멋지를 바라보던 할아버지는 아무 말 없이 방을 나가셨다. 그리고 늦은 밤까지 돌아오지 않으셨다.

그리고 다음 날. 눈을 떠보니 어쩐지 방 안이 휑했다. 기상하자마자 할아버지가 계신지 살피는 것이 일상이 되었는데, 그 어디에서도 그는 보이지 않았다. 둘러보니 배낭과 침낭을 포함한 할아버지의 모든 짐도 함께 사라진 후였다. 그리고 발견했다. 우리 침대 곁에 무언가 잔뜩 든 봉지가 하나, 덩그러니 놓여 있는 것을.

아아……. 그것은 마테차 세트였다. 하나같이 할아버지가 그토록 애지중지 아끼시던 것들이었다. 하나하나의 품종을 설파하시던 찻잎과 뜨거운 물을 넣어 다니는 보온병, 아주 좋은 질의 제품이라던 찻잔에, 철제가 아닌 대나무여서 차 맛을 더해준다던 대롱 빨대까지. 그것들을 모두 우리에게 남기고, 그렇게 홀연히 할아버지는 떠났다.

부끄러움과 죄송함, 민망함 등의 감정이 한데 뒤섞였다. 할아버지께 마지막으로 건넨 것이 한껏 귀찮은 표정이라니. 작별 인사 한마디 하지 못했는데……. 한동안 물끄러미 마테차 세트만 만지작거렸다. 방 안이 고요했다. 갑자기 첫날의 공허함이 엄습했다. 다시금 홀로 16인실 방에 누워 있는 것 같았다. 여기가, 이렇게 넓은 방이었나……. 방 안 가득하던 '말'이, 기개 있던 '발자국'이, 끊임없이 끼익 울리던 '문소리'가, 호탕하기 그지없던 '웃음'이 없었다. 할아버지가, 없었다.

같이 마실 때는 분명 씁쌀하면서도 달았던 할아버지의 마테

차였는데, 할아버지 없이 넘기는 그 차는 마실 때마다 쓰디썼다.

크고 무거운 그 마테차 세트를, 우리는 브라질까지 내내 들고 다녔다. 배낭여행자에게는 더할 나위 없이 번거로운 물건들이었지만 도저히 버릴 수가 없었다. 살면서 얼마나 많은 사람을 이렇게 스쳐 보냈을지, 얼마나 많은 후회를 해야만 사람에게 따듯한 사람일 수 있을지, 그 모든 것을 시시각각 일깨워주는 데는 이 존재감 커다란 마테 세트만 한 선생님이 없었다.

알렉산드르, 그는 내게 정말 나쁜 남자였다.
아직도 이렇게, 아프게 남아 있으니 말이다.

BRAZIL

보니투, 보니투!

보 니 투 BONITO

아르헨티나 쪽 이구아수에서 자연스럽게 브라질 쪽 이구아수로 넘어왔다. 쿠바에서부터 시작된 중남미 대륙 여행, 이제 그 대미를 장식할 브라질에 온 것이다.

이 광활한 나라의 많은 지역 중에 어디를 갈까 하다가, 모로코 사하라사막 투어 때 낙타를 양보해준 커플이 여행지로 추천한 곳이 떠올랐다. 렌소이스Lencois, 제리코아코아라Jericoacoara, 갈리뉴스Galinhos……. 검색을 해보니 죄다 북부 지역이다. 우리가 있는 남부에서 좀 더 가까운 곳은 없는지 살펴보던 중 보니투라는 곳을 발견했다. 버스로 열두 시간 정도? 남미에서 열두 시간이면 뭐 동네 산책이지. 가깝다! 그곳으로 가자!

보니투에는 세계에서 손에 꼽힐 정도로 맑은 물이 흐르는 강이 있는데 그곳에서 하는 스노클링이 유명하단다. 바다도 아닌 강에서 하는 스노클링이라니, 새롭다. 히우다프라타Rio da Prata, 히우수쿠리Rio Sucuri 두 가지 선택지 중 우리는 히우다프라타에 가기로 했다. 투어 회사 직원은 그날그날 강에 들어갈 수 있는 인원과 스노클링 할 수 있는 인원을 제한하고 있으니 취소는 할 수 없다고 했다. 게다가 물을 오염시키면 안 되니 선크림을 바르고 오지 말라고 몇 번이나 강조했다. 와, 브라질, 이 나라 자연 보호 멋진데?

히우다프라타로 가는 날 아침, 날이 흐리다. 날씨가 맑아야 제대로 예쁠 텐데. 아쉬운 대로 주섬주섬 승합차에 올라 강 주변에 도착했다. 물은 맑아 보인다만 이거 뭐, 그냥 숲에 있는 강이다. 잔뜩 낀 구름에 햇빛도 없으니 어쩐지 을씨년스럽기도 하다. 뭐 이런 곳을 추천해줬냐고 툴툴거리며 물안경을 끼고 살짝 물속으로 얼굴을 넣자, 저 앞에 환상의 세계가 펼쳐졌다.

"와, 이거 뭐야!"

얼굴을 급히 빼고 선임이에게 빨리 들어가보라고 재촉했다. 잠시 뒤, 잔뜩 흥분한 얼굴로 물 위에 올라온 녀석은 나처럼 상기되어 있다. 이야, 이거 그 커플이 제대로 추천해줬는데? 얼른 물속으로 들어가고 싶은 마음뿐이다. 가이드는 사람들을 둥글게 모아놓고 장비를 점검하며 이 투어를 즐기기 위한 교육을 시작했다. 그냥 물안경 끼고 대롱으로 숨 쉬면서 떠 있으면 되는 스노클링에 무슨 교육이야, 얼른 출발하고 싶은데……. 하지만 지켜야 할 게 의외로 많았다.

첫째, 팔만 사용할 것! 방향 전환은 팔로. 발차기는 안 된다.

앞사람의 발차기로 인해 바닥의 흙이 부유하게 되면 뒤에 따르는 사람이 제대로 볼 수 없다는 것이 주된 이유이지만 강에 사는 고기들을 위협하면 안 된다는 이유도 있다.

"당신 한 사람의 발차기라고 생각하지 마라. 한두 사람의 그런 작은 행동이 매일매일 모이면 물고기가 이곳을 떠날 것이다. 우리는 잠시 그들을 보러 온 것일 뿐 그들 삶의 터를 훼손하면 안 된다."

가이드의 말에 고개가 절로 끄덕여졌다.

둘째, 잠시 뒤 출발하면 처음부터 끝까지 무조건 물 위에 떠서 이동할 것!

강바닥 환경을 보호하기 위해서란다. 스노클링용 대롱에 갑자기 물이 들어가면 당황해서 바닥을 딛고 일어서려고 할 수 있는데, 그럴 때는 배영 하듯 몸을 뒤집어 장비를 벗고 차분하게 물을 뺀 후 다시 시작하면 된다며 시범을 보여주었다.

마지막, 물고기를 절대 만지지 말 것!
이건 뭐 너무나 당연한 거고.

그들은 관광 상품으로 자연을 이용하면서도 최대한 해를 끼치지 않으려고 노력했다. 투어 회사 직원부터 가이드까지 한목소리로 강조하는 건 자연보호였다. 괜스레 감동적이었다. 제법 넓은 터에서 한 사람씩 떠 있는 연습, 팔로 방향 전환을 하는 연습, 물에 떠 있는 몸의 움직임을 익숙하게 하는 연습을 마친 후에야 맨 앞에 가이드를 필두로 아까 잠시 맛봤던 환상의 세계로 들어갔다.

눈 호강이라는 게 바로 이런 거구나. 포르투갈어로 '고운, 예쁜, 아름다운'이라는 뜻의 보니투Bonito는 이름이랑 딱 들어맞는 곳이었다. 한마디로 수중정원이었다. 눈앞에 녹색 수초들이 잔디처럼 여기저기 깔려 있고, 그 사이에서 브리콘이란 물고기의 은빛 비늘과 주홍빛 꼬리가 이리저리 움직였다. 수심이 낮아서 바닥에 있는 수풀이 수면에 바로 비치는데, 에메랄드 물빛과 수풀색이 조화로웠다. 이곳에 인어가 살고 있다고 해도 믿을 만큼 신비로운 세계였다. 이게 진짜 세상에 현존하는 모습이 맞나 싶어 수면 위로 얼굴을 내밀자 익숙한 모습이 보였다. 여기저기 얽힌 특징 없는 나뭇가지와 강물, 흐린 하늘. 고개를 물속에 넣자 다시 다른 세상이 펼쳐졌다. 강이라 가만히 몸을 두어도 저절로 흘러갔다. 발차기할 이유가 전혀 없었다. 오히려 팔을 뒤에서 앞으로 쓸며 속도를 최대한 늦추고 싶은 곳이었다. 느린 강물의 속도조차 야속할 만큼 환상적이었다. 우주에 있는 것처럼 편안하게 온몸에 힘을 빼고 숨을 쉬고 있으면 아름다움이 온 방향으로 스쳐 지나갔다. 나뿐만 아니라 전에 들른 여행자들도 이곳만의 예의를 잘 지켰던지 물고기들은 사람을 무서워하지 않았다. 그저 덩치 큰 물고기 정도로 생각하는 듯 무심하게 스쳐 지나갔다.

구름 때문에 흐린데도 이렇게 환상적인데, 날씨가 좋으면 어떨까? 히우수쿠리에도 가고 싶어졌다. 장소만 다를 뿐 어차피 비슷할 텐데 적지 않은 돈을 또 써야 하는 게 문제였다. 슬쩍 선임이에게 운을 띄웠는데 고민도 않고 오케이 신호가 날아왔다. 꼼꼼하게 돈을 아끼지만 이럴 때는 또 죽이 잘 맞는다. 일주일 날씨를 체크하면서 날을 골랐다. 흐린 날씨 표시들 가운데 딱 한 날짜만 해가 방긋 떠 있다. 좋아, 이날로 하자.

당일 아침, 날씨가 또 흐리다. 날씨 운을 엿이랑 바꿔 먹었나 보다. 기대를 접고 히우수쿠리로 이동하는데 구름이 점점 개기 시작했다. 다양한 기도와 간절한 욕이 먹혔나 보다. 익숙하게 장비를 착용하고 출발점에 닿자 탄성이 절로 나왔다. 이거 물 맞지? 너무 투명해서 헉, 소리가 났다. 그 투명함 아래로 싱그러운 수풀과 물결을 통과한 빛의 잔영이 일렁였다. 예상은 틀리지 않았다. 맑은 날 물속은 더욱 영롱했다. 히우다프라타보다 물살이 조금 더 빠른 듯했지만 그 나름대로 또 즐거웠다. 이미 한 번 해봤다고 조금 지겹다 싶을 때면 해 쪽으로 몸을 뒤집어 물을 흘려보냈다.

마음껏 아름답고 마음껏 자유로운 느낌. 이곳을 추천해준 브라질 커플에게 마음속으로 읊조렸다.

"보니투, 보니투!"

AUSTRALIA

딸기밭의 눈물

카 불 처 CARBOOLTURE

휴대전화 알람에 부르르 떨며 눈을 뜬다. 푸석한 손으로 마른 얼굴을 쓱쓱 비벼 잠을 쫓는다. 마트에서 제일 싸다는 이유로 간택된 시리얼을 우유와 함께 급하게 씹어 넘긴다. 이 택배 상자 맛은 아무리 먹어도 쉬이 익숙해지지 않는다. 보여줄 사람은 없지만, 예의상 세수도, 양치도 하며 잠에 취한 정신도 닦아본다. 어제 벗어둔 옷을 그대로 주워 입는다. 냉장고를 열어 쉬는 날 넉넉하게 만들어둔 도시락을 두 통 집어다 아무렇게나 가방에 던져 넣는다. 주인집 아주머니의 차에 올라 딸기 농장으로 출근한다. 끝없을 것같이 밀려오는 딸기를 끝없이 포장한다. 아무렇게나 던져 넣었던 도시락을 아무렇게나 꺼내 점심을 먹는다. 다시 딸기를 포장한다. 어둠이 내리면 집으로 돌아와 따끈

한 물로 몸에 밴 딸기 냄새를 지운다. 배는 고프지만, 이때는 허기마저 성가시다. 봉지라면 하나 끓여 먹거나 그마저도 귀찮으면 맥주 한두 캔 대충 들이붓고 잠이 든다. 그리고 다시, 휴대전화 알람이 울린다.

하루하루가 새롭던 여행을 잠시 접고 호주로 들어왔다. 여행 전 경비가 떨어질 때를 대비해 발급 받은 워킹홀리데이 비자로 말이다. 똑 떨어진 경비를 벌기 위해 딸기 농장에 취직했다. 그리고 딱 예상된 만큼, 하루하루가 반복되는 일상이 이어졌다.

그날도 다를 것은 하나 없었다.

집과 농장을 오갔고, 먼저 욕실에 들어간 선임이가 샤워를 마치길 기다리고 있었다. 침대에 누워 의미 없이 휴대전화를 만지작거렸다. 일상이 지루하니, 인터넷을 뒤적이는 시간이 길어졌다. 뭐 재미있는 거 없나, 뭐 짜릿한 거 없나 뒤적이던 중, 우연히 슬픈 이야기를 읽었다. 눈물이 주룩 흘렀다. 마침 샤워를 마치고 들어온 선임이가 놀라 무슨 일이냐고 다그쳐 물었다. 주절주절 본 것을 전하는데 다시 울대가 뜨끈해졌다. 진정하고 말을 이어가려 하자 울컥하고 눈물이 터졌다. 놀란 눈으로 서 있는 선임이 옆에서 갑자기 울음이 터진 이유를 설명할 길 없는 나는 횡격막까지 서럽게 들썩거리며 껵껵 울기만 했다. 까닭을 모르는 시간이 지나고, 더 모르겠는 말이 나왔다.

"나, 왜 이래?"

조금 마음이 아린 이야기를 읽었을 뿐인데 왜 눈물이 멈추질 않는지. 이렇게 그치지도 못하게 울 정도는 아닌 것 같은데. 내 몸임에도, 마음임에도, 알 수가 없었다. 분명 이유가 있을 것이다. 기억을 더듬었다. 이렇다 할 것 없이 비슷한 매일, 그 고만고만한 일상에 벌어진 감정의 작은 틈, 시간은 며칠 전으로 거슬러 올라갔다.

딸기 농장에는 여러 국적의 동료들이 있었다. 내 뒷자리에는 몸집이 작은 대만 친구가 있었는데 그녀의 특징은 지루함을 쫓기 위해 흥겨운 노래를 작업장이 떠나가라 튼다는 것이었다. 그 날은 놀랍게도 빅뱅 노래였다. 강렬한 비트와 빠른 랩이 공간을 채우자, 다들 움찔거리는 엉덩이를 숨기지 못하고 씰룩대기 시작했다. 귓바퀴를 타고 흐르는 그 흥겨운 리듬 안에서 나는 딸기를 주무르던 기계적인 손놀림을 멈추고 생각했다.

'지드래곤은 지금 무얼 하고 있을까? 자기가 하고 싶은 음악 만들고 있겠지? 부럽다, 쩝.'

갑자기 웬 부러움? 타국에서 외화 벌이를 하다 보니 케이팝에 대한 향수가 일었단 말인가? 아니면 아이돌이 되고 싶은 꿈이라도? 아니다. 키워드는 '하고 싶은'과 '만들고'에 있었다. 30년을 살면서 오직 '돈'만을 목적으로 오랫동안 일을 해본 게 처음이었다. 상상력이라고는 딸기 씨만큼도 필요 없는 반복적인 작업의 지루함을 견디는 것은 고역이었다. '하고 싶은'이 아닌 '해야 하는' 일, 새롭게 '만드는'이 아닌 똑같이 '따라가는' 일. 거기에 언제든 내가 사라져도 농장에는 티끌만큼의 타격도 없다는, 내가 '대체 가능한 사람'일 뿐이라는 사실의 무게가 더해졌다.

살면서 여러 갈래의 길이 생기면 대부분 돈보다는 마음이 향하는 곳에 발을 디뎠다. 깊은 고민은 없었다. 재미있어 보이면 시도했고, 실패하면 수습했다. 다행히 밥벌이는 가능했다. 미래와 과거보다는 순간에 충실했다. 그러는 동안 나라는 사람이 어떤 일에 힘들어하고, 어떤 일을 즐거워하는지 유심히 돌아보지 않았다. 운이 좋았던 건지, 아니면 나빴던 것인지 고꾸라져 울 정도로 나를 크게 뒤흔드는 일은 없었다. 그저 대부분 행복하고 아주 가끔 우울했다. 자신을 알기 위해서는 여행을 떠나라고 했던가. 하지만 나는 여행 중이 아닌, 다시 여행을 떠나기 위해 딸기를 포장한 지 30일 만에 수렁에 빠졌고, 자신을 깊이 들여다볼 수 있었다. 나는 같은 일을 끝없이 반복할 때 노동의 의미를 찾지 못하고, 하고 싶은 일로 인정받지 못할 때 나약해지는 사람이었다. 그걸 30년 인생을 살아낸 후에야 알아차렸다. 자존감이 와르르 무너졌다.

'나 요즘 우울했구나.'

이따금 집었던 딸기를 내던지고, 주먹으로 뭉개던, 나도 모를 행동에는 이유가 있었던 것이다. 그 밤, 목구멍에 걸려 있던 우울을 눈물로 한참 뱉어내며 선임이를 괴롭히다 잠이 들었다.

안에서 새는 바가지, 밖에서도 샌다 했던가. 눈물샘은 이제 시도 때도 없이 터졌다. 딸기를 포장하다 목구멍이 뜨끈해지는 게 느껴지면, 재빨리 생각을 물리치기 위해 손톱으로 살을 짓이겼다. 그런 노력에도 하염없이 눈에 물이 가득 고였고, 더 이상 고일 자리가 없어 작업대에 떨어지기라도 하면 그 광경에 더 서러워졌다. 그쯤 되면 막을 방도는 없었다. 재빨리 뛰쳐나가 사람들에게 우는 모습을 들키지 않는 것만이 최선일 뿐이었다. 광활한 딸기밭에 혼자 서서 울고 있으면 몸에서 풍기는 딸기 단내에 하루살이가 꼬였다. 혼자 우는 것 정도는 마음껏 하고 싶은데, 쉽지 않았다. 한 손으로 하루살이를 쫓으며 다른 한 손으로 눈물을 닦았다. 한참을 울다가 진정하고 작업장에 돌아가려 발을 내디디면 다시 눈물이 쏟아지고, 진정하고 다시 걸음을 옮기면 또 울음이 터지는, 울고, 불고, 그치고의 연속이었다.

부모님 생각이 났다. 남들만큼 배울 수 없어서, 나와 오빠를 키워야 해서, 고된 일을 선택해야 했던 그들의 삶이 말이다. 엄마, 아빠도 사람들을 피해 나처럼 몰래 우셨을까? 며칠 쉬고 싶을 때도, 참을 수 없이 하기 싫을 때도 딸의 학원비를 벌기 위해 매일을 얼마나 버티셨을까? 하기 싫어도 '해야만 한다'는 삶의 무게가 얼마나 무거웠을까? 난 여지껏 내 몸뚱이 하나만 건사했는데, 그저 내가 원하는 여행을 하려 돈을 벌려는 건데, 그것도 힘들다고 이렇게 무너지는데…….

한바탕 울고 나면 뜨거운 호주 공기 중으로 증발하고 싶었다. 고민할 필요도, 힘들어할 필요도 없는 곳에서 잠시 떠다니고 싶었다. 하지만 힘겹게 고개를 들면 눈앞에 딸기밭이 다시 나타났다. 이것이 현실이었다. 당장 작업장으로 들어가 열심히 돈을 벌어야 하는데, 다시 딸기를 포장하다 보면 명치 근처에 불덩이가 일었다. 폐부터 천천히 타들어간 기운은 목구멍까지 옥죄어 소리라도 지르지 않으면 내가 다 타버릴 것 같았다. 이 일을 관두고 다른 일을 찾아야 할지, 돈 없이 여행할 방법을 만들어야 할지, 판단조차 서질 않았다.

세상에서 제일 불행한 사람인 듯 틈만 나면 밭으로 나가 울기를 여러 날, 선임이가 보기 안쓰러웠는지 더는 안 되겠다며 다른 일을 알아보자 했다. 녀석도 타지에서 일하느라 고될 텐데, 묵묵히 일하는 애 옆에서 신명 나게 징징거렸다는 생각에 얼굴이 붉어졌다. 그럼에도 살면서 처음 겪어본 종류의 우울감은 녀석의 제안을 덥석 잡으라고 말했다. 이 일만 아니면 무엇이든 열심히 할 수 있을 것만 같았다. 하지만 그 순간 '피한다고 될 일인가' 하는 생각이 들었다. 당장 버티기 힘들다고 이대로 피해버리면 형편없는 사람이 될 것 같았다. 날 위해 견뎌내신 부모님께 부끄러웠다. 가슴속의 불덩이가 나를 모조리 태워버려 숯이 될지 다이아몬드가 될지, 바스러질지 견고해질지 모르겠지만 끝까지 해내고 싶었다. 고심 끝에 결심했다. 여기에서 딸기 철이 끝날 때까지는 일을 해보겠다고.

물론 인생은 드라마가 아니라서 고난을 이겨내는 명랑한 여주인공처럼 마음먹었다고 상황이 크게 변하지는 않았다. 어김없이 눈물이 나왔고, 또 어김없이 뛰쳐나가서 펑펑 울었다. 딱하나 달라진 게 있다면 힘들어하는 내 자신을 인정하고 눈물을 그치고 돌아와 꿋꿋하게 딸기를 포장했다는 것뿐이다.

CAMBODIA

내게는 별로였던 그곳

시 엠 레 아 프 SIEM REAP

삘릴릴리.

알람 소리에 휴대전화를 더듬었다. 새벽 4시 반이다. 여행 중 이 시각에 기상하는 경우는 이른 시각 이동해야 하거나 투어 프로그램을 신청했을 때뿐이다. 혹은 취침 중 난데없이 화장실이 급할 때. 단호하게 확신할 수 있는데, 그 외에는 없다.

　오늘 이 시간에 눈을 뜬 이유는 두 번째다. 앙코르와트 투어를 신청해놓았기 때문이다. 급히 최소한의 외출 준비를 했다. 딱히 준비랄 것도 없었다. 잠옷과 외출복의 경계는 이미 흐려진 지 오래니까. 입고 자던 옷 위에 대충 아무거나 하나 걸치고 고양이 세수 후 자외선 차단제를 바른다. 끝. 여권과 지갑, 선글라스 등을 보조 가방에 쑤셔 넣고 새벽 5시, 숙소를 나섰다. 예약해둔 투어 차량이 대기 중이었다. 일명 툭툭이라고 불리는, 동남아시아에서 흔히 볼 수 있는 삼륜 택시다. 그렇다. 오늘은 무려 개인투어를 할 예정이다.

뼈를 묻을 것 같았던, 올가미 같았던, 그놈의 호주를 떠나 우리는 다시 여행을 시작했다. 그리고 오늘은 앙코르와트에서 떠오르는 해를 보며, 관광을 할 생각이었다. 전문 가이드를 대동하는 투어는 너무 비싸기 때문에 많은 여행자들이 택하는 것처럼, 툭툭 기사님과 일정을 맞춰 유적지를 둘러보기로 했다. 그러니까 사실, 투어라기보다 개인택시를 예약한 셈이랄까. 선택의 기준은 역시나 단순했다. 가장 저렴했으니까. 툭툭의 시동을 부릉, 걸며 기사님이 물으셨다.

"몇 시에 데리러 올까? 1시면 되겠어?"

멋지와 고민을 시작했다. 며칠에 걸쳐서 보기도 한다는 곳인데, 캄보디아 하면 앙코르와트인데, 유네스코 지정 세계 문화유산인데, 일정상 오늘밖에 시간이 없으니 그래도 하루는 온전히 투자해야 할 것 같았다. 그래도 너무 어두워지면 위험하니까……. 사뭇 진지한 회의 끝에 오후 3시로 확정했다.

얼마나 툭툭을 타고 달렸을까. 농도 짙은 먹색에서 차가운 군청색으로, 다시 따뜻한 푸른색으로 변해가는 하늘을 지나쳐 어느새 앙코르와트에 도착했다. 입장권을 끊으러 들어갔는데 신기한 시스템이 있었다. 입장권에 관람객의 사진을 즉석에서 찍어서 박아주는 것. 암표 등을 막으려는 조치로 보였다. 입장권을 받아보고 잠시 침묵, 그리고 태초부터 약속한 듯 동시에 웃음이 터졌다. 아, 뭐야, 이게.

화장실에서 거울로 상태를 확인했으니 잘 나오리라는 기대는 안 했다. 그래도 이건 좀 심하지 않은가. 이제 막 호떡 장사를 시작한 초보 사장이 숙성 기간을 거치지 못한 질척거리는 반죽을 뒤집개로 어설프게 누른 듯한 이 난해한 모습. 보고 또 보고 돌려보고 뒤집어봐도 웃음이 멈추질 않았다. 보고 또 봐도 새롭게 웃겼다. 지갑 한쪽에 고이 보관하기로 했다. 지치고 힘들 때, 이유 없이 짜증 날 때 꺼내 보고 위로받아야지.

가보로 남길 만한 사진을 건지고 드디어 앙코르와트 입구 앞에 섰다. 이미 그 앞은 우리와 같이 일출을 기다리는 사람들로 인산인해였다. 좋은 자리는 이미 선점이 되어 있어서 차분하게 둘러보며 그나마 남은 자리 중 어느 곳이 지리학적 명당일까 가늠하고 있는데 가만 보니 사람들이 죄다 무언가를 먹고 있었다. 아하, 새벽같이 나오느라 허기진 사람들을 위해 근처 노점상들이 활발히 운영 중이었다. 역시, 수요가 있는 곳에 공급이 있군! 자본주의의 마법이 이 천 년 역사의 유적지에서도 여지없이 발현되고 있었다. 그렇다면 우리도 순리대로 자본주의의 한 축을 담당해야지.

판매자의 인상이 가장 푸근해 보이는 인근 노점상 하나를 낙점하여 샌드위치 두 개를 골랐다. 계산하려는 찰나, 익숙한 것이 시야에 포착됐다. 새파란 몸통에 청명한 실버 톱니바퀴 로고, 그 안에 강렬한 빨강 글씨. 이 익숙한 기시감은······? 아아, 그것은 지난 반백 년의 세월 동안 온 국민의 피로 해소를 책임져 온 우리의 박카스였다. 마치 태극기를 두른 박지성 선수가 세계 무대에서 누비는 광경을 보는 듯한 흐뭇함이 퍼졌다. 자랑스럽다! 본능적으로 지갑이 열렸다.

앙코르와트를 바라보며 고즈넉한 식사를 했다. 천 년의 역사를 가진 유적지와 샌드위치와 자양강장 음료, 언뜻 보면 어울리지 않는 조합의 조식이지만 곧 떠오를 태양이 이 장면에 기가막힌 필터를 씌워주리라. 작품 사진을 한 장 건지겠다는 야망으로 허기를 애써 잠재우며 샌드위치를 조금씩 씹었다. 참아, 조금 이따 사진 찍어야 해.

#멋진_조식 #천년의_역사와_함께하는_아침

이런 해시태그라니, 멋지잖아.

이미 눅눅해진 모닝빵 사이의 속 재료들을 천천히 음미하고 있는데 사람들 사이의 공기가 달라졌다. 해다. 해가 떴구나. 반사적으로 고개를 들어보니 아니나 다를까, 저 멀리 사원의 꼭대기 사이에 붉은 기운이 선연했다. 사람들 모두 각자의 주전부리를 든 채 그 하나의 지점을 향해 길게 고개를 뺐다. 미어캣 같은 사람들의 광경이 일출의 장관보다 더 재미있다는 생각을 한 건, 생각보다 해의 크기가 크지 않았기 때문이었다. 더 떠오르면 괜찮겠지.

그러나 곧 그 생각을 접었다.

"야, 스티커 같지 않냐?"

소싯적 공책에 붙이고 놀던 빨간 동그라미 스티커 같은 해. 앙코르와트에 떠오르는 해는 사원을 다 뒤덮을 만한 압도적인 크기일 것이라 생각했다. 기대에 못 미친 수준이 아닌 전혀 다른 차원의 크기 차이에 아껴 먹던 샌드위치를 모조리 한입에 구겨 넣고 박카스 역시 한입에 털어 넣었다.

해야 매일 뜨는걸, 뭐. 별다를 것 있나. 일출은 그렇다 치고, 이제 그토록 유명하다는 사원을 둘러볼까.

저마다의 의지와 열정과 환희와 기대를 안고 우르르 사원 안으로 입장하는 사람들, 그 사이에 끼어 들어갔다. 동남아시아의 더위가 태양님 출근과 함께 개시된 것인지 벌써 기온이 가파르게 상승하는 것이 느껴졌다. 전투적으로 둘러보자고 다짐했던 것도 잠시, 우리는 급격하게 지쳐갔다. 보통 바깥 기온이 높다 하더라도 사원 안으로 들어가면 서늘한 기운이 느껴지기 마련인데 어째 앙코르와트는 반대였다. 그래도 가장 유명하다는 사원은 가야지 않겠냐는 생각에 서둘러 그곳으로 향했다.

동양권 사원들이 대부분 그렇듯 이곳도 특유의 복장 규정이 있다. 어깨를 가린 상의와 무릎 아래로 내려오는 하의. 차가운 날씨에서라면 환영받을 복장이지만 이 찜통 같은 아열대기후에서는 난감하다. 다행히 인터넷에서 같은 고민을 한 누군가의 묘안을 봐둔 터였다. 상의는 얇은 카디건을 지참해 입장할 때만 걸치고, 하의는 커다란 스카프나 숄로 하체를 가린 채 양쪽을 묶어 긴 치마처럼 연출하면 입장이 가능하다는 것이었다. 거참 신통방통한 아이디어일세!

사원 앞으로 길게 늘어선 줄에 서서 카디건을 걸치고 스카프 치마를 만들어 입고 있는데 갑자기 누군가가 다가와 말을 걸었다. 이 복장으로는 입장할 수 없단다. 어라? 당황스러운 마음에 왜냐고 재차 묻자 그는 귀찮다는 듯 무심하게 어딘가를 가리켰다. 그곳에는 정확하게, 숄이나 스카프로 하체를 가린 복장으로는 입장할 수 없음이 명시되어 있었다. 하, 최근 들어 생긴 규정 같다. 털썩. 그 찜통 같은 더위 속에서 긴 옷을 입은 채 기다린 시간이 수포가 되었다는 생각에 급작스러운 짜증이 솟구쳤다. 체력도 고갈되었음은 물론이었다. 유구한 역사의 현장이고 뭐고 역사 속으로 사라지고 싶은 기분이 들었다.

만사가 싫은 마음으로 멋지를 보니 녀석은 이미 동공에 초점이 사라진 지 오래된 표정이었다. 슬쩍 운을 띄웠다.

"3시까지는 무리일 것 같은데……?"

그 말에 멋지의 눈이 놀랍도록 총기를 되찾았다. 격한 동의의 뜻임을 나는 아무런 말 없이 이해했다. 그러나 이미 툭툭 기사님과 3시로 약속해두었지 않은가. 연락할 휴대전화도, 그의 연락처도 없는 이 마당에 어쩐다. 혹시나 하는 마음에 그가 처음 우리를 내려주었던 곳으로 향했다. 그리고 그곳에 주차된 툭툭 오토바이 위에서 멋진 아크로바틱 자세로 낮잠을 즐기고 있는 그를 발견했다. 아직은 휴대전화 없이, 메신저 없이 누군가를 찾아내고 만날 수 있는 세상인 것이다. 조심스레 그를 깨워 이제 그만 돌아가고 싶다는 의사를 전했다. 별로 놀랄 것 없다는 표정의 그는 그래도 근처 수상 시장은 들를 거냐고 물었다. 볼 만하단다. 하지만 단칼에 거절했다.

"바로 숙소로 가주세요."

너털웃음을 짓는 그가 툭툭의 시동을 걸고 왔던 길을 되짚어 출발한 시각은 오전 10시 반. 처음 그가 제안했던 오후 1시보다 무려 두 시간 30분 전이다. 남실대는 무안함과 허무함, 여기까지 와서 이것도 안 보고 돌아가는 것에 대한 일말의 죄책감은 온몸을 스치는 바람결에 날려 보냈다.

모두에게 유명하다 해서, 모두에게 의미 있다 해서, 꼭 내게도 그러라는 법은 없지 않은가?

어쩐지 마음이 홀가분해지며 짜증 대신 행복감이 차올랐다.

THAILAND

도로 위의 결박

꼬 따 오 KOH TAO

a.m. 2:30

방콕에서 꼬따오로 이동하는 밤 버스를 탔다. 오후 6시에 출발한다던 버스는 산뜻하게 7시가 되어서야 시동을 걸고 약 네 시간여를 신나게 내달리다 그 운행을 장렬히 중단했다. 그리고 약 세 시간 째, 버스는 움직이지 못하고 있다. 크게 보자면 도로 위, 더 크게 보자면 방콕과 꼬따오 사이의 어딘가에서 우리는 하염없이 표류 중인 셈이다.

에어컨은 꺼진 지 오래고 사이키가 떠오를 만큼 깜빡거리는 조명 아래, 사람들은 땀방울을 흘리며 비장미를 풍기고 있었다. 기사님을 비롯한 버스 관계자분들은 모두 차량 정비 및 사건 수

229

습, 즉 우왕좌왕을 하느라 승객들을 위한 안내 방송 따위는 잊은 듯했다. 40도를 넘나드는 동남아의 후끈함에 온몸이 땀으로 절여졌다. 좁은 좌석에서 온몸을 구기고 자다가 봉변을 당한 각국의 여행자들은 좀비처럼 깨어나 일사불란하게 동요했다. 하지만 세 시간이 넘도록 아무런 조치가 취해지지 않자 이내 포기하고 평온을 되찾았다. 하나둘 기어나가 길바닥 위에 널브러진 채 샌드위치를 까먹는 그들의 의연한 모습을 보며 인간의 적응력에 감탄했다.

떠나온 지 1년 반이 훌쩍 넘었음에도 아직 순수하고 때 묻지 않(았다고 믿고 싶)은 우리는 버스가 6시에 출발할 것이라 굳게 믿고 급히 움직이느라 저녁 식사도 거른 상태였다. 오후 즈음에 들이켠 맥주 한 병이 위장에 들어 있는 음식물의 전부랄까. 극심하고 눈물겨운 허기가 몰려왔다. 샌드위치는 냄새가 심한 음식이 아니거늘, 코를 타고 들어오는 그 향기로움에 취해버릴 것만 같았다. 저들은 이 돌발적인 버스 운행 중단 사태를 예견이라도 한 것일까. 어쩌면 먹을 것을 저리 살뜰히 챙겨 왔을까.

아, 배가 너무 고프다. 자고로 전우애는 전투 식량에서 피어나는 것이지 않냐며, 콩 한 쪽도 나눠 먹는 것이 우리 민족의 전통이라며, 그 샌드위치 식빵 껍데기라도 달라고 해볼까.

내일 아침, 나는 어디에 있을까. 꼬따오일까, 여기 이 자리일까.

두근두근, 설렌다.

a.m. 10:05

그토록 기다려왔던 엔진 소리와 함께 좌석이 발작하듯 사방으로 흔들렸다. 도로 위의 지박령이던 버스가 기적적으로 살아났다. 6시간 만이다. 간절히 염원하던 에어컨이 마침내 가동되자 모두가 환호성을 질렀다. 긴 휴식을 마치고 다시 근무를 시작한 에어컨은 지난 여섯 시간 동안 켜켜이 쌓인 승객들의 진한 땀 냄새와 체취, 암내를 버스 구석구석 승객의 콧구멍 사이사이로 배달했다. 괜찮다. 악몽 같던 지난밤에 비하면 시원한 바람을 타고 살랑대는 이 시큼한 냄새는 향기롭게 느껴질 정도니까.

우렁차게 다시 출발한 버스에서 안심하고 잠이 든 것이 화근일까. 갑자기 누군가가 시끄럽게 모든 사람을 깨웠다. 무거운 눈꺼풀을 열어 살피니 수학여행 조교 같은 외관의 태국 아저씨 한 분이 서 있었다. 뭐라 뭐라 설명을 하는 것 같지만, 안타깝게도 그 누구도 이해하지 못했다. 태국어를 알아듣지 못하는 우리를 비롯한 승객들은 그렇게 별안간 나타난 조교(?)에게 이끌려 난데없이 버스에서 하차했다. 거의 소몰이 수준의 서비스였다.

영문도 모른 채 길바닥에 서 있자니, 코딱지만 한 미니 승합차가 미끄러지듯 들어왔다. 서비스 콘셉트가 터프함인 듯한 조교는 상황을 전혀 파악하지 못한 많은 사람과 그보다 더 많은 짐을 모두 그 코딱지에 욱여넣었다. 설명을 요구하는 사람은 점점 줄어들고, 순종하는 이는 늘어갔다. 어차피 설명을 들어봤자 이해할 수 없다는 것을 사람들은 차츰 받아들이고 있었다.

비좁은 차 안에 짐짝처럼 구겨진 승객들 사이로 난해한 태국 뽕짝 메들리가 흘렀다. 이 어처구니가 상실된 승합차 안에서 신이 난 존재는 운전자와 그가 재생시킨 메들리뿐인 듯했다. 반쯤 체념한 채 얼마나 더 걸리겠느냐 물었다. 다섯 시간이라는 믿고 싶지 않은 답변이 돌아왔다. 내 오른쪽 엉덩이가 접힌 대로 굳어져 세모 모양이 될 판인데 이 상태로 다섯 시간을……? 내려서 배도 타야 하는데……?

우리의 목적지인 꼬따오는 '섬'이라서 이 차에서 내리면 도착할 수 있는 곳이 아니란 말이다. 한 치 앞을 가늠할 수 없는 것이 우리 인간들이 함께 공동 구매한 '인생 상품'의 특장점이라지만 아…… 오늘만큼은 당장 고객센터에 민원 넣고 전액 환불처리 하고 싶다.

편하고 시원한 내 집 놔두고 지금 여기 와서 뭘 하는 거지?

본질적인 의문이 든다.

p.m. 1:00

미니 승합차에서 쫓겨났다. 다섯 시간이 걸린다더니 어째서 중간에 내리라 했는지 우리는 여전히 아무런 설명을 듣지 못했다. 함께 내쫓긴 승객들은 매점인지 슈퍼인지 식당인지 정체성이 모호한 이곳에 한 시간 가까이 버려져 있다. 이곳이 어디인지, 언제 다시 차를 타게 될지, 꼬따오에는 언제쯤 도착하게 될지, 하나라도 알고 싶다.

다채롭게 불만을 토로하던 여행자들은 어떻게 해도 해결되지 않는 상황임을 지난 시간을 통틀어 깨달은 듯하다. 이제 항의하는 이는 아무도 없다. 누구는 태연하게 엎드려 낮잠을 즐기고, 배가 고픈 누군가는 자연스레 매점인지 슈퍼인지 식당인지 모를 곳으로 들어가 컵라면을 사 먹는다. 멋지는 빈 플라스틱 의자에 앉아 정신을 내려놓았고 나는 지금 이 기가 막힌 상황을 렌즈에 담는다.

인종도 국적도 성별도 나이도 제각각인 승객들 사이에는 깊은 유대감이 생기기 시작했다. 암묵적인 전우애가 우리 사이에 흐르고 있음을 느낀다. 집단적 초탈과 해탈이 지금 이곳, 태국의 이름 모를 도로 위에서 실현되고 있다. 숙연하다.

과연 우리는 언제쯤 꼬따오에 당도할 수 있을 것인가.

이것 참, 흥미진진하다.

p.m. 3:00

다시 두 시간 후. 버려져 있던 우리에게 의문의 태국 여인이 다가왔다. 그녀는 세상 만물 모든 것이 귀찮다는 표정으로 오늘 내로 꼬따오에 가려면 인당 250밧의 추가 금액을 내야 한다는 말을 했다. 하하하. 이게 또 무슨 신선하게 어이없는 소리지? 꼬따오까지 가는 버스비는 이미 탑승 전에 모두 지불했다. 버스 고장으로 시간과 체력, 정신 세 분야 모두 손해 배상을 청구해도 모자랄 판인데, 뭐? 추가 금액?

컵라면 먹던 청년과 엎드려 낮잠을 즐기던 아가씨, 무성한 턱수염을 쓰다듬으며 무심히 시간을 때우던 아저씨 모두가 일어섰다. 집단적 좌절이 느껴지고, 곧이어 각자의 방식으로 길길이 날뛰기 시작했다. 한목소리로 의문의 태국 여인에게 부당함을 외쳤다. 초탈과 해탈의 자리는 어느새 고함과 삿대질로 가득 찼다.

다 모르겠다.

그냥 엄마가 보고 싶다.

p.m. 4:00

언제나 그렇듯 이런 식의 싸움은 아쉬운 쪽이 지는 법! 모두가 추가금을 내고 또 다른 승합차에 올라탔다. 그 이름 모를 도로 위에서 버려지기에 250밧은 감당 못 할 금액이 아니었고, 말도 잘 통하지 않는 막무가내의 그녀와 씨름하기에는 다들 너무나 지쳐 있었다. 그 모든 것들이 합쳐져 결국 이 부당한 거래는 성사되었다.

오전에 탔던 승합차보다 조금 더 큰 코딱지 같은 차 안에 진한 패배감과 억울함, 일종의 체념들이 너울졌다. 그리고 마침내, 바다가 보이는 선착장에 우리는 도착했다. 비록 배는 앞으로 두 시간 후 출발하고 탑승 후 또 무려 세 시간 동안 바다를 가로질러야 목적지에 도착한다지만, 눈앞에 바다가 보이니 어쩐지 꼬따오에 갈 수 있을 것만 같다.

가시적인 희망이 바닷물과 함께 넘실거린다.

마음이 한결, 평화롭다.

p.m. 7:00

도착했다. 전날 저녁 6시에 출발한다던 버스가 7시 넘어 엔진을 가동하였으니 에누리 없이 24시간, 꼬박 하루가 걸린 셈이다. 처음 표를 살 때, 열 시간이 걸린다던 바로 그 꼬따오다.

먼지가 잔뜩 낀 콧구멍으로 바다의 짠 냄새가 훅, 끼쳐온다.

두 눈에서도, 짠물이 흐르고 있다.

이거 다 마시면, 나랑 사귀는 거다!

꼬 따 오 KOH TAO

요란한 소리와 함께 배가 움직이기 시작했다.

덜덜거리는 엔진만큼이나 심장도 들썩인다.

　괜찮은 척했지만, 실은 몇 시간 전부터 가슴 언저리가 긴장으로 지끈거렸다. 지금은 까만 밤, 우리는 이 하늘보다 더 까만 바다에 들어가는 '나이트다이빙'을 하려고 한다. 롤러코스터로 출근하고 귀신의 집에서 라면 끓여 먹을 것같이 생겼지만, 난 세상 모든 겁을 모으는 컬렉터다. 고소, 폐쇄, 환, 우주, 물, 심해, 어둠 등, 각종 공포를 뇌에 폴더별로 분리해놓고 필요할 때마다 꺼내 정신을 학대하는 변태랄까. 오늘은 물, 심해, 어둠의 세 가지 폴더를 한꺼번에 열었다.

약 10년 전, 배낭여행을 할 때 스쿠버다이빙 자격증을 취득했다. 투자한 비용과 시간이 아까워 끝까지 교육을 마쳤지만, 물이 무서워 다시는 안 하겠다며 내팽개쳐두고 있었다. 그런데 당장이라도 물에 뛰어들고 싶은 40도를 웃도는 태국 날씨와 다이버의 천국이라는 꼬따오의 명성은 그 다짐에 금을 내기 충분했다. 공포를 이기려면 공포 속으로 뛰어들어야 한다지 않은가. 여행 중 이따금 물에서 놀다 보니, 물에 대한 두려움이 조금씩 깎이던 중이었다. 마침 새로 만난 다이버들과 태국 위스키를 함께 마시게 됐는데, 그들은 우리에게 나이트다이빙의 위대함에 대해 설파했다.

나이트다이빙을 해보지 않고 어디 가서 다이빙했다는 소리 하지 마라.

그 말에 얼큰하게 취한 나는 나이트다이빙을 해보겠노라 호기롭게 뱉어버렸다. 하…… 이번에도 주酒 님을 원망할 수밖에. 그렇게 어느새, 나는 이 배 위에서 갈 곳 잃은 동공을 흔들어대고 있다.

다이빙 장소로 향하는 보트 위에서 강사님이 몇 가지 주의사항을 읊었다.

"오늘 가는 곳은 트윈스 바위야. 이 일대에서 아름답기로 유명하지만, 시야가 수중 랜턴이 비추는 곳으로 한정되어 있어 시각만으로 안전을 확보하긴 힘들어. 성게에 찔릴 수 있으니 절대 바닥에 무릎을 꿇지 마. 내가 랜턴을 두 번 깜빡이면 모두 랜턴을 꺼, 플랑크톤이……."

안 그래도 긴장했는데 이것저것 주워들으니 더 두근거렸다. 쿵덕, 쿵쿵덕. 내 심장의 중모리장단을 눈치챘는지, 공포라는 감정이라곤 새우 오줌만큼도 없는 선임이 괜찮겠냐고 물었다. 눈, 코, 입을 애써 조화롭게 움직여 괜찮은 듯 웃었지만 워낙에 겁을 집어먹고 있었으니 표정이 괴상했을 게 뻔하다. 얼굴 근육 재정비에 힘을 쏟고 있는데, 엔진 소리가 멈췄다. 다이빙할 곳에 도착했다는 뜻이다.

공기통을 착용하고 선임이와 서로 호흡기 작동을 확인했다. 마스크를 끼고, 핀이라 불리는 오리발을 신고, 이제 남은 건 입수뿐이다. 기다린 시간만큼 쌓아 올린 두려움이 터지기 일보 직전. 다이버 전원이 함께 물속으로 하강해야 하기에 먼저 입수한 사람들은 내가 뛰어들기만 기다리고 있다. 에라, 모르겠다. 더 이상 모두를 기다리게 할 수 없다. 의지와 상관없이, 출근길 신도림역에서 지하철을 타는 느낌으로, 물에 나를 떠밀어본다.

풍덩.

다섯 명 모두 입수한 걸 확인한 강사님이 하강 신호를 보냈다. 부력을 조절할 수 있는 다이빙용 조끼에 달린 버튼을 누르자 부푼 조끼의 공기가 빠지고, 시야에서 빛이 점차 사라진다. 깊이를 가늠할 수 없는 두려움 속으로 빨려 내려가는 느낌이다. 눈을 질끈 감아버렸다. 수면이 달빛을 먹었다. 캄캄한 어둠 속에서 들리는 건 내 숨소리뿐이다. 가냘프게 눈꺼풀을 들어 올려봐도, 내려봐도, 짙은 먹물만 가득하다.

"……땅, 불, 바람, 물, 마음. 다섯 개의 빛이 하나로 모이면, 캡틴 플래닛, 캡틴 플래닛."

이 와중에 노래가 나오다니. 사람이 긴장 상태에 장시간 노출되면 뇌에 이상이 생기는 건가? 캡틴 플래닛을 기억하는 적잖은 나이에 놀라며 내가 이 바다를 지키러 온 용사라 생각했다. 기막힌 발상의 전환이라며 자신을 잠시 칭찬해봤지만 무서움은 줄어들지 않는다. 들쑥날쑥 두려움에 날뛰는 거친 숨을 고르는데 선임이가 내 손을 잡았다. 괜찮을 거란 위로를 눈빛에 담아……. 남정네도 아니고 한낱 저놈에게 잡힌 손이 따뜻해서 그만, 욕이 나올 것 같다.

'그래, 내 옆에 선임이가 있었지. 겁이라고는 없는 저놈이 날 지켜주겠지. 무서울 것 별로 없다!'

말을 할 수 없는 바닷속에서 그 진심 담긴 눈빛이 사실은 적잖이 위로가 되었다.

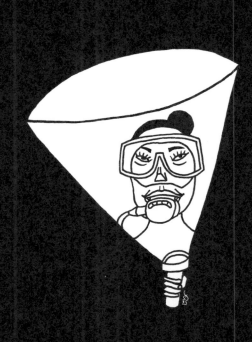

사람은 적응의 동물이라 했던가. 셀 수 없는 어둠도, 고작 2~3미터 앞이 전부인 동그란 시야도, 점점 익숙해졌다. 산호가 득한 바위에 다가가 바닷속 밤의 질서를 면면이 들여다보는 여유도 생겼다. 낮에는 이빨을 으르렁거리며 사납게 굴더니 밤에는 바위틈에서 눈 뜨고 자는 쥐치 무리, 파란 땡땡이 잠옷을 입고 졸다가 우리가 뿜는 빛에 후다닥 도망가는 가오리, 쉽게 볼 수 없었던 갑각류들과 곰치. 그중에서도 압권은 클럽 파티 중인 투명한 새우 떼였다. 동굴 속에서 그 많은 다리를 흔들며 삼바춤을 추던 그들은, 빛을 받자 몸을 반짝이며 더욱 격렬하게 리듬을 탔다. 귀여운 새우 떼의 모습에 긴장이 풀렸다. 그걸 그새 눈치챘는지 갑자기 선임이 랜턴으로 자기 얼굴을 비추며 웃었다.

'아씨, 깜짝이야. 호흡기 뱉을 뻔했네. 배에 올라가면 저 얼굴부터 사납게 주물러줘야겠군.'

물의 묵직한 밀도를 가르며 수면 위로 고개를 빼니 얼굴 위로 달빛이 내리고 별빛이 날린다. 서늘하게 불어오는 소금 품은 밤바람이 그나마 남은 두려움까지 완전히 몰아냈다. 세상에 없는 세계를 몰래 다녀온 느낌이다. 방금까지 내가 어디에 있었던 거지?

쿵쿵, 쿵쿵. 심장은 여전히 떨리지만 아까와는 다른 두근거림이다. 첫 경험을 기념하며 2층 선상에 앉아 다 같이 캔맥주 뚜껑을 땄다. 바다는 향긋하고, 파도는 감미롭고, 멀리 빛나는 불빛은 은밀하고, 맥주는 쌉싸름하다. 적당하게 알코올 기운이 올라 눈을 감으면, 언제든 다시 바닷속을 떠다닐 수 있었다. 흔들흔들, 두근. 모든 것이 짜놓은 듯 황홀해 급히 외로워졌다. 갈 곳 몰라 부산거리는 마음을 다잡아줄 연인이 있었으면 좋겠다는 생각이 든다. 없던 인류애까지 들끓는다.

"선임아. 지금 누가 고백하면 나, 사귄다. 아니, 옆에 누가 있으면 나, 고백한다."

눈을 돌려 선임이를 보니, 녀석은 이미 하트 모양 동공으로 맥주를 마시고 있다.

다짐했다. 마음에 드는 사람을 만나면 어떻게 해서든 나이트 다이빙에 데려가리라. 환상이 깨지기 전, 선상에서 결판을 지어야 한다. 저 반짝이는 뭍에 닿으면 다리 얻은 인어공주처럼 제 갈 길 가버리는 수가 있으니 살짝 젖은 머리로 영혼까지 끌어모은 진심을 흘리며 맥주를 앞에 두고 말해야지.

"이거 다 마시면, 나랑 사귀는 거다."

나머지는 어둠과 긴장, 극히 제한된 시야, 달 뜬 밤, 신비로운 꿈, 알코올이 해결해줄 것이라고 믿고 싶은 밤이 지나가고 있다.

선풍기와 바퀴벌레 1
빠이 PAI

한번 들어가면 그 매력에서 쉬이 빠져나가지 못한다는 배낭여
행자들의 블랙홀, 빠이에 가기로 했다. 우리도 헤어나지 못하고
오래 허우적거려보고 싶었다. 저렴하고도 괜찮은 숙소를 찾아
야 했기에 숙소 검색 앱을 무려 세 개나 돌렸다. 그동안 닭장 같
은 도미토리만을 고집했지만 태국에 들어와서부터 조금 더 값
을 치르더라도 욕실이 딸린 트윈룸에 묵고 있다. 매우 더웠고,
금세 지쳤고, 자주 씻었기 때문이었다. 방전되지 않기 위한 작
은 사치였다.

우리가 찾아낸 곳은 욕실이 딸린 트윈룸이 300밧, 한국 돈 만
원 정도로 방콕에서 묵었던 숙소의 반값이었다. 에어컨 없이 선

풍기뿐인 방인 데다 중심지에서 먼 탓인 듯했다. 조금 불편하고 조금 더 덥겠지만 하룻밤 잘 값으로 두 밤을 잘 수 있다는 건 장기 여행자에게 뿌리칠 수 없는 유혹이었다.

문제는 데친 시금치같이 파리한 선임이었다. 선임이의 어머니께서 추위를 많이 타는 딸내미가 안쓰럽다고 지어주신 보약을 먹은 뒤 녀석은 추위와 더위, 쌍두마차를 타게 되었다. 추위 탄다고 겨울마다 오들오들 떨더니, 돈 들여 녹용 먹고 이제는 여름까지 헉헉거리고 있었다. 녀석이 에어컨 없이 이 무더위를 버틸 수 있을까. 불안하지만 더위를 걱정하기보다 돈을 아껴야 하는 상태였다. 꼬따오에서 스킨스쿠버를 하느라, 치앙마이에서 음주 잔치를 벌이느라 신나게 경비를 써버린 탓이었다.

치앙마이부터 타고 온 버스에서 내려 큼직한 배낭을 메고 숙소를 찾아 1킬로미터 남짓 걸었다. 더위가 어깨를 짓눌렀다. 들이쉬는 숨마다 뜨거운 코털이 느릿느릿 덜렁거렸다. 까만 머리카락은 볕을 한껏 받아 저릿저릿했다. 이마도 울고, 겨드랑이도 울고, 엉덩이 두 쪽도 엉엉 울었다. 돈을 아낀다는 생각에 머리는 기쁜데, 몸은 서러운가 보다.

지나는 길에 무심히 어느 신발가게에 걸린 온도계를 보았다. 섭씨 42도? 지금 저 온도에 앞뒤로 짐짝을 메고 걷고 있는 건가,

우리? 무거운 배낭도 저울에 달아 무게를 확인하면 더 무겁게 느껴지는 법인데 이미 더위에 화끈하게 절은 선임이가 저 숫자까지 본다면 땅바닥에 주저앉을 것 같아 재빨리 아무 말이나 하기 시작했다. 이미 썩은 표정을 짓고 있는 녀석의 시선은 그 무엇도 상관없다는 듯 흐릿했다.

마침내 숙소에 도착했다. 이름 모를 초록 식물이 문 앞부터 가득했다. 프런트에는 커다란 좌식 테이블이 있고 벽에는 다양한 크기의 그림들이 조화롭게 걸려 있었다. 절약을 외치며 반강제로 끌고 왔지만 제법 괜찮은 느낌에 체면이 조금 섰다. 사장님의 안내를 받아 주먹만큼 커다란 자물쇠를 따고 두툼한 나무 문을 당기자 빨간 이불 위로 흔들리는 하얀 캐노피가 보였다. 이…… 이건 고…… 공주 침대? 맙소사, 캐노피라니. 이층 침대만 전전하던 팔자에 갑작스레 망사가 흐드러진 침대에서 자게 되다니. 낯부끄럽지만 샤넬 향수만 입고 자야 할 것 같은 고혹적인 인테리어에 잠시 요망도 떨어보았다. 하지만 청순가련한 캐노피의 또 다른 이름은 모기장이기도 했다. 침대 위마다 저것이 달랑거리고 있다는 것은 곧 모기가 많다는 방증이었다. 같이 있어도 혼자만 모기에 물어뜯기는 모기들의 공짜 뷔페 체질 선임이는 울상을 지었다.

창 너머로 작은 정원이 보이기에 그리로 재빨리 화제를 돌렸다. 화투 비광에 나올 법한 빨간 파라솔 아래로 하얀 나무 테이블이, 그 뒤로는 그물 해먹이 있었다. 대나무가 촘촘하게 꽂힌 벽을 따라 나무와 풀이 무성했다. 아침에 짹짹거리는 새소리에 눈을 뜨면 보일 하얀 캐노피, 영화에서나 봤던 오래된 나무 창문 너머로 펼쳐지는 초록 정원과 파란 하늘. 이렇게 낭만적이고 운치 있는 숙소가 심지어 값도 싸지 않느냐며 침을 튀겼다.

배낭을 내려놓고 더위를 달래주겠다며 벽에 달린 선풍기를 튼 순간, 당황해서 황급히 전원을 끄고 선임이 눈치를 살폈다. 뭐지, 온풍기 앞에 우뚝 서 있는 듯한 이 느낌은? 젠장, 녀석을 어르고 달래서 데려왔는데 민망한 상황이 펼쳐졌다.

다음 날 아침 역시 예상과 다르게 돌아갔다. 짹짹거리는 새소리가 아닌 선임이의 짜증 섞인 한숨 소리에 잠이 깼다. 낭만이고 뭐고 땀에 달라붙은 캐노피를 걷고, 초록 정원이고 나발이고 녀석부터 살폈다. 역시나 눈에 분노가 서려 있었다. 더워서 잠을 잘 수가 없었단다. 나 또한 자면서 더위에 몇 번 깨긴 했지만, 가뜩이나 불면증이 있는 녀석은 밤새 뒤척거린 모양이었다. 선임이는 금방이라도 눈물을 떨굴 듯한 표정으로 이 숙소에서는 하루도 더 못 있겠다고 에어컨이 있는 숙소로 옮기자고 했다. 어디에서 주워들었는지, 이 근처에 에어컨 있는 저렴한 방이 있다는 소식을 입수했다며 전날의 나만큼이나 논리적으로 가격 비교까지 했다.

안 그래도 제대로 못 잔 데다 온몸이 끈적이는 통에 짜증이 슬그머니 올랐다. 한국의 열대야에서도 에어컨 켜고 잘 만큼 여유로운 생활을 했던 적이 없건만, 이 더위가 뭐라고 저렇게 에어컨을 찾아대는지. 나라고 여기가 시원했겠는가. 심지어 선풍기와 가까운 침대를 양보한 탓에 저 녀석 캐노피에 가려져 밤새 그 후끈한 선풍기 바람조차도 맞지 못했는데 말이다. 돈 좀 아끼겠다고 어제부터 내내 녀석의 눈치를 살피며 되지도 않는 애교를 살랑살랑 흔들어댄 것이 생각나 괜히 부아가 치밀었다. 뭐나 혼자 좋자고 여기 있는 건가? 참을 수 있을 만큼은 돈을 아끼자는 거지. 짜증과 서운함이 범벅돼 나도 한마디 던지고 싶었지만 어쨌든 녀석이 몹시 흥분한 것 같아 일단은 우리가 꼬따오와 치앙마이에서 흩뿌린 돈을 상기시키며 토닥토닥 달랬다.

이튿날 여기저기 돌아다니며 선임이의 기분을 풀어주고 저녁이 되어 숙소로 돌아와 낭만 정원에 앉았다.

"좋지? 여기 괜찮지? 조명 켜놓으니까 분위기 너무 좋다. 나무가 많아서 그런지 밤 되니까 제법 시원하네."

조잘조잘. 재잘재잘. 다시금 되지도 않는 말들을 뱉으며 한

번 더 견뎌보자 했다. 오늘의 더운 밤은 부디 무리 없이 지나가
길 바라며.

　하지만 문제는 곧바로 일어났다. 한껏 신난 척 겨드랑이를 파
닥거리며 방문을 열었더니 하얀 캐노피에 엄지손가락 크기의
검은 점이 보였다. 어? 저런 구멍 없었는데?

　그 검은 점에는 얇고 긴 다리가 6개 달려 있었다. 길게 뻗은
더듬이, 차갑게 빛나는 등껍질……. 바퀴벌레였다.

　발바닥에 서늘한 땀이 배고, 허벅지 안쪽이 간지럽기 시작했
다. 세상 모든 생명체는 조화로운 생태계 안에서 존재 이유가
있다지만, 그따위 이야기를 모두 잊게 하는 것이 내게는 바퀴벌
레다. 그저 혐오스럽기만 하면 다행이련만, 난 바퀴벌레가 정말
이지 무섭다. 어디로 튈지 예측 불가능한 몸짓, 갑작스레 내달
리는 속도, 벽지를 타고 기어가는 소리는 또 어떻고. 심지어 머
리가 없어도 물만 있으면 9일을 산다는 빌어먹을 생명력은 상
상도 하기 싫다. 한 번 스쳐보기만 했는데도 귓속에 있는 털까
지 삐죽 곤두섰다. 어떤 준비 신호도 주지 않고 내게 달려들어
눈, 입, 배 속으로 파고들 것 같아 움직일 수도 없었다.

　더위에 덥혀진 머리 사이로 온갖 상상이 어지럽게 돌아다녔
다. 내가 자는 동안 저놈이 베개 옆에 와서 내 머리카락을 타고

놀고, 코를 오르내렸다가 귀에 들어갈까 말까 망설였다가 슬그머니 내려와 발끝까지 질주하기라도 한다면? 아무것도 모르고 그놈의 발재간에 간지러워 뒤척이다 행여 놈을 터뜨리기라도 한다면? 그것도 모르고 놈의 터진 육즙을 덕지덕지 묻히고 잔다면? 저놈이 짓이겨진 몸통을 끌고 이리저리 비척거리며 내 이불 위를 헤치고 다니기라도 한다면?

돈 좀 절약하겠다고 힘들어하는 선임이를 그렇게나 설득해서 온 곳인데, 이거 어쩐다?

나 오늘 이 방에 한 발자국도 못 들여놓겠는데?

지금 당장 숙소 옮겨야겠는데?

선풍기와 바퀴벌레 2

빠 이 PAI

덥다. 더워.

동남아 더위에 두 손, 두 발, 두 겨드랑이를 들었다. 어쩜 이다지
도 더운가. 찜기 안에 안착한 왕만두가 이런 기분일까. 불가마
안 맥반석 계란의 삶이 이럴까. 온몸의 가죽을 벗겨 얼음물에
담갔다가 다시 입고 싶은 심정이다.

여행자들의 블랙홀이라던 태국 빠이는 내게 무더위의 블랙홀
이었다. 내 생애 겪어본 더위 중 단연 으뜸인 위용에 멋지를 향
한 배려마저 녹아버렸다. 애정과 관용, 이해는 모두 일단 '내가
살 만할 때' 나오는 것. 세상 만물, 나를 둘러싼 만사가 싫었다.

알고 있었다. 내가 짜증 퍼레이드를 개최하고 있다는 것을.

알고 있었다. 멋지는 이런 나를 받아주려 용쓰고 있다는 것을. 알고 있었다. 녀석이 하는 말이 모두 옳다는 것도.

한국 집에도 없었던 에어컨을 빠이의 숙소에서 찾아대다니 철이 없다는 것도 알고, 벌지 않고 쓰고만 있으니 어떻게든 아껴야 그만큼 더 여행할 수 있다는 것도 모르는 바 아니었다. 하지만 머리로 알면 뭐한단 말인가, 지금 몸이 당장 죽을 맛인데.

아찔한 무더위 덕분에 빠이 여행은 변질되고 있었다. 길을 나서면 거의 10분에 한 번씩 편의점으로 도피했다. 태국의 국민 슈퍼 격인 세븐일레븐은 과장을 좀 하자면 세 걸음마다 점포가 있고, 그 어떤 곳보다도 에어컨 인심이 좋았다. 유리문을 열고 들어가는 순간부터 은혜로웠다. 입장과 동시에 홍수가 난 겨드랑이 두 쪽에 상쾌한 제습 효과가 일었다. 모든 코너를 사뿐히 제치고 편의점 내 가장 온도가 낮은 곳에 서서 부채를 사정없이 흔들어대면 혼미했던 정신이 그제야 안정을 되찾았다. 그렇게 5분에서 10분여 나만의 정지 시간을 갖고 나면 다시 길을 나설 의지가 충전됐다. 문제는 충전된 배터리 수명이 고작 10분 정도라는 것이다. 점포를 나선 지 10분 후 다시 방전되면 또다시 세븐일레븐으로 입장하여 다시 정지. 이 패턴이 며칠째 계속되고 있었다. 세븐일레븐이 없었더라면 나는 지금 이 순간까지 빠이에 머무를 수 있었을까.

·

오늘도 편의점 관광만 실컷 하다가 멋지에게 이끌려 국수 한 그릇을 먹고 돌아왔다. 알 수 없는 동물의 육수와 내 육수가 사이좋게 반쯤 섞였던 국물의 뜨거움이 내 체온을 족히 3도는 올려놓은 것 같았다. 숙소로 들어서자 어쩐지 바깥보다 방이 더 더운 느낌이다. 당장이라도 에어컨이 있는 숙소로 옮기고 싶었다. 그 순간 멋지가 정원에 나가 있자고 제안했다. 내 속마음을 들킨 것 같아 쑥스러운 마음에 말없이 따라 나갔다. 이 말, 저 말, 아무 말을 주거니 받거니 하며 모기들의 제삿밥이 될 무렵, 이제 정말 어쩔 수 없이 저 한증막 같은 방에 들어가야 한다. 재빠르게 일어서 먼저 방문을 열고 들어서던 멋지가 우뚝 멈춰 섰다. 문턱을 넘었던 발을 거둬들이더니 슬슬 뒷걸음질하여 후진했다.

"왜, 무슨 일인데, 뭔데?"

채근하는 내게 몇 초간의 정적을 더 보내고서야 멋지가 입을 열었다.

"바…… 바퀴……. 바퀴벌레……."

아…… 이 밤이 길겠구나.

강한 직감이 밀물처럼 밀려왔다. 멋지의 바퀴벌레 공포증은 그 수준이 남다르다.

자취하던 대학 시절, 어느 날 멋지가 예고도 없이 문을 벌컥

열고 들어왔다. 연락도 없이 무슨 일이냐 물으려던 찰나, 녀석의 납득할 수 없는 난해한 꼬락서니가 보였다. 목 늘어난 티셔츠, 심오한 디자인의 바지, 방금 설거지를 마친 듯한 수세미 같은 머리. 정수리부터 발가락까지 정상 범주로 분류될 항목이 몇 없어 보였다. 꼴을 차마 눈 뜨고 볼 수 없어 갈아입으라고 내 티셔츠를 건넸다. 그리고 멋지가 옷을 벗었을 때, 입에서 한마디가 터져 나왔다.

"아, 멋지야. 제발……."

시각을 공격하는 옷차림의 멋지가 흥분하여 설명한 사건의 전위는 이러했다. 제 방에 바퀴벌레 한 마리가 나타났단다. 그 후로 방에 들어갈 수 없어 집히는 대로 아무 옷이나 집어 입고 내 자취방으로 도망쳐왔다고 했다. 그 순간, 반세기 정도 앞서는 녀석의 패션보다 그 차림새로 버스를 타고 왔다는 사실에 더 식겁했다. 시원하게 정신이 나간 듯한 이 친구를 앞으로 계속 곁에 두어도 될까 고민하는 내 심정을 아는지 모르는지 멋지는 계속 바퀴벌레에 대한 공포감에 떨고 있었다.

파격적인 20대 초반의 일화를 추억하며 쉽지 않은 싸움이 되리라 예상했다. 빠르게 상황을 판단했다. 손목시계의 바늘은 이미 새벽 1시를 지나치는 시점. 피곤했다. 그리고 무엇보다 더웠다. 실행 가능한 대안들을 자세히 떠올렸다.

대안 1. 저 빌어먹을 역겨운 생명체를 잡아준다.

실행 가능성 : 없다. 멋지만큼은 아니지만 나도 토 나오게 저 친구가 싫다.

대안 2. 함께 낭만 없는 낭만 정원에서 밤을 새워준다.

실행 가능성 : 30퍼센트. 동이 터오기까지 못해도 5~6시간이 남았다. 벌레 구덩이 풀밭에서 밤새 버틸 재간이 없다.

대안 3. 주인집 내외를 깨워 도움을 요청한다.

실행 가능성 : 50퍼센트. 예의고 뭐고 모르쇠로 일관하고 이 새벽에 깨우려면 깨울 수야 있다. 한데, 만약 부부가 뜨거운 사랑이라도 나누고 있으면 어쩐다. 어떻게 상황을 자연스럽게 넘기지? 복불복이다.

다리를 떨며 생각에 잠겼다가 벌떡 일어섰다. 그리고 가만히 울상 짓고 있는 녀석의 어깨를 두 번 두드린 후에 미소 지었다. 그래, 인생 뭐 있나. 한 방이지. 원래 가장 수익성 높은 상품이 위험성도 큰 법 아니겠는가. 운에 맡겨보자.

기다리라는 한마디를 툭, 내던지고 주인집 내외가 있는 안뜰로 걸음을 옮겼다. 힐끗 뒤돌아보니 이미 멋지의 큰 눈에는 나

에 대한 애정, 감사, 존경까지 담겨 있다. 기다려라. 천하무적 위
선임이 해결해주마. 그들이 잠들어 있지 않기를, 더위에 못 이
겨 사랑의 행위를 잠시 뒤로 미뤘기를, 간절히 염원하며 복도를
나선 지 30초. 머쓱하게 되돌아왔다. 주인집 내외의 방으로 통
하는 문은 덜그럭 소리만 내며 열리지 않았다. 어쩔 수 없이 다
시 멋지를 달래야 했다.

선임 : 자, 이제 어떻게 할래. 들어가야 하지 않겠니.

멋지 : 몰라, 엉엉. 못 들어가, 엉엉.

선임 : 그럼 어떻게 하고 싶어?

멋지 : 나 정원에 있을래. 엉엉.

선임 : 너 저기 정원에 곧 불 꺼질 텐데, 혼자 있어도 괜찮겠어?

멋지 : 아니, 혼자 못 있어. 엉엉.

선임 : 그럼 내가 같이 있으면 되겠어?

멋지 : 엉엉. 아니, 아니, 아니. 어떻게 그래. 너 졸리잖아. 어엉.

선임 : 너 혼자 못 있겠다며.

멋지 : 엉엉…… 응…….

하……. 어쩌라는 건가. 어제 그토록 침을 튀기며 내게 이 숙
소의 장점에 대해 열변을 토하던 녀석은 지금 어디 갔는가. 겁

쟁이 김멋지.

본인이 멋지다고 멋지라는 별명을 스스로 하사한 김멋지 님은 지금 사방팔방 모든 것이 무서운 참이셨다. 모르는 바 아니지만, 방법이 없지 않은가. 나 역시 너무 싫은 저 소굴로 들어가서 이 밤을 보내고 내일 아침에 이 빌어먹을 숙소를 대차게 나가는 것만이 방법이었다. 하지만 그건 일단 내일 일이다. 오늘은 어떻게든 이 방에서 버텨야 했다.

선임 : 넌 안 졸려?

멋지 : 졸려…….

선임 : 자, 들어가자. 오늘만 버티고 내일 숙소 옮기자.

멋지 : 으어어엉어어엉. 못 들어가!!! 나 절대 못 들어가.

선임 : 그럼 어떻게 하고 싶어?

멋지 : 나 정원에 있을게, 으어어엉엉.

선임 : 혼자 못 있겠다며.

멋지 : ……으엉어어엉.

뭐 어쩌자는 건지, 이해할 수 없다. 저리 울고 있는 녀석을 두고 홀로 들어가 잘 수도 없다. 아무것도 못 하고 속절없이 시간이 흘렀다.

방 안의 선풍기가 그리웠다. 그 후텁지근한 바람 한 줄기가 절실했다. 멋지는 바퀴벌레 때문에 방에 못 들어가고, 나는 선풍기 때문에 방에 들어가야 하는 이 엇갈린 운명이란.

　선임 : 어차피 저 바퀴벌레는 이 정원에서 들어왔을 거야. 정원 쪽에 벌레가 더 많을걸?
　멋지 : 엉엉, 그럼 어떡하지.
　선임 : 벌레 한 마리 피하겠다고 벌레 구덩이로 갈 거야, 너?
　멋지 : 엉엉엉엉, 아니, 아니. 정원에 안 갈 거야. 엉엉엉.
　선임 : 그럼 어떻게 할래?
　멋지 : 모르겠어, 엉엉엉.
　선임 : 들어가서 자자. 캐노피 안으로 빨리 들어가서 입구 다 막아버리면 될 거야.
　멋지 : 못 들어가. 난 못 들어가. 엉엉엉.

　그렇게 내가 숙소 옮기자고 할 때, 저 정원은 낭만이 아니라 벌레가 있는 곳이라고 말할 때 들었어야지. 망할 놈의 바퀴벌레와 멋지가 대치하는 동안 겨드랑이와 등줄기로 끈적한 땀이 흘렀다. 녀석은 지금 그동안 내게 내뱉은 말들이 민망해 숙소를 바꾸자는 말을 못 하고 있다. 그것을 알면서도 내색하지 않았다. 얄미운 마음에 최근 며칠간 녀석이 내게 던지던 '철 좀 들어라'의 눈빛을 이자까지 복리로 얹어서 되돌려주려는 순간, 어제와 그제, 엊그제까지 총 3일간의 멋지 모습이 뇌리를 스쳤다.

더위를 견디지 못하고 짜증과 신경질을 내는 나 때문에 화가 나면서도, 그 마음을 꾹꾹 눌러 담던 찰나의 표정 변화를 몇 번이나 목격했다. 지난 며칠간 더위에 절은 내가 뱉어낸 시커멓고 냄새나는, 뭐 어쩌라는 건지 모를 짜증들을 받아낸 녀석이었다. 24시간을 붙어 있다 보니 변하는 표정을 숨겨놓을 구석이 우리에게는 없었다. 말없이 자리를 잠시 피한다든가 화제와 전혀 관계없는 이야기를 꺼내는 방식이 녀석이 나를 참아내는 패턴이었다. 그 순간들을 알면서도 고마움의 표시를 못 했다. 아니 안 했다. 그러기에 나는 너무 지쳐 있었으니까. 숨 막히는 더위 덕에 채 내놓지 못했던 당시의 고마움이 이제야 떠올랐다. 그 순간들의 멋지 모습은 지금 이 순간의 짜증을 누르는 힘으로 전환되었다. '아, 대체 왜 저래'의 감정이 '그래, 지금 저 녀석도 얼마나 힘들겠어'로 바뀌었다. 감정 선회의 순간은 의외로 습자지 한 장만큼이나 얇고 가벼웠다.

지금 멋지는 상공 1,000피트 낭떠러지에 달랑달랑 매달려 있는 공포감을 느끼고 있을 터였다. 물론 나는 이해할 수 없다. 아마 노력해도 끝끝내 이해하지 못하리라. 다만, 녀석이 그런 상태라는 것을 나는 안다. 이해되지 않는다고 해서 오해하는 단계를 멋지와 나는 이미 넘어섰다. 지금은 굳이 '이해'하려 노력하지 않고, 그저 '사실'로 받아들이는 태도가 우리에겐 필요했다. 그리고 그 능력은 나보다 멋지가 확연히 월등했다. 주로 가파른 감정의 시소를 타는 쪽은 내 쪽이었고, 멋지는 대부분 나의 그 기복을 묵묵히 감수해주었다. 이제는 내가 짜증 대신 지금 녀석을 위해 이 상황을 해결할 방법이 무얼까, 고민할 차례였다.

그 순간, 달그락, 잠긴 주방 안에서 뭔가가 움직이는 소리를 포착했다. 사람의 인기척이다. 아…… 하늘은 스스로 돕는 자를 돕고, 친구를 향한 짜증을 선회하는 자를 전폭 지원하는 법이던가. 주방 문을 급히 두드리며 "헬프 미"를 랩처럼 쏘아댔다. 영원히 열리지 않을 것만 같던 두꺼운 문이 열리고, 그 뒤로 아직 잠에 취해 있는 듯한 주인 아주머니가 나타났다. 현지인에게도 이 더위는 살벌해 잠 못 드는 모양인지 그녀는 찬물과 과일들을 챙기고 있었다. 그녀의 손목을 나도 모르게 그러잡고 사정을 설명했다. 인 마이 룸에, 슈퍼 빅한 사이즈의 코크로치가 있다고. 최대한 주절주절, 최대한 안쓰럽고, 최대한 예의를 차려서.

과일 바구니를 들고 느닷없이 경청 상태가 된 아주머니는 상황을 모두 파악 후, 지금 시각이 늦었으니 바퀴 박멸에 힘과 시간을 쏟지 말고 일단 오늘 밤은 다른 방에서 보내라며 옆방의 열쇠를 건네주었다. 아아…… 그녀의 날갯죽지에서 흰 날개가 돋아나는 것을 나는 보았다.

빠이가 왜 블랙홀이라는지 이제야 알겠다. 돌아서는 발걸음에 힘이 실리고, 어깨엔 자부심이 근래 몇 년을 통틀어 가장 견고하고 크게 자리 잡았다. 물기가 가득 고인 멋지의 눈동자를 향해 열쇠를 달랑거리자 그제야 녀석은 그렁그렁한 눈으로 웃었다. 아이고, 울다 웃으니 말할 수 없이 못생겼다.

옆방으로 들어섰다. 새 방이라 침구가 깔끔한 것이 마음에 쏙 들었다. 다리가 여섯 개나 달린 빌어먹을 생명체도 없고, 너저분한 우리 짐들도 없었다. 나는 더위에, 녀석은 바퀴벌레에, 서로 정말 힘들어하는 것을 한곳에서 겪어냈다는 당황스러운 전우애가 갑작스레 흘렀다. 벌레 한 마리 가지고 난리라며 '별꼴'로 치부해버린 것이 미안했다. 가만 보니 멋지 녀석도 나와 같은 생각을 하는 듯했다. 내게 별일이 아니라 해서 상대에게도 별일 아닌 것이 아니거늘. 어찌 그리 어리석었던가. 이 밤을 그냥 보낼 수 없다는 결론에 이르렀다. 마침 낮에 사둔 위스키가 있잖은가! 그간의 짜증들이 모두 뜨끈한 위스키에 씻겨 내려가는 듯 기분이 좋아졌다.

태국의 국민 위스키 한 병을 모두 비워갈 때 즈음, 꼬부라지
는 혀로 뱉어보았다.

"이 숙소 괜찮은데? 바꾸지 말자!"

이상한 쇼핑

빠 이 PAI

배낭이 곧 옷장이며, 화장대이며, 책상인 여행자로서, 삶에 필요한 모든 걸 짊어지고 다니다 보니 배낭 안 물품들 사이에서도 치열하게 우선순위가 정해졌다. 옷가지는 하위로 밀린 지 오래였다. 서울에서 부산만 가도 날씨가 달라지는데 대륙을 종횡으로 옮겨 다니다 보니 날씨는 당연하게 종잡을 수 없이 바뀌어, 사계절의 옷이 모두 필요했다. 하지만 어차피 언제까지 입게 될지도 모르는 옷, 속옷과 기능성 점퍼를 제외하곤 벼룩시장 혹은 중고 옷가게에서 대충 사서 입고 버리고를 반복했다.

로션은 고사하고 가끔 선크림 바르는 것도 잊었다. 꾸밈없는 날 것 그대로의 날들이 계속되었다. 스킨, 로션, 에센스, 아이크림, 비비크림……. 순서대로 얼굴에 찍어 바르던 한국에서의 삶과

265

달리 로션 달랑 하나면 단장이 끝났다. 작열하는 태양에 피부는 까뭇하게 그을린 지 이미 오래고, 이마는 참기름 바른 김밥처럼 늘 검게 번들거렸다. 볼리비아에서 1,000원 주고 산 문구용 가위로 대충 자른 머리가 까치집같이 엉망이어도, 힙합바지로 변해가는 쫄바지에 구멍 뚫린 티셔츠를 입어도 창피하지 않았다. 아니, 오히려 자신 있었다. 그 너저분한 옷이, 다듬어지지 않은 행색이, 내 전부가 아니니까. 난 여행자니까. 후져 보여도, 빈약해 보여도, 괜찮았다. 내가 선택한 여행에 나름대로 최선을 다하는 중이라는 증거였으니까.

그래도 가끔, 아주 가끔, 여행 기간이 길어질수록 괜히 주눅이 드는 순간들이 생겼다. 이 증상은 여행자들을 만날 때 더 심했다. 같은 여행자인데, 왜 그리도 멀끔한지. 멋쩍었다. 아니, 창피했다. 무릎 나온 쫄바지가, 바짝 타서 말라버린 발등이, 보풀난 티셔츠가. 그 모든 게 내 안의 반짝임을 보이지 않게 가리는 먼지 같았다. 화장도 좀 하고 옷도 그럴싸하게 입으면 이렇게까지 대책 없진 않은데…….

그래서인지 괜스레 정수리부터 발가락까지 멋지게 꾸미고 싶은 날이 있었다. 머리도 곱게 돌돌 말고, 선임이도 못 알아볼 변장 같은 화장도 하고, 블랙 미니드레스에 높은 힐을 신고, 도도한 눈빛을 날리고 싶은 때. 그럴 때마다 배낭을 뒤져보지만 아무리 뒤져봐도 내가 아는 옷뿐이었다. 쫄바지, 더 늘어난 쫄바지, 무릎 나온 쫄바지. 혹시나 해서 선임이 배낭을 살펴보지만 역시 새로울 건 없었다. 결국엔 체념하고 늘 입던 쫄바지, 어제도 입었던 구겨진 티셔츠를 입고 거리를 나섰다.

이런 욕구 불만이 차곡차곡 겹쳐 더 쌓일 곳이 없어지면 이상한 쇼핑으로 욕망의 옆구리가 터졌다. 브라질에서 샀던 하얀 레이스 원피스, 은색 반짝이 카디건같이 전혀 실용적이지 못한 것들이 바로 그 산물이다. 심지어 그것들은 중고 가게도 아닌 멀쩡한 가게에서 꽤 값을 치르고 샀다. 말 그대로 충동구매였다. 이런 쇼핑으로도 성이 안 차면 화장품을 가진 여행자에게 마스카라나 립스틱 같은 것들을 한 번씩 빌려서 발라보기까지 했다.

호박에 줄 긋기라는 것을 깨닫는 데는 많은 시간이 걸리지 않았다. 화장하면 뭐하냐는 말이다. 맞춰 입을 번듯한 옷이 없는 것을. 옷까지 구하면 뭐하냐는 말이다. 그런 차림으로 커다란 배낭을 멜 순 없는 것을.

언제나 그렇듯, 로션 하나 바르지 않은 얼굴로 맞이한 어느 날 아침이었다. 고작 오전 10시를 넘겼을 뿐인데 조식으로 먹은 토스트가 어느 정도 소화된 것 같아 더위에 질척이는 몸을 일으켰다. 근처의 시장에서 뭐라도 주워 먹을 요량으로 문을 나서려는데 무언가 평소와 다른 기운을 감지했다. 숙소 뒤뜰이 전에 없이 화려했다. 작은 벼룩시장이 열린 것이다. 판매자는 따로 보이지 않았다. 그저 '생각하는 가치만큼 돈을 넣어주세요'라고 적힌 상자가 테이블 위에 놓여 있었다.

일부러 찾지 않는 한 여행 중에 중고 옷가게를 만나긴 쉽지 않다. 그런데 숙소 뒤뜰에서 벼룩시장이 열리다니. 심지어 값도 우리가 정하라니. 가방도 내려놓지 않고 정신없이 옷을 뒤지기 시작했다. 이름 없이 열린 가게치고 제법 괜찮은 것들이 많았다. 겨드랑이를 해방할 민소매 티셔츠와 언제 어디서나 철퍼덕 주저앉을 수 있는 통 넓은 바지를 차례로 골랐다. 이제 큰 옷들은 다 뒤졌다고 생각하자 자연스레 작은 액세서리 쪽으로 눈이 돌아갔다. 그리고 잡동사니가 마구 뒤섞여 있는 상자에서 발견하고야 말았다. 반짝이는 향수병을 말이다.

여행 중 잊고 살았지만, 나는 향수를 좋아한다. 비행기를 탈 때면 면세점 향수 판매대에서 코를 박고 이것저것 맡아보며 늘 아쉽게 돌아섰다. 구매 자체가 사치였거니와, 이 꼴에 어울릴 법한 향도 없었다. 그런데 지금 눈앞에 향수가 나타나다니……. 남은 양을 보니 이미 누가 쓰던 것이었다. 아마도 어떤 여행자

가 숙소에 놓고 간 모양이었다. 뿌려보고 싶었지만 마음대로
시향하면 안 될 것 같아 우선 어떤 향인지 검색했다.

대담한 레드 드레스의 관능미. 석류, 라즈베리, 자두를 섞은 짙은 다
홍색 주스에 핑크 페퍼를 넣고 카사블랑카 백합과 숲의 향기를 첨가
했습니다. 어둡고 불가사의한 느낌의 향수입니다.

실소가 터졌다. 40도가 넘는 살벌한 이 더위에 어둡고 불가
사의한 느낌은 무엇이고, 누가 봐도 너덜너덜한 행색에 관능미
는 또 무슨 조합이란 말인가.

망설였다. 단돈 100원이라도 허투루 쓰면 아까운 것이고 10만
원이라도 알맞게 쓰면 아깝지 않은 법인데 이 향수는 나에게도,
지금 날씨에도 어울리지 않았다. 그래도, 다 아는데도, 이 요망
한 욕구를 누를 수가 없었다. 그 어떤 향이라도 몸뚱이에 뿌리
고 싶었다. 나를 말려줬으면 하는 마음으로 선임이에게 눈길을
돌렸는데…… 맙소사. 녀석은 치렁치렁한 시폰 원피스를 몸에
대보고 있는 게 아닌가.

아이고, 향수는 부피라도 작지. 그 원피스는 배낭의 4분의 1은
족히 차지할 것 같았다. 그래, 모를 리 없겠지만 그래도 사고 싶
은 거겠지. 저 녀석도 지금 상당히 욕구 불만이구나. 두 눈이 마

주치고, 각자 손에 든 품목을 번갈아 쳐다본 후 한바탕 시원하게 웃었다. 그래, 기분 한 번 부려보자! 까짓것 새것도 아니고!

나는 향수병을, 선임이는 시폰 원피스를 손에 꽉 쥐었다. 이젠 돈을 내는 일이 남았다. 우리가 가격을 정할 수 있다고 해서 좋아했는데, 이거 생각보다 쉬운 일이 아니었다. 새 상품도 아닌데 무턱대고 돈을 후하게 넣을 순 없고, 그렇다고 마냥 적게 넣기엔 양심에 걸렸다. 머리를 싸매고 시장에서 보아왔던 옷 가격을 기준으로 가치를 매긴 후, 보이지 않는 판매자에게 감사인사를 하며 상자에 돈을 넣고 방으로 들어왔다.

진정 배낭여행 중에 내 몸뚱이에 뿌릴 향수를 산 것인가. 영철없어 보여 유리병을 만지작거리는데 이미 선임이는 치렁치렁한 드레스를 걸친 채 빙그르르 돌고 있었다. 에라, 이왕 이렇게 된 거 마음껏 흥을 내자. 공중에 향수를 뿌리고 그 사이를 우아하게 걸으며 향수를 맞았다. 무거운 공기를 밀어내며 뜨끈한 향이 퍼졌다. 어울리든, 어울리지 않든, 진하게 향긋하니 기분이 좋았다. 이렇게 가끔 기분 내는 거지 뭐, 내 멋에 사는 거지 뭐.

배낭을 열어 싸구려 샴푸 옆에 고급 향수를 넣으려니, 이 더위에 바닥까지 끌리는 드레스를 입고 좋아하는 선임이를 보고 있자니, 웃음이 나왔다.

LAOS

말할까 말까

루 앙 프 라 방 LUANG PRABANG

뭐지, 여기. 한국, 같은데.

귀국한 건가……. 나도 모르게?

아시아로 넘어오니 다른 지역을 여행할 때에 비해 확실히 한국인이 많았다. 근래 유행한 텔레비전 프로그램의 영향인지 그중 라오스가 제일이었다. 동남아시아에서 가장 생태환경이 잘 보존된 곳, 그 나라의 가장 느긋하고 평화로운 도시라는 명성을 듣고 찾아온 루앙프라방의 거리에는 우리말이 범람했다. 비행기를 잘못 타 한국으로 들어왔나 싶을 정도였다.

반가운 마음도 잠시, 한국어가 들리면 본능적으로 움츠러들었다. 멀끔한 그들과 달리 꼬질꼬질한 우리의 차림새 때문이었다. 라오스에서 마주친 한국인은 대개 며칠 휴가를 내 여행을 온 이들이었고 그들은 반짝반짝 빛이 났다. 어느 순간부터 멋지와 되도록 말을 섞지 않았다. 암묵적인 합의였다. 우리 모습은 한국어를 입에 담지 않는 이상 쉽게 동포임을 알 수 없을 정도였기에 이 전략은 꽤 타율이 높았다. 이걸 좋아해야 할지 슬퍼해야 할지 노선을 결정하는 데 좀 애를 먹긴 했지만.

시 전체가 유네스코 문화유산으로 지정된 루앙프라방의 밤거리를 걷기로 했다. 오후 5시가 되면 차량의 통행을 막고 도로에 열린다는 야시장이 목적이었다. 밤, 시장, 길거리 음식, 술을 사랑하는 우리에게 야시장은 박물관을 트럭으로 가져다줘도 바꾸지 않을 가치가 있었다. 무더운 여름밤, 시원한 맥주 한잔과 맛난 안주를 먹기에 더할 나위 없이 매력적인 장소이지 않은가. 해가 진 후에는 안전상의 이유로 밖에 나가지 않았지만 여행객들도 많은 곳이니 주의만 기울인다면 괜찮을 성싶었다. 숙소 문을 박차고 나섰다.

거리는 기대했던 것만큼 시끌벅적하고, 생각했던 것보다 번잡했다. 누가 살까 싶은 조잡한 기념품과 용도가 궁금해지는 각종 생활용품을 차례로 지나쳤다. 지금은 쇼핑보다 요동치는 위장을 달래줄 음식과 홍수 난 겨드랑이 땀을 식혀줄 맥주 한 잔이 절실했으니까. 한참을 보다가 진한 음식물의 냄새와 무엇인가를 굽고 있을 것이 자명해 보이는 연기를 포착했다.

그곳 역시 한국인이 많았다. 세 걸음마다 우리말이 들려왔다. 약속한 듯 멋지와 나는 한마디도 나누지 않은 채 각자 최고의 안주를 고르는 데 열중했다.

"안녕하세요, 같이 한잔하실래요?"

고막에 달콤한 이야기가 날아와 꽂혔다. '같이 한잔'이라니. 이보다 유혹적인 말이 어디 있는가. 분명 우리에게 하는 말이었다. 굴러들어오는 제안을 걷어찰 이유는 없지 않은가. 말을 건 상대는 연륜의 나이테가 제법 쌓인 아저씨와 한 커플이었다. 매일같이 오직 멋지와 함께하는 삶에서 새로운 사람을 만나는 것은 신나는 일이었다. 여태껏 여행지에서 만났던 사람들은 대부분 좋은 인연으로 오랜 기간 관계를 유지하고 있었기에 이번에도 근사한 만남이 되길 바라며 함박웃음을 지어 보였다.

타국에서 오가는 인사는 생각보다 큰 위력이 있다. 낯선 거리, 낯선 냄새, 낯선 언어, 익숙지 않은 모든 것들 속에서 들려오는 익숙한 '안녕하세요'라는 한마디는 인연이라는 심상을 주기에 충분하다. 자체 필터랄까. 그래서인지 여행지에서 만나는 사람들과는 쉽게, 그리고 깊게 교류할 수 있었다. 그저 주린 배를 채울 계획이었던 저녁 식사에서 우연히 인연을 만나, 오래도록 함께하는 필연으로 만드는 것은 우리가 여행의 묘미라 여기는 부분이었다.

간략한 소개가 오가고 곧이어 주문한 음식들과 라오스의 국민 맥주 비어라오가 나왔다. 얼음 창고에서 꺼내온 듯 두개골까지 시원해지는 맥주 한 모금이 만족스러웠다. 절로 신이 나 대화와 맥주를 나누던 시간이 얼마나 지났을까. 또 다른 한국분까지 합류하여 자리는 더 무르익었지만, 어찌된 일인지 슬슬 불편해지기 시작했다. 내 입 밖으로 뱉은 말들이 상대에게 가 닿기 전 어딘가에서 턱턱 가로막히는 기분 때문이었다. 그 보이지 않는 벽은 오직 한 사람에게서만 느껴졌다. 처음 합석을 제안했던 아저씨였다.

그는 상대의 이야기를 전혀 듣지 않았다. 듣지 않는 것만이 문제는 아니었다. 본인이 아닌 다른 사람의 이야기는 모두 '틀렸다'라고 일축하기까지 했다. 그것이 무엇에 관한 말이든, 어떤 말이든 간에.

차라리 벽을 보고 혼자 이야기하는 편이 낫지 싶은 심정까지 들었다. 맞은편에 앉아 있는 멋지에게 비어라오 맥주병을 방패 삼아 복화술로 메시지를 전했다.

'이것만 먹고 일어서자.'

역시나 짜증이 한껏 서려 있는 표정의 멋지는 눈빛으로 격한 오케이 사인을 전해왔다. 그리고 마지막 비어라오 병이 비워지는 순간, 그만 가보겠다는 의사를 표했다. 하지만 나의 그 말은 깔끔하게 무시당했다. 그는 우리에게 2차를 함께 가자고 거의 '명령'했다. 몇 번 더 거절했지만 막무가내였다. 결국 강력한 의사를 피력하지 못한 나는 어물쩍 2차로 향했고, 나만 보낼 수 없던 멋지도 어쩔 수 없이 뒤를 따랐다.

그의 만행은 알코올의 내조를 받아 점점 파국으로 치달았다. 2차를 마치고 3차까지 끌려가다시피 하던 어둑어둑한 루앙프라방의 밤거리에서 그는 급기야 신체적인 접촉까지 뻗쳐왔다. 그의 손이 내 허리와 어깨를 순서 없이 감쌌다. 아니, 감쌌다는 어휘는 적합하지 않다. 이런 접촉을 정확하게 설명하는 어휘가 없음이 한탄스럽다. 누구나 본능적으로 알 수 있다. 이것이 타인에 대한 애정을 담은 손길인지, 불순한 의도를 담은 접촉인지. 어떻게 판단할 수 있는지, 구분의 기준이 있느냐 묻는다면 이 또한 정확한 어휘로 표현할 재간은 없다. 하지만 말로 할 수 없는 것을 몸은 알 수 있다.

그의 손길은 후자였다. 손길이 닿는 순간, 허리와 어깨가 먼저 그 의도를 알아챘다. 투명한 벽을 느끼며 대화하던 1차 때부터 무수히 고민했다. 말할까, 말까. 지금 당신의 행동이 불쾌하다고 말을 할까, 말까. 내가 할 수 있을까.

살면서 대부분 '말까'의 손을 들어왔다. 내가 조금 불편하면 되지, 조금 더 참으면 되지, 싫은 말을 해서 무엇하랴 싶었다. 불편한 상황을 만드는 나를 상대가 어떻게 판단할지 두려운 이유도 컸다.

이러지도 저러지도 못하고 끌려가다 싶게 길을 걷던 순간, 명료한 생각이 머리를 때렸다.

'내가 지금, 여기서 뭘 하는 거지.'

이러려고 떠나온 여행이 아니었다. 이런 부당한 손길을 감내하려고, 내 말이 모두 틀렸다고 말하는 사람과 억지로 대화하려고, 그토록 좋아하는 맛있는 맥주를 맛없게 먹으려고 떠나온 것이 아니란 말이다. 얼마나 많은 고민을 하고, 얼마나 많은 것들을 내려놓고, 얼마나 많은 돈과 시간을 들여 와 있는 곳이던가. 이 소중한 시간을 왜 지금 이렇게 쓰고 있는가. 깊은 깨달음이 왔다.

멈춰. 가지 마.

내 안에서 소리 없는 소리가 들려왔다.

우뚝, 멈춰 섰다. 내 어깨를 감싸고 걷던 그의 손길이 잠시 허공을 가르고, 함께 멈춰 선 그가 나를 돌아봤다. 무슨 일이냐는 의문이 담긴 눈빛을 받는 순간, 피하지 않았다. 찰나지만 오래 그 눈을 피하지 않고, 입을 뗐다. 내내 참았던 말을 입술 밖으로 끌어냈다.

"만지지 마요! 돌아가세요!"

그 순간 온몸에 진한 카타르시스가 흘렀다. 목구멍 언저리에서 남실거리며 나를 괴롭히던 미끈거리는 괴물을 토해낸 것 같았다. 이 시원한 말을 왜 그동안 참고 살았지? 양팔에 오도도, 소름이 돋았다. 적잖이 놀란 듯한 그는 몇 번 더 회유를 시도했다. 딴에는 어깨동무랍시고 왜 그러냐 웃으며 어깨에 다시 팔을 걸쳐왔다. 하지만 이미 내 안의 안전핀은 뽑힌 상황이었다. 전에 없이 단호한 몸짓과 눈빛으로 거절했다. 그리고 다시 한번 크게 소리를 질렀다.

"돌아가시라고요!"

나머지 일행과 멋지는 얼어붙은 채 포효하는 나를 멍하니 바라보고 있었다.

결국, 그는 돌아갔다. 그리고 남은 이들은 조심스럽게 한마디씩 하기 시작했다. 짜증이 한껏 났지만 말을 못 했는데, 말해줘

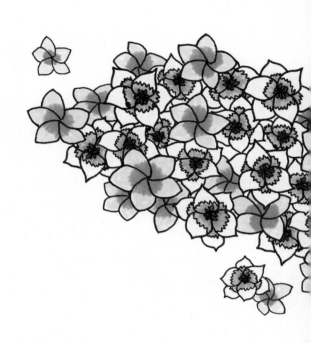

서, 돌려보내줘서 고맙다는 말들이었다. 듣고 보니 모두가 그를 불편해하고 있었다.

본래 나는, 절대 이런 표현을 하는 사람이 아니었다. 오늘과 같은 말할까, 말까의 갈림길에서 항상 '말까'의 손을 들었던 사람이었다. 나의 고백에 모두 '그럴 리가'라는 표정이었다. 그때 곁에 있던 멋지가 자진해서 보증을 섰다. 이 친구 이런 모습 처음이라고.

그들과 헤어져 멋지와 단둘이 길바닥에 앉아 다시 맥주를 기울였다. 괴물을 뱉어버린 목구멍으로 흘러드는 이미 뜨듯하게 식어버린 비어라오 한 모금이, 처음 얼음물에서 꺼냈을 때보다 시원했다.

어느 완벽한 하루 1

방 비 엥 VANG VIENG

방비엥에 온 지 며칠째, 부지런히 비가 내린다. 파란 하늘이었다가도 갑자기 와장창 비를 쏟아내는 통에 액티비티의 천국이라고 하는 곳에 와서 동네 산책만 하며 식도락만 즐긴 게 요 며칠의 전부다. 이게 바로 동남아의 우기라는 건가⋯⋯.

나는 비를 좋아한다. 한동안 비가 내리지 않으면 동네 튀김집 앞에 쪼그려 앉아 오징어 튀기는 소리를 빗소리라고 위안 삼으며 친구들에게 미친년 소리를 들었다. 그런 내게 하루가 멀다고 비가 오는, 이런 즐거운 날씨는 또 없다. 오늘은 비와 함께 어떻게 시간을 보내볼까 머리를 굴렸다. 머리에 꽃을 꽂을 수 없으니 꽃무늬 바지라도 입고 나가볼까, 아니면 빵이 터지도록 속 재료를 꽉 채운 샌드위치 하나 먹을까, 빗소리에 낮잠 자는 것도 꽤 괜찮지. 외장 하드에 묻어둔 영화 한 편 꺼내서 괜히 감성에 젖는 건? 어느 것을 택해도 만족 120퍼센트일 것이다.

스스로 감탄하며 눈을 뜨자 선임이의 뒤통수가 눈에 들어왔다. 그 길쭉하고 단단한 뒤통수에서 느껴지는 검은 기운. 아뿔싸……. 선임이를 생각 못 했다. 비라면 냄새부터 우울해하는 녀석이다. 며칠째 사정 안 봐주고 내리는 비에 모든 물놀이가 무산되었으니 상당히 침울할 것이다. 야트막한 강에라도 나가볼까 생각해봤지만, 이 날씨에 그랬다간 잘못하면 라오스 뉴스 생방송에 출연할 수도 있다. 전두엽에 모든 에너지를 쏟아 저 자식을 침잠의 늪에서 끌어낼 방법을 찾아봐야겠다.

유레카! 다급히 휴대전화를 쥐고 '방비엥 마사지'를 검색했다. 동남아는 타 대륙에 비해 물가가 낮은 데다, 마사지가 발달했다. 자타공인 마사지 마니아인 선임이가 이 대륙에 도착한 후부터 마사지 가게를 지날 때마다 곁눈질로 가격을 살피는 걸 내가 모를 리 없었다. 그럴 때마다 가슴팍에 지갑 꽂아주며 몇 시간 몸 풀고 오라 하고 싶었지만 언제나 그 말을 집어삼켰다. 그거 얼마 하겠냐마는, 우리는 통장 가벼운 여행자다. 세 집 건너 하나씩 있는 마사지 가게를 애써 무시하며 괜한 농담을 던지는 것도 슬슬 미안하던 차였다. 그래, 내가 오늘 너에게 시원함을 선물하마. 손가락이 뜨거워질 만큼 빠르게 스마트폰으로 마사지 가게를 검색했다. 적당히 괜찮아서는 안 된다. 동공에 하트 무늬가 새겨질 정도로 실력이 괜찮은 곳이어야 한다. 내가 이리 노력하고 있다는 걸 그저 누워 있는 저 자식은 알기나 할까.

알파고도 울고 갈 검색 끝에, 빙고. 적당한 곳을 찾았다. 날씨도 구질구질한데 마사지나 받고 오라며 선임이를 침대에서 이끌었다. 뜬금없이 무슨 말이냐고, 손사래를 치면서도 입꼬리에 슬쩍 흘린 미소를 내가 못 알아챌 리 없다. 너 지금 (혼자 마사지 받으며 돈 쓰기 괜히 미안하고 쑥스러우면서도 숨길 수 없이) 좋은 거 다 안다. 얼른 가서 즐기고 와라. 비는 계속 내리고 공기는 눅눅하고 네 몸과 기분까지 눅눅할 테니 좋게 말할 때 들어라…….쉴 틈 없이 말하며 선임이를 마사지 가게에 던져놓고 최대한 멋지게 가게를 나왔다. 유리창 너머로 따뜻한 물에 발을 담그고 웃는 녀석의 모습이 보였다.

이 얼마나 반짝이는 선물이란 말인가. 몇 시간 뒤 상기된 볼을 씰룩거리며 돌아올 녀석을 생각하니 이거 내가 너무 기특하다. 멋진 나를 이렇게 내버려둘 순 없어 내게도 선물을 하기로 했다. 잘못했을 때 벌은 안 줘도, 잘했을 땐 상을 줘야지. 난 나에게 관대한 사람이니까. 자주 가던 가게에 들러 솜땀 하나를 주문했다. 젓갈 맛이 진한 라오스식 파파야 무침에 한국 소주 한 잔 걸치는

풍류를 나 자신에게 선사하기로 한 것이다. 축축한 비 냄새 사이로 절구에 고추 빻는 냄새가 알싸하게 치고 들어오며 입안에 침이 고였다. 이번에는 소주를 사러 마트로 뛰었다. 한국인 관광객이 많은 탓인지, 마트마다 소주를 파는 것을 봐둔 터였다. 가게 유리문에 비친 내 모습은 영락없는 동네 '이상한' 누나였다. 머리는 산발에, 빨간 꽃무늬 바지와 너덜너덜한 슬리퍼는 물론, 비닐봉지 하나 쥐고 신나게 뛰는 모양새를 어떻게 다른 말로 표현할 수가 있겠는가. 숙소에 돌아와 비닐을 열자마자 풍기는 비릿한 젓갈 냄새와 소주를 까자마자 올라오는 알코올 냄새. 이미 오늘 느낄 행복을 다 느낀 기분이다. 지붕엔 비! 눈앞엔 강! 내 손엔 소주! 지금 내게 무릉도원을 논하지 말라! 한참 동안 혼자 술잔을 기울이다가 감성이 알코올로 흠뻑 젖은 김에 영화나 한 편 보기로 했다. 그러고 보니 꽃무늬 바지에 비 맞고 뛰어다녔겠다, 영화도 보겠다, 오늘 하려던 계획을 두 가지나 해내고 있다.

영화를 보며 솜땀을 먹다 보니 속이 칼칼하다. 빈속에 고추가 잔뜩 들어간 파파야 무침과 소주만 먹어댔으니 당연했다. 바비큐 꼬치도 같이 사올걸……. 아쉬워하는 와중에 누군가 계단 올라오는 소리가 들린다. 예상대로 볼이 잔뜩 발개진 선임이다. 그런데 손에 든 저거 뭐야. 어머, 우리 통한 거야? 선임아, 고기 사온 거야? 그거 바비큐야? 오늘 이렇게 완벽해도 되는 거야?

어느 완벽한 하루 2

방비엥 VANG VIENG

비를 싫어한다. 아주 어릴 적부터 좋아하지 않았다. 비가 내리기 전, 무거운 물기를 머금은 습한 공기. 비가 내리기 시작할 때 확 끼쳐오는 비릿한 흙냄새. 우산이 손에 들려 있지 않았을 때 어쩔 수 없이 직면하게 되는 난감함. 무엇보다 급격하게 흐려지는 하늘까지. 비가 오기 시작하면 그 모든 것들이 혼합된 '비가 싫은 이유'가 비와 함께 내게 내려온다. 그리고 여지없이 나의 기분도 비와 함께 내려가기 시작한다. 하지만 아이러니하게도 물은 좋아한다. 산보다 바다를 선호하고, 수영을 즐기며, 물에서 하는 모든 종류의 스포츠를 좋아한다. 메콩강을 중심으로 한 각종 수상 액티비티가 발전한 라오스의 방비엥은, 그래서 참으로 기대했던 도시였다.

그러나 세상만사 모든 일은, 늘 내 마음과 다른 노선을 타고 싶어 하는 빌어먹을 특성이 있다. 특히나 무계획 배낭여행 중에 일어나는 일들은 그 정도가 아찔했다. 열대몬순기후를 자랑하는 국가, 라오스의 우기는 5월부터 10월이라는데 우리 여권에 찍힌 라오스 입국 도장의 날짜는 5월 중순이었다. 그러니까 우리는 여러 수상 액티비티를 즐길 수 있는 활기찬 도시에, 하필 우기의 시작에 맞춰 들어간 것이다. 철저히 계획적이지 않은 여행은 간혹, 아니 솔직히 말해 꽤 자주 이런 어처구니없는 결과를 양산해냈다. 방비엥에 대한 나의 기억이 대부분 음울한 것은 방문 시기상 이미 정해져 있던 것일지도 모른다.

우기의 시작을 친절히 알리려는 듯, 방비엥에서는 주야장천 비가 내렸다. 도착한 첫날이야 심히 우리답게 웃어넘겼지만, 아침저녁으로 내리는 빗줄기에 내 기분은 점차 출구를 찾지 못한 채 잠식당하기 시작했다. 거리에 줄지어 있는 수많은 여행사 사무실의 벽에는, 커다란 튜브에 앉아 맥주 한 병을 손에 들고 메콩강을 유유히 떠다니는 체험이나 동굴 탐험, 카약 등 각종 액티비티의 신나는 장면을 담은 사진들이 처량하게 비를 맞고 있었다. 활동적인 데다 날씨의 영향을 많이 받는 나는, 비 때문에 비활동적 일상을 강요당하자 조금씩 날이 서기 시작했다.

며칠 동안 숙소에만 머무는 나날들이 이어지던 중, 멋지가 내 눈치를 살피기 시작했다. 분명 내가 또 죽상을 쓰고 앉아 뭐 어쩌라는 건지 모를 투덜거림을 입 밖으로 내뱉고 있었을 것이다. 정확히 기억할 수는 없지만, 하나만은 확실하다. 분명 아주 유아적이며 동시에 비논리적인 말들이었을 것이다.

오늘도 멋지는 내 상태를 살피고 있었다. 대꾸나 반응을 내놓을 기분조차 아니어서 그러거나 말거나 눅눅한 침대 끝에 널브러졌다. 그러기를 한참이나 지났을까, 불쑥 눈앞에 멋지의 스마트폰 액정이 나타났다.

'뭐야, 이건……'

내키지 않는 마음으로 대충 훑어보니, '방비엥 마사지'라는 키워드로 검색된 결과들이 조그만 화면을 뒤덮고 있었다.

내 기분을 끌어올리기 위해 멋지가 꺼내든 카드는 정확했다. 나는 마사지라면 사족을 못 쓸 정도로 좋아한다. 멋지는 '오늘의 힐링'은 이곳에서 책임지겠다며 사뭇 비장하게 마사지 가게의 이름을 읊었다. 작은 동네 방비엥 여기저기에 포진된 마사지 업체 중 합리적인 가격과 깔끔한 시설, 뛰어난 실력 등의 요소와 함께 내가 좋아하는 마사지 스타일까지 고루 평가해 선택했단다. 아, 이 친구의 두 번째 X염색체가 다리를 꼬지 않고 가지런히 쭉 뻗었다면 정말이지 나는 두말 않고 멋지와 결혼했을 것 같다.

공동으로 쓰고 있는 경비이기에, 혼자 마사지를 받는 것이 미안해 함께 받지 않겠느냐며 한두 번 권해보았다. 하지만 멋지는 오늘처럼 비 오는 날에는 마사지보다 술 한잔하며 음악을 듣거나 영화 한 편 보는 쪽을 선호한다. 이 사실을 알고 있으면서도, 거절할 것임을 알면서도 건네는 나의 권유는 그래서 권유의 옷을 입은 고마움의 표현이었다. 그리고 멋지도 나의 권유가 진정한 권유가 아님을 알고 있었다.

"납작 엎드려서 실컷 즐기고, 올 때 너 좋아하는 아이스크림도 하나 먹고 와라."

계산대에서 결제를 한 멋지가 멋지게 돌아섰다. 나의 권유는 권유가 아니기에, 두 번 반복하지 않았다. 뭐 할 거냐 물으니 역시나, 숙소에 돌아가서 영화나 한 편 본단다. 부산스레 문을 열고 나서는 녀석의 모습을 보며 따뜻하게 데워진 족욕용 물에 두 발을 넣었다. 내 차례의 순서를 기다리는 동안, 차 한 잔이 서빙되었다. 홀짝, 한 모금을 들이켜 입술 사이로 적시니 기분이 조금씩 상승곡선을 타기 시작했다. 스스로 생각해도 참 간사하다. 멋쩍은 마음에 부스스 안개 같은 비가 내리는 창밖으로 시선을 돌리니, 이런. 이미 간 줄 알았던 멋지가 창밖에서 족욕과 티타임을 즐기는 내 모습을 카메라에 담고 있었다. 저 친구, 정말 날

아껴줘야 할 여자친구쯤으로 생각하는 건가. 감격으로 충만해지려는데, 가만……. 그 짧은 팔다리를 굽혔다 폈다 이리저리 앵글을 움직이며 이런저런 구도로 가게의 간판까지 찍어대는 걸 보니, 아무래도 블로그 포스팅 용인가 보다. 그럼 그렇지.

촬영 열정을 불태우던 멋지가 떠나고, 몸집도 손도 자그마한 라오스 소녀가 마사지사로 왔다. 그녀는 크기답지 않게 강단 있는 손길을 선보였다. 그녀의 손이 내 몸의 혈들을 꼭꼭 눌러 훑어내자, 구석구석 고여 있던 우울 분자들이 톡톡 터지는 기분이 들었다. 단 한마디 알아들을 수 없는 언어가 남실대는, 아무도 나를 모르는 공간에서 생면부지 타인에게 몸을 맡기고 누워 있자니 급작스럽게 멋지의 부재를 실감했다.

'잘 돌아가서 영화 잘 보고 있으려나…….'

한 시간여가 지났을까? 몸속의 진득한 먼지와 우울을 밀어내고 쓸어내는 시간이 종료되었다. 한결 가벼워진 몸으로 마사지 가게를 나서니, 거짓말처럼 비도 그쳐 있었다. 신체는 정신을 지배한다 했던가. 우울감이 빠져나간 자리에, 멋지에 대한 고마움이 차올랐다. 좋은 술에 좋은 안주면 세상만사 행복한 친구니, 숙소로 돌아가는 길에 녀석이 좋아하는 안줏거리를 좀 사가야겠다. 분명 술을 마시며 홀로 숙소에서 영화를 보고 있겠지. 지난 여행 동안 대부분의 시간을 붙어 있었기 때문일까. 멋지가 어떤 자세와 어떤 표정으로, 노트북의 모니터를 어떤 각도로 조정한 채 영화를 보고 있을지 눈앞에 있는 것처럼 생생하게 그려졌다. 분명 침대 머리맡에 비스듬히 기대어, 오른발을 왼발 위로 겹쳐놓고, 노트북 모니터를 120도 정도 기울인 채, 팔짱을 낀 상태일 것이다. 오른손에는 어젯밤 요구르트병으로 급조해 만든 술잔이 들려 있을 테고.

그 옆에 근사한 안주를 놓아줘야겠다. 바비큐를 살까 고민하다 생각을 바꿨다. 어제도, 그제도, 그 전날에도 멋지가 코를 박고 먹던 허름한 가게에 들어가 당당하게 외쳤다.

"여기 솜땀 하나 포장이요!"

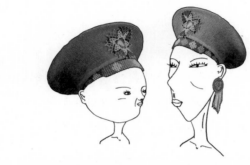

SOUTH AFRICA

까만 눈동자가 따라다닌다

요 하 네 스 버 그 JOHANNESBURG

어떤 여자 여행자는 아프리카 여행하려고 사발을 했대.

호텔에서 나가자마자 10초 안에 강도 안 당하면 행운이라는데?

절대 휴대전화 들고 다니지 마. 손에 쥐고 있으면 그냥 가져간대.

유학할 때 수단에서 온 친구를 만났는데, 그 친구가 자기네 나라에 절대

놀러 오지 말라 그랬어.

　소문인지 진실인지 모를 것들이 우리가 아프리카 여행에 대
해 들은 이야기였다. 지레 겁부터 먹을까 일부러 듣지 않으려 해
도 길 위에서 만난 여행자들끼리 서로 정보를 주고받다 보면 혼
자 귀를 막고 있을 재간이 없었다. 하지만 그런 악명에도 불구하
고 아프리카를 여행하고 싶은 마음은 줄어들 기세가 없었고, 결

국 치안이 불안하기로 악명 높은 요하네스버그로 들어가기로 했다. 케이프타운으로 갈 수도 있었지만 요하네스버그행보다 비쌌다. 그간 여행 동안 덜 먹고, 덜 입을지언정 몇 푼의 돈과 안전함을 바꾸지 않았었는데, 위험하다던 중남미 여행 동안 '이곳도 사람 사는 곳이다'라고 느낀 호기로움이 작용한 결과였다.

방콕에서 출발해 싱가포르에서 비행기를 갈아타자 주변 사람들의 모습이 확 바뀌었다. 몇 개월간 보았던, 상대적으로 친근한 외모는 없었다. 길쭉한 키에 커다란 덩치, 통명한 표정, 새까만 곱슬머리. 나한테 해코지한 것도 하나 없다만 괜히 무서운 소문이 귓가에 윙윙거렸다. 두상을 따라 다채롭게 땋아 내린 그들의 머리 스타일이 신기해서 자세히 보고 싶었지만 행여 시비 거는 것처럼 보일까 꾹 참고 시선을 거뒀다.

요하네스버그공항에 도착해 인포메이션 직원에게 숙소를 추천받았다. 숙소도 알아보지 않고 오다니, 뭐 이런 것들이 다 있나 하는 눈빛을 보냈지만 다행히 공항으로 데리러 와주는 고마운 숙소 사장님을 소개해줬다. 숙소로 오는 길 창 밖으로 보이는 담장 위에는 전기 충격선이 늘어져 있었다. 대체 치안이 어떤 수준이기에 저런 것까지 설치해둔 것일까. 다시금 온몸에 무서움이 끼쳤다.

숙소에 도착하니 이중으로 된 문을 들어서고 나서야 마당이 나타났다. 안내받은 16인실 도미토리엔 다른 여행자의 흔적이 하나도 없었다. 더군다나 휑한 숙소는 너무 추웠다…… 후텁지근한 동남아에서 넘어왔으니, 더 춥게 느껴졌다. 그렇게 아프리카에 오고 싶어 했으면서 날씨조차 알아보지 않았다니, 사람은 참 쉽게 변하지 않는다. 경량 패딩점퍼와 양말을 꺼내 있는 대로 껴입었다. 오랜만에 침낭도 펼쳐 덜덜 떨면서 아프리카에서의 첫날을 보냈다.

다음 날 아침, 안 되겠다 싶어 따뜻한 옷을 사기로 했다. 그 와중에 돈을 아끼려 근처에 있을 만한 중고 옷가게를 검색해보니 2킬로미터 남짓 떨어진 거리이기에 걷기로 했다. 있는 옷을 죄 꺼내 닥치는 대로 겹쳐 입었다. 전신 거울을 보니 내가 패션디자이너란 걸 하던 사람이 맞나 싶었다.

휴대전화를 주머니 밖으로 꺼내지 않으려 머릿속에 지도를 넣어두고 숙소를 나섰다. 다행히 큰길을 따라 직선으로 걷기만 하면 됐다. 200미터 정도 걷는데 사람이 없었다. 한산한 동네라고 생각하니 더 무서워졌다. 다행히 더 걸어 나가자 슬슬 길가에 한두 명씩 사람이 보이기 시작했다. 그들 모두 키 작은 동양 여자 둘에게 눈을 떼지 못했다. 뚫어지게 쳐다보는 그들의 눈빛에 몸이 밀리는 느낌이었다. 흰자위가 어찌나 하얀지 우리를 쫓는 검은 눈동자가 더 크게 보였다.

"여기 관광객 많이 안 오는 곳인가 봐. 그러니까 우리를 이렇게 신기하게 쳐다보는 거 아니야?"

이렇게 겁나서야 앞으로 여행은 제대로 할 수 있을지 걱정이 됐다. 추워서인지, 무서워서인지, 정수리부터 소름이 돋았다.

갈 길은 너무나도 먼데 드문드문 보이는 사람들이 우리를 더 긴장하게 했다. 1킬로미터 넘게 걸었을까, 저 멀리 빌딩들이 보이자 괜스레 안심이 됐다. 저렇게 큰 빌딩이 있다면 사람도 많을 거고 시끌시끌할 테니 관광객도 좀 있지 않을까? 그런데 이거 웬걸? 현지인들뿐이었다. 겨우겨우 미리 검색해둔 건물을 찾아냈지만 무슨 흥신소가 있을 것만 같은 낙후된 빌딩인 데다가 있어야 할 옷가게가 없었다. 사무실 주인은 이런 곳까지 찾아온 외국인 둘을 의심스러워하며 주소는 맞지만, 여기서 옷은 팔지 않는다고, 아마 이사 간 것 같다고 말했다.

털레털레 나와 주위를 둘러보았다. 더 많은 눈동자가 우리를 쫓기 시작했다. 그 와중에 배까지 고팠다. 긴장이라는 감정과 배고픔과는 연관이 없는 것인가? 음식점을 찾는 우리 눈에 와글와글 사람들이 몰린 곳이 들어왔다. 김도 폴폴 올라오고 있는 걸로 보아 혹시 포장마차? 우리가 좋아하는 스타일? 기웃거

리자 미소도 풍채도 푸근한 아주머니가 플라스틱 간이 의자로 우리를 안내했다. 옆 사람이 먹는 것을 가리키며 손가락을 하나 올렸다. 곧 흰 백설기 같은 덩어리와 양념 된 고기가 든 플라스틱 접시가 배달됐다. 숟가락, 포크 하나 주지 않는 걸 보니 손으로 먹는 건가 보다. 양옆을 둘러보며 다른 이들을 따라 흰 옥수숫가루 찜을 먹을 만큼 떼어내 손으로 조물조물 굴려서 고기와 함께 먹고, 국물에 찍어 먹었다. 이런 곳에 외국인이 와서 먹는 게 신기한지 모두들 우리를 쳐다봤다. "굿?"이라고 묻는 아주머니께 기름이 잔뜩 묻은 엄지를 들어 올려 "딜리셔스, 베리 굿굿!"을 외쳤다. 우리를 둘러싼 이들이 웃으며 만족스러운 표정을 지었다. 그들이 건네는 따뜻한 미소에 긴장이 풀어졌다. 그제야 어제도 왔다는 듯 느긋하게 동네를 훑었다. 마침 길바닥에 옷가지를 쌓아두고 파는 곳을 발견해 따뜻해 보이는 긴 팔 티셔츠를 하나씩 샀다. 티셔츠 한 장씩을 가슴에 안고 속옷 가게에 들러 팬티도 새로 한 장 마련했다.

돌아오는 길, 숙소를 나설 때와 마음이 180도 달라졌다. 여기도 사람 사는 곳일 텐데 우리가 너무 바짝 웅크리고만 있었다. 슈퍼에 들러 오늘 숙소에서 먹을 일용할 양식을 사기로 했다. 음료와 전자레인지에 데워 먹을 수 있는 빵을 사서 나오는데 입구가 철장으로 되어 있다. 게다가 입구에서 덩치 큰 관리인이 영수증과 봉지에 들어 있는 물품이 맞는지 확인하고 나서야 내보내 준다. 아까라면 잔뜩 긴장했겠지만 이젠 그렇지 않다. 그저, 치안이 불안하긴 한가 보다 정도의 느낌이랄까.

　기대되기 시작했다. 그들이 사는 세상을 알아갈 우리의 시간이.

NAMIBIA

우리가 돈이 없지, 낭만이 없나

세 스 림 SESRIEM

"예약이 꽉 찼다고요?"

내일 당장 어느 나라, 어떤 도시에 머물지 모르는 준비 없는 여행을 한 지도 어언 1년 8개월째. 역시나 미리 계획하고, 결정해서, 예약 따위를 해놨을 리 없었다. 그리고 이번에도 역시나 방…… 아니, 이번에는 차가 없었다.

아프리카 대륙을 렌터카로 여행하기로 했다. 일반적인 방법은 아니다. 길이 험하고 대중교통이 발달하지 않은 아프리카를 사람들은 대부분 '트럭킹'으로 여행한다. 해외에서는 '오버랜드 투어'로 더 알려진 것으로 여행에 맞게 개조한 커다란 트럭을 타고 오지를 여행하는 방식이다. 20~30명 모인 각국의 여행자들과 함께 말이다. 여행사에서 제공하는 프로그램으로 편하고, 많은 친구를 사귈 수 있으며, 안전하다는 여러 매력적인 장점이 있지만, 단 하나의 단점이 있다. 비싸다. 그것도 아주 많이. 그리하여 우리는 일반적이지 않은 방법인 '개별 렌터카 여행'을 선택했다. 불편하고, 번거로우며, 쉽지 않다는 여러 단점이 있었지만 개의치 않았다. 싸니까. 명확한 결핍은 때로 명료한 선택을 수반하는 법이다.

우리의 렌터카 여행에는 차 말고도 빌릴 것이 또 있었다. 동행, 더 정확히 말하자면 운전을 할 줄 아는 동행이다. 그 당시 우리는 그 답 없다는 '장롱면허' 소지자였으니까. 그렇게 상호간의 필요에 의해 총 네 명의 '아프리카 어벤져스'가 결성되었다. 나미비아의 수도 빈트후크부터 잠비아와 짐바브웨 사이에 있는 빅토리아 폭포까지, 이 거리를 자동차 캠핑으로 접수하겠다는 야심 찬 계획이 처음 만난 남녀 넷 사이에 세워졌다.

그렇게 기세 좋게 들어간 렌터카 가게에서 모든 차량 예약이 이미 수개월 전에 끝났다는 청천벽력을 마주한 것이다. 생각지도 못했다. 6월, 나미비아는 성수기였다. 급히 다른 업체들을 쑤시고 다녀봤지만, 다른 곳도 상황은 마찬가지였다. 우리 넷을 태울 바퀴 달린 탈 것은 어느 곳에도 없었다. 어쩔 줄 몰라 눈만 끔뻑거리고 있는데, 풍채 좋으신 렌터카 업체 사장님이 자신의 형도 렌터카 사업을 하니 기다려보란다. 방법을 찾아보겠다고. 치솟던 멤버들의 어깨가 바람 빠진 타이어처럼 쪼그라든 것이 가여우셨나 보다. 한 차선에 두 대 갈 수 있는 티코건 뭐건 뭐라도 융통해주신다면 무릎이라도 꿇겠다 싶었다. 기다린 지 10여 분, 여러 군데 전화를 돌리던 그는 마침내 우리를 향해 전언했다.

"기뻐해. 차는 구했어. 그런데……."

안도의 한숨과 환희의 비명이 섞이는 와중 묘한 뉘앙스를 간파했다. '그런데'라니……. 뭐지, 이 찝찝함은. 그래, 한글이건 영어건 '단' 혹은 'But' 다음에 나오는 문장이 핵심 아니던가. 재차 물어 파악한 상황은 이러했다. 렌터카는 품절 대란이지만, 현지인 운전자가 딸린 차를 빌리는 것은 가능하다는 것이다. 그 대신 운전자의 숙박료 및 식비는 우리가 부담해야 했다. 생각지 못했던 옵션이었지만 물불을 가릴 때가 아니었다. 추가 금액까지 계산에 넣는다고 해도 그 망할 놈의 트럭킹 비용보다는 월등히 저렴하지 않은가! 재고의 가치는 없었다.

다음 날 아침, 운명의 혼다 오디세이 은색 미니밴이 숙소로 미끄러지듯 들어왔다. 한국과 반대인 오른편 운전석에는 생면부지인 운전자가 탑승해 있었다. 두 눈이 묻힐 정도로 환하게 웃으며 그는 본인을 '데니스'라 소개했다. 앞으로 일주일간 함께할 멤버들을 살피는 그의 얼굴에 선한 주름이 적당히 새겨져

있었다. 좋은 사람인 것 같았다. 다행이었다. 어색한 자기소개 시간을 가진 뒤, 재빨리 트렁크에 배낭을 던져 넣고 가장 먼저 대형 마트로 향했다.

캠핑을 하겠다고 모인 우리는 캠핑 장비는커녕 숟가락 하나 없는 처지였다. 자전거 전국 일주를 하겠다며 짐 싸고 집을 나서 자전거를 사러 가는 느낌이었다. 고만고만한 경력의 캠핑 초보 오합지졸들이 모였지만 쇼핑은 진지했다. 구매에는 나름의 원칙과 기준이 있었다. 첫째, 비싸지 않아야 하고 둘째, 저렴해야 하며 셋째, 값나가지 않아야 했다. 카트에 넣었다 뺐다를 여러 번. 깐깐한 간택 끝에 살아남은 최정예 군단을 계산대로 밀어 넣었다.

드디어 출발! 첫날의 목적지는 세스림 캠핑장이다.

세계에서 가장 오래된 사막이라는 나미브의 남쪽에는 나미브나우클루프트Namib-Naukluft 국립공원이 있다. 그 안에는 사구로 둘러싸인 또 다른 사막 '소서스블레이Sossusvlei'가 있는데 이곳으로 들어가기 위해서는 세스림 캠핑장에 묵어야 했다. 나미브는 '아무것도 없는 땅'이란 뜻이라 했다. 사막의 이름으로 이보다 더 어울리는 말이 있을까. 아프리카의 숨은 보석이라는 그곳에서 하루를 보내고 다음 날에는 소서스블레이의 모래언덕

'듄 45' 위에서 일출을 감상하기로 했다. 생각만 해도 짜릿했다. 우리의 이 터질 듯한 심장을 대신해 부릉, 힘찬 소리를 내며 오디세이의 시동이 걸렸다. 잠시 도심을 달리는 듯싶더니, 곧 뽀얗게 부유하는 먼지를 필터 삼아 창밖으로 아프리카 천혜의 자연이 끝없이 스쳐 지나갔다. 노면이 곱지 않은 탓에 오래된 연식의 차는 끊임없이 엉덩이를 간질였지만 그마저도 기분 좋았다.

마침내 차가 세스림 캠핑장 입구에 멈춰 섰다. 애초 예상했던 시간을 훌쩍 넘긴 터라 이미 창밖에는 어둠이 내려앉았고, 장시간 차 안에서 쭈그리고 있었더니 온몸과 마음이 녹아내린 것 같았다. 세스림의 캠핑 사이트는 오후 5시 반에 폐쇄된다고 했는데, 우리가 도착한 시각은 5시 반을 진작 넘어버린 때라 문은 당연한 듯 닫혀 있었다. 들어가지 못하고 길바닥, 아니 흙바닥에서 밤을 보내야 할 판이었다. 하지만 그것은 그다지 큰 문제가 아니었다. 문제는 따로 있었다. 일출의 명소, '듄 45'로 연결된 게이트가 캠핑장 안쪽에서만 이른 새벽에 열린다는 것이다. 하아……. 무엇을 위하여 우린 그리 쉬지 않고 달렸던가.

때가 왔다. 도저히 이도 저도 방법이 없을 때 나오는 본능적 필살기를 써야 하는 순간이. 캠핑장 관리자로 추정되는 분께 조심스레 접근했다. 그러곤 금방이라도 무너질 듯한 눈망울을 발사했다.

"우리 좀 들여보내 주세요, 네에?"

쉽지 않았다. 이미 게이트가 폐쇄된 후라는 것도 문제였지만, 우리는 심지어 이 성수기에 예약도 하지 않은 불순종자들이지 않은가. 어둠 속에서도 난처함 서린 눈빛이 느껴졌다. 그럼에도 포기하기에는 너무 아쉬웠다. 캠핑 구역을 내주지 않아도 좋으니 그저 들여보내만 달라고 애원하고 졸랐다. 지성이 감천한 것일까. 굳건하던 관리인이 잠시만 기다려보라더니 자리를 떴다. 갑작스런 상황 전환에 손에 땀을 쥐고 기다리는데, 한참이 지난 후 돌아온 그는 우리에게 한마디를 던졌다. 후미진 공간이 하나 남아 있는데, 많이 열악한데, 괜찮겠냐는 것이었다.

후미져? 많이 열악해? 허허허, 후미지고 열악한 그곳에 우리는 몹시도 입성하고 싶었다. 감사를 표할 수 있는 모든 문장을 정신없이 내뱉었다. 체크인을 마치자 그는 커다란 캠핑장을 돌고 돌아 구석지고 정말 후미지고 상상보다 열악한 어느 자리로 우리를 안내했다.

그의 마음이 바뀔까 허겁지겁 텐트를 치고 나니 종일 감자칩 한 봉지만으로 끼니를 연명해 단단히 성이 난 위장이 요동쳤다. 장만해온 장비들을 펼치고 일사불란하게 바비큐 준비를 시작했다. 장작, 숯, 스테인리스 냄비, 알루미늄 포일, 집게, 나무젓가락, 플라스틱 컵……. 끝. 음? 꽤 많이 샀다고 생각했는데 꺼내놓으니 이리 단출할 데가. 어쩐지 맨몸으로 서바이벌을 시작하는 느낌이었지만, 긍정적으로 생각하기로 했다. 무릇 고수는 장비 탓을 하지 않는 법. 열악한 살림살이로 최고의 고기를 구워내겠어! 불도 피우기 전에 의지가 먼저 화륵 타올랐다.

자, 그럼 집도를 시작해볼까. 우선 고기가 담겨 있던 스티로폼 포장 용기를 도마로 둔갑시켰다. 그러고는 다용도 칼을 꺼내 들었다. 그간 밧줄을 끊기도, 고장 난 배낭을 고치기도, 과일 껍질을 벗기기도 했던 그 만능 칼로 양파를 투박하게 썰었다. 문구용 가위로는 소시지에 어슷어슷 가위집을 냈다. 그다음 알루미늄 포일을 냄비 위로 겹쳐 깔았다. 프라이팬도, 바비큐 그릴도 없는 현실에서 선택할 수 있는 유일한 방법이었다. 이제 불만 만들어내면 캠핑의 꽃, 캠핑의 심장인 바비큐를 먹을 수 있다! 꿈이 가시화되어 눈앞에 아른거렸다.

화덕이 없으니 커다란 돌을 둥그렇게 모아 냄비를 올릴 부뚜막을 만들었다. 이가 없으면 잇몸으로, 잇몸도 없으면 구강 뼈로 씹어댈 태세였다. 돌 안쪽으로 장작 피라미드를 쌓고 그 밑에 숯을 굴려 넣었다. 어디서 본 건 있어서 땅에 떨어진 잔가지와 마른 열매, 낙엽 따위를 숯 사이사이로 밀어 넣고 회심의 불을 댕겼다. 타닥타닥 소리를 내는 듯싶더니 불은 이내 급히 사그라졌다. 하…… 돈 아긴다고 싸구려 숯을 사서 이 모양인가? 비루한 손을 두고 애먼 장비 탓을 했다. '비싸다'라는 단 한 가지 이유로 토치를 쇼핑 목록에서 탈락시켰던 스스로가 한없이 원망스러웠다.

눈앞에 선연한 핏빛의 고기가 있는데 먹질 못하니 환장할 노릇이었다. 그렇게 한참을 숯과 씨름하고 있는데, 불현듯 기발한 물건 하나가 섬광처럼 머릿속을 스쳤다. 태닝 스프레이였다. 출발 전 동행 중 한 명이 태닝 오일을 사러 갔다가 커뮤니케이션의 오류로 태닝 스프레이를 산 터였다. 모두의 웃음거리가 되고 만 그 아이템. 소싯적 모기약과 라이터 불의 조합으로 화염 방사하는 것을 목격한 적이 있다. 모기약은 아니지만 스프레이는 다 비슷하지 않을까? 모두의 기대를 한 몸에 받으며 조심스럽게 스프레이를 발사했다. 나무토막에 태닝 스프레이를 진지하게 발사하는 이와 그를 더욱 진지하게 바라보는 나머지 일행. 장작아, 섹시해지렴. 구릿빛으로 활활…… 잔머리는 적중했다. 다 죽어가던 불이 솟기 시작했다. 때를 놓치지 않고 태국 길바닥에서 주워온 촌스러운 빨간 고무 부채를 꺼내 사정없이 휘둘렀다. 부채를 초당 24프레임으로 부쳐대며 불씨에 활력을 불어넣으니 드디어 불이 성을 내기 시작했다. 태닝 제품 특유의 코코넛 오일 향도 캠핑장 가득 퍼지기 시작했다. 달짝지근

한 밤이었다.

감상에 젖을 여유 따위는 없었다. 물 들어올 때 노 젓고, 불 들어올 때 고기 구우라는 말이 있다. 비장한 몸짓으로 머리에 헤드 랜턴을 장착했다. 자연 속에 일을 보러 갔다가 빛을 만나지 못했을 때 두 손으로 자유롭게 뒤처리하려고 챙겼던 품목이었다. 하지만 오늘만큼은 그 본연의 기능을 뒤로하고 예술적으로 고기를 굽겠다는 고귀한 목적의식에 사용하기로 했다. 냄비에 열이 오르자마자 대망의 첫 고기 투하. 모두의 기대 어린 눈빛을 받은 그 한 덩이는…… 이내 김빠지는 소리를 냈다. 불 위에 올라간 고기란 무릇 촤르륵, 연기를 올려야 마땅하거늘, 얇은 냄비라 열이 금세 날아가는 모양이었다. 장인정신을 발휘해 꽤 긴 시간 동안 소시지와 고기를 구웠음에도 피만 사라진 고기를 초등학생이 쓸 법한 작은 가위로 투박하게 잘라내 별 기대 없이 한 점 입에 넣었다. 혀 위로 돼지기름이 번지고 이 사이로 진득한 살이 뭉개졌다. 음……? 이 맛은……? 조상님들 말씀은 하나 틀린 것이 없다. 배고픔은 역시나 최고의 반찬이다. 형편없는 굽기에도 고기는 충분하게 구수했다. 제 살을 희생하여 나의 살을 찌워주는 돼지에게 절이라도 하고픈 심정. 아프리카 첫 캠핑의 맛은 감격이었다.

위장에 어느 정도 기름기가 돌자 자연스러운 순서처럼 알코올 생각이 간절해져 오늘의 하이라이트인 팩 와인을 꺼내 들었다. 주머니 가벼운 여행자임에 텐트를 한 개 사네, 두 개 사네, 하며 설전을 벌였고 프라이팬 없이 냄비 하나로 국과 구이를 모두 해결하자며 짠 내를 풍겼지만, 우리가 돈이 없지, 낭만이 없을쏘냐? 붉은 나미비아에 붉은 술이 빠질 수 없었다. 그 와중에 가장 싼 것을 고르느라 음용보다는 요리의 목적을 가진 팩 와인을 샀지만, 개의치 않고 입구를 뜯었다. 그럼 이제 본격적으로 한 번 먹어볼까. 와인 한 모금과 고기 한 점 사이를 분주하게 오가는데 예상치 못한 밤 손님이 들렀다. 지나던 사막여우였다. 우리를, 아니 정확히는 고기를 살피러 왔을 테지. "너의 돼지 구이가 소중한 이유는 그 고기를 위해 네가 공들인 시간 때문이야"라고 어린 왕자 빙의해 주절거리다 보니 피식 웃음이 나왔다.

온갖 맥락 없는 이야기들이 순서도 없이 오르내렸다. 그 사이 와인을 담은 컵도 쉴 새 없이 오르내렸다. 머리를 젖혀 시원하게 웃다 보니 얼굴 위로 달이 환하게 쏟아졌다.

'초승달을 본 게 엊그제 같은데, 벌써 저렇게 달이 찼나.'

조금 전까지만 해도 보이지 않았던 별까지 한꺼번에 솟아올라 있었다. 팩 와인, 노래, 별, 웃음, 사람, 태닝 스프레이로 만든

모닥불, 그리고 아프리카. 아득함에 몸이 흔들흔들거리고 눈에
는 별빛이 번졌다. 와인을 방울까지 탈탈 털어 마시는 동안 머
리 위로 낭만이 내렸다.

그리움을 그리다

쿠 네 네 KUNENE

내가 생각해도 이상하리만큼 나는 코끼리를 좋아한다. 얼굴만큼 커다란 귀에 얼굴보다 기다란 코, 두툼한 무릎 아래 투박한 발, 토실한 엉덩이에 매달린 귀여운 꼬리. 생김새만도 치명적인데 육지에서 가장 큰 덩치로 풀만 먹는다니, 이런 반전 매력이 어디 있나. 마르고 거친 피부 사이로 선량한 눈을 빛내는 코끼리. 오죽했으면 코끼리 키우는 법까지 알아봤을까. 그런데 운이 좋으면 오늘, 그 사랑하는 코끼리를 볼 수 있단다.

아프리카에 오기 전, 머리에 그리던 그림은 단 두 가지였다. 총천연색 꽃무늬 옷을 두른 여인들과 광활한 자연 속에서 사는 코끼리. 꽃무늬 여인들은 이미 보았고 앞으로도 수없이 볼 테지만 코끼리는 달랐다. 시장에 나간다고, 버스를 탄다고 쉽게 만날 수 있는 친구들이 아니잖은가. 아프리카 대륙 어디선가 한 번은 볼 수 있겠지, 하며 렌터카 캠핑 여행을 시작했는데 생각보다 기회가 빨리 왔다. 지금 있는 에토샤Etosha 국립공원에서 말이다. 아프리카의 3대 국립공원 중 하나인 이곳에선 가이드 없이 여행자가 직접 차를 몰고 국립공원을 돌아다니며 다양한 동물들을 볼 수 있다. 이미 낮 동안 차를 타고 얼룩말, 기린, 물소 친구들을 만났다. 텔레비전에서만 보던 동물의 왕국 속에 들어온 것 같아 선루프 위로 고개를 들락거리며 환호성을 질렀지만 그래도 아쉬웠다. 코끼리가 보고 싶었기 때문이다. 나는 열 마리 사자를 보는 것보다 한 마리 코끼리가 더 간절했다. 아쉬워하던 와중 정보 하나가 흘러들어왔다. 묵고 있는 캠핑장 근처 물웅덩이에 가면 코끼리를 볼 수도 있단다. 어두워지면 다양한 동물들이 목을 축이기 위해 웅덩이에 들르는데 그중에 코끼리도 올 수 있다는 것이었다. 마시던 맥주를 쥐고 급히 걸음을 옮겼다. 여행을 시작한 이래 가장 흥분했다.

"오늘 꼭 보고 싶다. 사자도, 하이에나도 보면 신기하겠지만 하나만 선택하라면 난 무조건 코끼리! 어떤 모습으로 오려나? 아기 코끼리까지 있는 가족이었으면 좋겠다. 안 그래?"

맥주를 벌컥거려도 흥분이 쉬이 가라앉지 않아 가는 내내 선임이의 귀에다 종알댔다.

물웅덩이가 보이는 담장 앞에는 이미 적지 않은 사람들이 대포같이 생긴 카메라를 세워놓고 있었고, 상석을 꿰차지 못한 나머지 사람들은 여기저기 흩어져 앉아 있었다. 다들 보고 싶은 동물을 그리고 있겠지. 혹은 무엇이든 봐도 괜찮다는 생각일 수도. 자리를 잡고 맥주를 홀짝거리는데 공기가 정지한 듯 조용했다. 그 사이로 어수선한 음이 돌아다녔다. 사람들끼리 저마다 숨을 죽여 속삭이는 소리였다. 공연 시작 1분 전의 암전된 관객석에 앉아 있는 것 같았다. 광활한 대지 위 물웅덩이라는 무대, 그곳을 비추는 조명, 저마다의 주인공이 등장하길 기다리는 관객.

슬슬 해가 저물었다. 어쩜 티끌만 한 구름 한 점 없는지, 말끔하게 쓸어놓은 하늘에 고운 빛이 정갈히 섞였다. 감성을 더할 배경음악이 필요해 휴대전화 속 조악한 플레이 리스트를 뒤졌다. 여행 내내 늘 듣던 노래들이지만 섬세하게 선곡했다. 몬도 그로소의 「1974-way home」. 차분하지만 적당히 긴장이 스민 이 분위기에 어울릴 것 같았다. 이어폰을 귀에 꽂고 재생 버튼을 누르자 복잡하지 않은 피아노 소리가 천천히 흘러 대지 너머로 내려앉는 무거운 노을에 섞여들었다. 이렇게 좋은 음악과 이토록 멋진 풍경이라니 밤새 앉아 있어도 좋을 성싶었다. 잔잔한 건반 선율 아래로 드럼 비트가 깔리기 시작하자 별안간 눈물이 나왔다.

이 무슨 예고도 없고 사정도 없는 급작스러운 전개인지, 당황스러웠다. 코끼리는 아직 보지도 못했는데, 분명 눈앞엔 초원과 물웅덩이뿐인데, 그 빈 풍경을 바라보고 있는 내 모습이 선명하게 그려졌다. 언젠가 이 여행을 마치고 나면 오랫동안 기억할 장면일 것이라는 느낌이 저 붉은 하늘보다 뜨겁게 일렁였다. 아직 시작되지도 않은 그리움을 미리 그리며 눈물을 닦았다.

살면서 이런 순간이 더러 있었다. 넘치도록 행복하면 덜컥 슬퍼지는 때가. 친구들과 고래고래 생일 축하 노래를 부르던 입으로 다음 날 미역국을 홀로 삼켰다는 걸, 화려한 공연을 보고 지문이 닳도록 박수를 보내던 손으로 곧 지하철 손잡이를 잡고 덜컹덜컹 흔들리며 집으로 돌아갔다는 걸, 손만 잡혀도 떨리던 가슴이 어느새 그를 지워내려고 했다는 걸, 삶의 순간순간 겪었다. 모든 좋았던 순간은 말 그대로 순간일 뿐이었다. 영원할 수 없음을, 느끼고 있는 그 순간도 흘러가고 있음을 알아버렸다. 지나가버린 시간을 사무치게 그리워해봤다. 이 시간이 멈추고 싶을 만큼 좋을수록, 그에 반할 상실감도 미리 익혀버린 것이다. 이대로 코끼리를 보지 않는 것도 괜찮겠다는 생각이 들었다.

기다리는 시간도 충분히 좋았다. 완벽하지 않아도, 꼭 이루지 않아도 그 과정이 충분히 즐거워서 눈물이 날 만큼 좋았다.

갑자기 자칼 한 마리가 뛰어와 물을 마시고 돌아갔다. 이들이 사는 세상에 발을 들여 삶을 훔쳐보는 느낌이었다. 여태껏 내가 직접 보지는 못했지만 매일같이 돌아갔을 세계. 괜히 또 울컥했다.

얼마쯤 지났을까, 일순간 우리를 둘러싼 공기가 달라졌음이 느껴졌다. 잘게 속삭이는 바람 같은 목소리가 여기저기 가득했다. 모두 애써 목소리를 누르고 있지만 감출 수 없는 흥분이 공기 중에 날아다녔다. 곧 카메라의 셔터음이 시작되었다. 직감했다. 무언가 나타난 게 틀림없었다. 어딘가 가리키는 사람의 손끝을 쫓아 주변을 둘러보았다. 저 멀리 어두운 수풀 사이를 헤치는 움직임이 보였다. 조용한 공기를 가르고 다가오는 걸음, 저벅저벅.

아아…… 코끼리 무리였다. 투박하고 느리게, 저벅저벅. 한 마리가 수풀을 헤치고 또 한 마리가 나오고, 뒤를 이어 또 한 마리…… 무려 열 마리가 걸어왔다. 아직 키가 엄마 배 밑까지밖에 안 오는 아기 코끼리도 보였다. 물웅덩이를 둘러싸더니 다들 코를 뻗어 물을 움켜쥐고 입으로 가져갔다. 자신들의 삶은 이렇다는 듯, 각자의 속도와 몸짓으로 여유 있게 물에 들어갔다가 나왔다가 물웅덩이를 둘러가며 걸었다가 잠시 쉬기도 했다. 아기 코끼리는 엄마 밑에 바짝 붙어서 물을 홀짝거리거나 바위에서 장난을 쳤다. 상상했던 모습보다 따뜻했다. 숨을 죽이고 그들의 움직임을 하나하나 눈에 담았다. 그들은 마지막 한 마리가 물에서 코를 뗄 때까지 우두커니 기다리더니 어둠 속으로 천천히 사라졌다. 보이지 않는 저 풀숲 뒤 펼쳐진 그들의 세계로. 움츠렸던 목과 어깨가 턱 풀리고 짧은 탄성이 나왔다. 드디어 보았다. 군더더기 없이 완벽했다.

"돌아갈 때가 오면 저절로 알게 될 거예요."

언제까지 여행할지 모르겠다는 우리에게 여행 중 만난 누군가가 해준 말이 떠올랐다. 문득 때가 가까이 왔음을 느꼈다. 아직 여행이 즐겁지만, 이제 악착같이 지속하려 하지 않을 것 같았다. 떠나온 뒤로 이런 생각은 처음이었다. 혼자 생각을 정리하고 싶었다. 선임이에게 조용히 눈치를 주고 슬그머니 일어섰다. 날 잘 아는 녀석은 굳이 이유를 묻지도, 따라오지도 않았다. 캠핑장으로 돌아와 텐트 위로 뜬 보름달을 한참 바라봤다. 언젠가 여행을 끝내고 돌아가서 보름달을 바라본다면 이 장면이 생

각날 것 같았다. 그때는 오늘처럼 울며 그리워하지 않길, 웃으며 추억하길. 그리고 지금은 이 감동을 오롯이 즐기길. 갑작스럽게 든 생각을 의외로 의연하게 정리했다. 다시 이어폰을 귀에 꽂고, 재생 버튼을 눌렀다. 곡명은 당연히 몬도 그로소의 「1974-way home」!

할까 말까

스 바 코 프 문 트 SWAKOPMUND

예감이 좋지 않더라니, 밤부터 내린 비가 아침까지 찔끔거렸다. 비라면 창문 활짝 열어젖히고 바라볼 정도로, 쫓아나가서 맞을 정도로 환장하는 내가 불안한 데에는 사정이 있었다. 세스림에서 첫 캠핑을 마치고 북서쪽으로 올라온, 이곳 스바코프문트에서의 일정이 빠듯해서였다. 집 나온 지 1년하고도 9개월째. 돌아올 항공권도, 미리 짜놓은 일정도 없으면서 '빠듯하다'니 이건 또 무슨 아프리카에 눈 내리는 소리인가 싶겠지만 나비미아의 수도 빈트후크에서부터 세스림, 스바코프문트, 에토샤를 거쳐 잠비아의 빅토리아 폭포까지 7일 안에 이동해야 했다. 렌트한 자동차의 반납 기한 때문이었다. 아직 가야 할 길이 멀기에 이곳을 즐길 수 있는 날은 딱, 오늘 하루뿐이었다.

스바코프문트는 아프리카의 작은 유럽 마을이라 불린다. 심지어 나미비아 사람들도 이 도시로 신혼여행을 온다고 한다. 게다가 사막과 바다가 맞닿아 있는 신비로운 지형에 야외에서 하는 액티비티가 발달한 휴양지라는데……. 그 발랄한 아름다움을 엿볼 새도 없이 하늘은 온통 먹빛이었다. 날씨도 여행 일부거늘, 흐리면 흐린 대로 즐기면 그만이었다. 모자란 것은 돈이요, 남는 것은 시간인 여행자이니 맑은 날을 즐기고 싶으면 맑아질 때까지 기다리면 된다. 하지만 이곳에서의 제한된 시간 때문에 같이 여행하는 동행들 모두 실망한 눈치로 차를 끌고 나섰다.

에구머니나, 이게 뭐야. 밖은 그 흉흉함이 더 가관이었다. 왼쪽엔 사막, 바로 오른쪽엔 바다. 그 진귀한 풍경 사이를 시원하게 뚫고 달리는데도 유령 도시 안에 들어선 듯 오싹했다.

"어떻게 바다 바로 옆에 사막이 있지? 컴퓨터로 합성해놓은 것 같지 않냐?"

애써 수선을 떨었지만 가라앉은 기분을 끌어올리기엔 역부족이었다. 차까지 끌고 나온 게 무안해서 괜히 바닷가에 들렀다. 잔뜩 긴 운무에 하늘과 바다의 경계는 이미 사라졌고, 희망이라곤 없어 보이는 짙푸른 바다 위로 연회색 물거품만이 을씨년스럽게 들이쳤다. 경고 표지판 위에 앉은 갈매기마저 스산한 표정이었다. 마음과 기분이 장마철 안 마른빨래처럼 축축했다. 에라, 액티비티고 뭐고 숙소에 가서 소주나 마시면 딱 좋겠다. 어디 주워 먹을 안주라도 없을까. 길 잃은 문어라도 바위에 앉아 있으면 좋으련만, 흔한 조개 하나 없었다.

'그래, 누가 또 이렇게 흐린 스바코프문트를 봤겠어. 특별했다 치자!'

긍정적으로 생각하며 남은 안타까움을 씹었다. 오늘 스카이다이빙을 꼭 하겠다던 동행 두 명은 흐린 날씨에 경비행기가 뜨지 못한다는 소식에 풀이 죽더니 갑자기 사륜 모터사이클이라도 타고 사막을 질주해야겠단다. 집구석에 있으면 좀이 쑤시고, 우울해지는 선임도 질세라 나를 쳐다봤다. 여섯 개의 눈동자가 내게 꽂혔다. 잠시 멈칫했지만 귀찮은 마음과 흐린 하늘에 이미 굴복한 나는 고개를 내저었다. 사륜 모터사이클을 안 타본 것도 아니었고 사막 뭐 그까짓 거 처음 보는 것도 아니었으니까. 흐린 날씨에 붕붕거리며 물기 가득한 공기에 치이는 것보다 집 안에서 보송하게 영화나 보는 게 낫다는 것은 자명했다.

"……귀찮아, 너희끼리 가. 난 영화 보면서 맥주나 마시련다."

잠깐의 망설임을 선임이 알아채지 못했을 리 없었다. 같이 나가자고 성화를 부렸다. 나라고 질쏘냐, 단호하게 손에 든 캔 맥주를 땄다. 하지만 상대는 선임이었다. 올림픽에 설득 종목이 있다면 금메달, 은메달과 동메달까지 혼자 섭렵할 녀석에게 내가 질 거라는 것은 정해진 순서였다.

"멋지야, 할까 말까 고민될 때는 일단 해보는 게 어때? 안 하고 미련 남기지 말고, 하고서 후회하는 거야. 그게 더 멋지지 않겠어?"

"쳇……. 너는 왜 오늘 같은 날, 쓸데없이 멋있냐, 짜증나게."

뒤통수를 후려치는 선임이의 말에 결국 일어서고 말았다. 저 잔망스러운 것, 날 다룰 줄 안다. 일단 하고, 후회하기로 했다. 괜히 따서 한 모금도 못 마신 캔맥주를 식탁 위에 올려놓고, 별 기대 없이 집을 나섰다. 저녁에 돌아와 그저 그랬을 게 틀림없는 사륜 모터사이클 드라이빙 체험을 잘근잘근 씹으며 남은 맥주를 흡입하리라.

지구방위대 헬멧을 배정받자 하늘에 이상한 빛이 돌기 시작했다. 날씨가 점점 맑아지는 듯한 이 느낌은 뭐지? 굳은 결심에 하늘이 감복해 햇살을 던져주는 건가? 언제 날이 안 좋았냐는 듯, 파란 얼굴로 돌아선 하늘에 모래가 사정없이 반짝였다. 당연히 흥이 오르기 시작했다. 옆을 보니, 선임이는 이미 눈 만난 개처럼 이리저리 폴짝거리는 중이었다.

가이드의 신호를 시작으로 한 명씩 출발했다. 멕시코 정글에서 우리는 이미 초록 나무 사이의 거친 자갈길 위를 사륜 모터

사이클로 질주했었다. 응당 비슷할 거라 생각했는데, 사막에서 타는 맛은 확연히 차이가 있었다. 밀도 있는 폭신한 모래 위를 꾹 밟으며 구불구불 돌고, 오르내렸다. 나라는 작은 점이 부드럽게 사막을 가르는 느낌이었다.

소리를 내지르며 한참을 달리다가 가이드의 신호에 멈춰 섰다. 일행이 모두 한 군데 모이자, 시종일관 무뚝뚝했던 그가 난데없이 주머니에서 뭔가를 꺼내 모래 위를 쓸었다.

"……뭐야? 아하! 자석이구나!"

철이 많이 함유된 사막이라 커다란 자석으로 모래를 훑으니 쇳가루가 몇 주먹씩 모였다. 아저씨는 모은 까만 쇳가루로 모래 위에 쓱쓱 글을 흘렸다.

Welcome, Namibia Dune.

아하, 요거 해주시려고 살뜰하게 쇳가루를 모으셨구나? 우리의 가이드님, 차가운 바다 남자인 줄 알았더니만 따뜻한 사막 남자시네! 뭐야, 기분 더 좋아지잖아.

실컷 놀았으니 이제는 돌아갈 시간. 비엔나소시지처럼 가이드를 쫓아 꼬리를 물고 따랐다. 출발했던 지점을 향해 모래언덕을 하나씩 넘어서고 마지막 높은 모래 산을 끙차, 넘어서는데,

이게 뭐야. 바다, 바다다. 사막에서 보는, 바다. 하…… 뭐냐. 심장 두들겨 맞았다.

　이런 비현실적인 장관이라니, 사막에서 바다를 바라보는 황홀함이라니! 사륜 모터사이클을 끌며 끝도 없는 모래 동산을 넘다 보니 이 옆에 바다가 있다는 것을 잠시 잊고 있었다. 파란 하늘과 그보다 더 푸른 바다. 그리고 그 사이로 노랗게 길을 내어 반짝이는 햇살. 이거 아침에 본 그 처연했던 바다 맞아? '할까 말까' 망설였던 나를 보기 좋게 한 방 먹였다. 짜릿함이 전신을 타고 흘렀다. 다시 핸들을 당겨 바다를 향해 내달리며 함성을 내질렀다. 풋내 폴폴 나서 촌스럽지만 괜히 감동적인 청춘 영화의 주인공이 된 것 같았다.

　날씨 흐리다고 숙소에 박혀 영화나 봤다면 뭐 그것도 나름의 맛이 있었을 것이다. 하지만 이 벅찬 아름다움은 절대 경험하지 못했겠지. 스바코프문트는 남들에게 휴양지든 유럽이든 뭐든, 그저 비 오는 도시로 기억되었을 테고.

　다시 한번 깨닫는다. 다시 한번 다짐한다.

　할까 말까 할 땐?
　하고 후회할지언정, 해보는 거다!

ZAMBIA

분홍 옷을 입은 소녀

루 사 카 LUSAKA

아프리카에 와서부터는 돈 때문에 스트레스를 받는 중이다. 교통, 관광 인프라가 발달하지 않은 곳이라 생각보다 교통비, 숙박비가 비싸다. 나라를 옮길 때마다 비자 값은 또 얼마나 사악한지. 재빠르게 깎이는 통장 잔액을 보자니 자꾸 돈, 돈, 돈. 밥을 먹을 때도, 투어를 예약할 때도, 버스를 탈 때도, 미간이 절로 찌푸려진다. 숙박비가 비싸니 한 도시에 여유 있게 머물지 못하고, 이거 하고 나면 이동, 저거 보고 나면 이동하는 중이다. 줄일 수 있는 건 식비뿐이라 숙소 조식까지 꼼꼼하게 챙겨 먹었는데 다시 배가 고프다. 한 번 정도는 건너뛰면 좋으련만 성실하게 고픈 배가 얄밉고 귀찮다.

숙소를 나섰다. 해가 뜬 낮의 루사카에 대한 첫인상은 '삭막하다'였다. 사람들 표정이 건조해서일까? 구름 낀 날씨도 일조하는 것일까? 바닥에 깔린 내 짜증 때문인가? 이 도시는 노란 먼지가 묻은 회색이라는 생각이 든다. 마침 숙소 근처에 2층짜리 쇼핑몰이 있다. 화려하진 않지만 주변에 보이는 건물들과 비교했을 때엔 썩 고급스럽다. 뭐 먹을 것이 없나 살펴보았지만, 위치가 번듯해서인지 다들 가격이 좀 비싸다. 한 푼이라도 싼 음식을 찾고 싶어서 쇼핑몰에서 꽤 멀리까지 훑었는데도, 별다를 게 없다. 결국, 쇼핑몰의 1층에 있는 음식점에 들어가 가장 저렴한 메뉴를 주문했다. 그런데도 생각보다 비싼 가격과 가격에 한참 못 미치는 맛에 잔뜩 실망만 남는다. 오른손으로 옥수숫가루 찜을 한 덩이 떼어 채소볶음에 찍어 먹기를 기계처럼 반복했다.

그때, 식탁 위로 불쑥 낯선 이의 펼쳐진 손이 쓱 들어왔다. 깜짝 놀라 쳐다보니 기껏해야 초등학교 5학년 정도 돼 보이는 소녀다. 그 잠깐의 시간에 그리 판단한 이유는 분홍색의 캐릭터 티셔츠를 입고 있었기 때문이다. 그 옷에서, 많아봤자 딱 그 정도의 나이일 거란 느낌이 들었다. 소녀는 내민 손을 거두지 않고 우리를 표정 없이 쳐다보았고 이 뜻 모를 행동은 곧 이해되었다. 소녀는 왼손을 우리에게 내밀고 오른손으로는 눈을 감고 있는 나이든 여인과 팔짱을 끼고 있었다. 시각장애인이었다. 정확한 관계는 모르겠지만 엄마일 것이란 느낌이 들었다. 소녀는 우리에게 본인의 처지를 한눈에 보여주며 돈을 요구하고 있는 것이다. 늘 이렇게 둘이 구걸을 한다는 듯, 자연스럽게. 그 순간, 여러 생각이 스친다. 조금이라도 도와줄까? 아냐, 우리 돈 없는 여행자야. 그래도 지붕 아래서 잠자고, 따뜻한 밥 먹을 수 있는 정도는 되는데? 아냐. 매일매일 여행경비 때문에 스트레스 받는걸.

생각을 정리하느라 아무런 미동도 보이지 않자 소녀는 우리를 잠깐 노려보고는 내밀었던 손을 도로 가져가더니 뒤로 돌아섰다. 뭘 또 째려보기까지 하냐고 생각했는데, 돌아선 소녀의 손목에 걸린 통이 눈에 들어온다. 속이 훤히 보이는 투명 플라스틱 단지다. 안에는 자그마한 인형과 리본 핀, 큐빅이 박힌 구슬이 꿰어진 고무줄 팔찌, 색색 머리 끈 따위가 4분의 1 정도 차 있다.

목구멍이 조여들었다. 캐릭터 티셔츠만으로 가늠했던 아이의 나이가 새삼 실감되었다. 본인이 선택하지 않은 빈곤, 남들과 다른 엄마, 스스로 어째야 할지 모르는 환경. 그 또래의 친구들처럼 숙제하거나, 나가 놀거나, 멋을 내거나, 하고 싶은 일이 많을 텐데. 학교는 간 건지, 갈 수 없는 건지. 한창 꿈을 꿀 나이에 이 삶이 당연하다는 듯이 눈이 불편한 엄마를 옆에 모시고 생판 처음 보는 사람들에게 돈을 요구하는 저 소녀의 마음은 대체 어떨까? 자신이 아끼는 장신구와 장난감을 들고 다니면서 조금이나마 마음의 안정을 얻는 걸까? 얼마나 열심히 모은 걸까? 잔뜩 쏘아붙이던 눈빛엔 무엇이 담겨 있었을까?

여러 나라, 다양한 도시를 다니며 으레 빈곤한 이들을 만났다. 젖먹이를 간신히 안고 있는 엄마, 더는 때가 탈 구석도 없어 보이는 옷을 입은 아저씨, 며칠을 못 씻은 건지 가늠도 안 되는 어린아이들 말이다.

많은 여행자와 여행 이야기를 나누며 들어왔다. 적선이라는 미명하에 건네는 돈 몇 푼 때문에 그들이 그 생활을 버리지 못할 수도, 그 때문에 교육의 기회도 저버릴 수도 있다고. 도움을 주려는 선한 마음이 장기적으로 보면 그들의 삶을 개선의 여지가 없게 만들 수도 있다는 것 말이다. 마음이 불편해서 늘 피했고, 그들의 슬픔 속에 들어가는 게 싫어 외면했다. 적선이 최선의 방법이 아니라는 핑계로 돌아서는 것 외엔 한 게 없다.

나는 이제 무엇을 할 수 있을까? 무엇을 할 수 없을까?
·

내가 선택한 여행을 하면서 시시각각 돈 때문에 신경질을 부리는 나의 마음에는 만족이란 감정이 깔려 있기는 한가. 돈 몇 푼으로 불편한 마음의 부채를 털어버리려는 것 외에 노력한 행동이 있는가.

먼지와 구름으로 뿌연 도시 사이로 이름도 모르는 그 소녀의 분홍색 티셔츠가 선명하게 남아 지워지지 않는다.

ZIMBABWE

111미터

빅토리아폴스 VICTORIA FALLS

번지점프를 하기로 했다.

111미터 상공에서.

아프리카 대륙 남부의 국가 잠비아와 짐바브웨 사이에 있는 빅토리아 폭포. 북미의 나이아가라, 남미의 이구아수에 이어 세계 3대 폭포 중 하나인 이곳은 자연을 온몸으로 느낄 수 있는 다양한 액티비티 프로그램들이 발달해 있다. 그중 구미가 당긴 것은 두 나라의 국경을 잇는 다리에서 그 밑을 유유히 흐르는 잠베지강을 향해 뛰어내리는 익스트림 레포츠, 번지점프다. 그 높이가 무려 111미터라고 한다. '1' 세 개가 대쪽같이 연달아 늘어선 숫자의 위용에 잠시 주저했지만 망설임은 길지 않았다. 나중에 후회된다고 '다시 와서 해야지!'라기에 이곳은 너무 먼 곳이 아닌가! 한국과 아프리카 사이의 물리적 거리가 생각과 행동 사이의 심리적 거리를 좁혀주었다. 더군다나 우리는 여행 중 다이빙, 패러글라이딩, 심지어 스카이다이빙도 했었지 않은가. 이쯤, 가뿐하게 해내보겠어! 멋지에게 호기롭게 공약을 내걸었다.

직원이 내민 서류엔 사고에 대한 어떠한 책임도 묻지 않겠다는 안내 사항이 가득 적혀 있었다. 2012년도에 바로 이 자리에서 번지점프 사고가 일어났다는 뉴스를 봤지만 개의치 않고 도전하기로 했다. 사고 이후에 틀림없이 확실하게 점검했겠지! 망설임 없이 서명 후 저울 위에 올랐다. 직원은 측정된 내 몸무게를 안쪽 팔뚝에 커다란 마커로 적어주었다.

이런? 무언가 잘못된 것 같다. 생애 본 적 없는 숫자다. 세계의 각종 음식과 주류 일체를 신나게 섭취했던 결과가 참담한 숫자로 돌아왔다. 여행 중에는 체중을 잴 일이 없어 그저 '쫄바지가 전에 없이 딱 맞네?'라고만 생각했다. 그 '딱 맞는'이라는 단어의 심각성을 가시적으로 표현해주는 숫자 앞에서 현실을 부정했다. 이럴 리 없어. 잘못된 거야. 철저히 팔뚝의 숫자를 감추리라. 이건 내 몸무게일 리 없으니까.

점프 지점으로 향했다. 점프대 가득한 사람들은 세 부류였다.

이미 도전을 마치고 다른 이들의 긴장을 여유롭게 관망하는 점프 선배와 아직 저쪽 세계의 관문을 통과하기 전인 떨리는 후배 그리고 그저 즐겁게 응원과 관람을 하는, 이 모든 것이 남의 일인 사람들. 마지막 그룹에 속한 멋지가 조금 부러워지려는 찰나, 직원으로 보이는 이가 내 팔뚝의 참담한 숫자 옆에 또 하나의 숫자를 썼다. 11.

나는 오늘 이 자리에서 열한 번째로 뛰어내리는 사람이 되었다. 이 말 저 말 아무 말이나 섞어 뱉으며 미약하게 차오르는 긴장을 녹이고 있는데, 어느새 10번 선수가 눈앞에서 사라졌다. 저 아래로, 순식간에, 뚝.

이럴 수가. 곧 내 몸이 저렇게 떨어진다는 거지? 저 아래로, 순식간에, 뚝?

마침내 열한 번째, 내 차례가 도래했다. 안전 장비를 착용하는데 카메라를 든 요원이 인터뷰를 시도했다. 선택한 프로그램 옵션에 포함된 촬영인 듯하다. 평생 길이길이 남을 영상이니 신경 써야지!

"What's your name? Where are you from? Anything to say."

뭐라도 말해보라고? 응……? 이런 자유로운 인터뷰였어?

"조금 긴장되지만 난 할 수 있어."

결국 내뱉은 말은, 하아…… 이렇게 진부한 말이었다. 이럴 내가 아닌데……. 나 긴장한 건가? 위로를 받기 위해 멋지를 찾았다. 다행히 녀석은 가까운 곳에서 내 모습을 카메라로 찍고 있었다. 그런데 철장 너머로 뻗어 있는 멋지의 팔이 발발 떨린다. 얼굴을 보니 나보다 더 위로를 받아야 할 표정이다. 아니, 자기가 뛰는 것도 아닌데 왜 저러는 건가, 거참.

"괜찮아, 걱정하지 마. 안 죽어. 잘하고 올게."

두 명의 안전 요원이 밧줄에 걸린 안전 고리를 확인했다. 구령을 맞춰가며 장비를 점검하는 그들의 음성에 실린 음률이 흥겨웠다. 긴장을 풀어주려는 나름의 노력인 걸까 생각하는 와중, 두 발이 완전히 묶였다. 한 발짝 한 발짝 걸음을 옮길 때마다 111미터 상공의 위엄이 차츰차츰 동공에 차올랐다. 텔레비전에서나 보던 깊은 협곡, 베어낸 듯한 절벽들, 그 아래 굽이쳐 흐르고 있는 잠베지강. 이제 저기로 뛰어내린다는 거지, 내가?

드디어 정점에 섰다. 좁은 철제 발판에 발을 올렸다. 한 발짝만 내딛어도 곧바로 떨어진다. 두 발을 모으라는 말에 다리를 꼭 붙이고, 양팔을 펼치라는 말에 넓게 벌렸다. 내 앞에 장엄한 협곡이 가득했다. 시야를 압도하는 대자연. 문득 허공에 떠 있는 듯한 기분이 들었다.

자연 속에서 사람은 아무것도 아닌 작은 점 같다는 생각과 그 작은 점 중 하나인 내가 인지하고 있는 이 세계의 무게감이 살갖으로 와 닿았다. 세상 속에 내가 존재한다는 아찔한 실감에 발가락과 허벅지가 간질거렸다.

오른손에는 손목 밴드로 고정한 카메라의 손잡이를, 왼손에는 '야반도주'를 적은 얇디얇은 종이 한 장을 들었다. 낙하 장면을 촬영하며 종이의 문구도 찍어볼 야심 찬 포부였다. 둘 다 떨어뜨리지 않고 잘 뛸 수 있을까. 촬영을 해보겠다고 렌트한 카메라는 비싼 품목인데, 떨어뜨리면 어쩌지. 변상해야 하는 금액은 얼마일까? 이 나라에서 구매하면 더 비쌀 텐데. 현실적인 걱정이 뇌리 사이를 파고들었다. 대자연 속의 존재감을 실감한 지 몇 초 만에 이런 생각이라니. 나 자신의 모습에 실소가 터졌다.

"Are you ready?"

준비되었냐는 그들의 음성이 내게 전하는 마지막 전언임을 온몸으로 눈치챘다. 여전히 울상인 멋지에게 비장하게 한마디를 읊었다.

"간다."

그날의 열한 번째 구령이 빅토리아 폭포를 메웠다.

파이브, 포, 쓰리, 투, 원. 번지!

해냈다. 한 번에 뛰었다.
망설이지 않고, 단박에.

BOTSWANA

모꼬로 위에서

마 운 MAUN

가던 길 멈추고 무리해서 돌아가기로 했다.
보츠와나의 '오카방고 델타Okavango Delta'로.

   멋지가 그곳에 꽂혔다. 느닷없이 가야 하는 이유를 설파했다.
애초에 가기로 했던 곳이 아니었는데 왜 저러는지 이해할 수 없
었다. 우리가 있던 곳은 잠비아의 빅토리아 폭포. 아프리카 대
륙의 남단 남아프리카 공화국부터 위로 거슬러 거기까지 올라
간 차였다. 보츠와나로 가기 위해서는 다시 아래로 되짚어 내려
가야 했다. '위'에서 '아래'라 담백하게 표현했지만, 디즈 이즈 아
프리카. 일산에서 분당 가는 수준이 아니다. 상식적으로라면 가
지 않는 것이 맞았다. 하지만 멋지가 '이 친구, 뭘 모르네'라는

349

표정으로 구글에서 보여준 사진은 심드렁했던 나를 일으켰다. 자세를 고쳐 앉아 경건하게 다시 감상했다.

'하…… 여기 뭐냐.'

나의 추진력 로켓이 반응했다. 그 한 장의 사진은 로켓 심지 방화범으로서 일말의 부족함이 없었다.

황량한 칼라하리사막 한가운데, 15,000평방킬로미터에 걸쳐 고고하게 뻗어 있다는 삼각주. 오래전 코끼리가 싼 똥에 묻혀 있던 대추야자 씨앗의 결실이라는 야자나무 무리. 멋지의 대외 적 신장 155센티미터를 가뿐히 넘어버릴 듯 무성하게 살랑대는 파피루스 갈대숲과 수면 위를 뒤덮은 수련. 그 빽빽함 사이로 고요히 지나가는 작고 긴 카누 한 척. 이름은 '모꼬로'라 했다. 뭐 야, 이름도 귀여워! 통나무를 파내 만든 그 배를 타고 유유히 둘 러보는 '모꼬로 투어'도 있다는 말에 결심했다. 이 정도면 가야 한다.

그게 뭐든 길게 고민하지 않는(이라 쓰고 생각이 없다고 읽는다) 멋지와, 잡생각은 많지만 꽂히면 일단 추진하고 보는(이라 쓰고 대책이 없다고 읽는다) 나의 장단이 또 하나의 멋진 시너지를 내 는 찰나였다.

그래, 생각해보면 이 여행도 그렇게 떠나왔지 않은가. 안 되는 것이 어디 있는가. 가면 되지. 이미 아프리카 대륙에 와 있다는 것 자체가 상식적이지 않은데 뭐.

그래서, 우린 가기로 했다. 보츠와나의 '오카방고 델타'로.

인터넷으로 알아본 투어 프로그램은 생각보다 훨씬 비쌌다. 신나서 의기투합하던 나와 멋지는 일순, 침묵했다. 고요한 공기 사이로 소리 없는 생각들이 날아다녔다.

고민되었지만 이럴 때 어떤 선택을 해야 하는지 알고 있었다. 두 손이 덜덜 떨리는 금액이지만 가지 않았을 때의 후회가 더 덜덜거릴 것이다. 다행히 멋지와 나는 결정적인 순간, 뜻이 맞는 편이다.

일단 '간다'를 정해놓고, 이어서 '된다'라는 전제를 깔았다.

뭐든 방법이 있을 것이다. 그때, 멋지가 씩, 웃었다. 무엇인가 찾았다는 뜻이다. 저렴하게 움직이는 경로를 알아냈단다. 하지만 세상 모든 선택은 기회비용을 수반하는 법. 싼 게 비지떡이란 말도 있잖은가. 저렴한 것은 뭐 하나라도 불편하거나 짜증나는 포인트가 있다는 의미라는 것을 그간의 삶과 여행으로 배웠다.

말할 것도 없이 멋지가 찾은 경로는 느낌 있게 고생스러웠다. 다행히 둘 다 고생을 즐기는 변태적 성향을 가지고 있어 괜찮았다. 험난한 이동 길에 한껏 지질해진 채 드디어 칼라하리사막의 보석, 오카방고 델타에 도착했다. 뿌듯했다. 앞으로도 이렇게 현실에 굴복하지 말고 꿈을 좇자며 한껏 허세를 부렸다. 자신의 선택과 결단력, 추진력에 반할 것만 같았다.

안타깝게도 그 환희는 오래가지 않았다. 그 대책 없던 결정에는 가장 중요한 요소 하나가 간과되어 있었다. 바로 '시즌'이다. 이동 경로는 열심히 찾아봤지만, 이곳에도 제철이 있을 것이라는 생각은 미처 하지 못한 것이다.

아무것도 모른 채 폴짝, 지프에서 내렸다. 그리고 눈앞에 펼쳐진 광경에 나도 모르게 나온 말은…… "야, 이방 수염 같지 않냐……?"였다.

이게 뭐야. 왜…… 왜 이렇게 짧아? 갈대를 3밀리미터로 짧게 밀어놓은 듯한 이 길이감은 뭐란 말인가. 설상가상, 숱은 또 왜 이리 없어……? 이럴 수가. 이토록 별로일 수가. 사진과 달라도 너무 다른데? 아니 내가 여기를 어떻게 왔는데, 이렇게 뒤통수를 맞을 줄이야!

알고 보니 우리가 갔던 시기는 오카방고 델타가 털갈이(?)를 하는 시즌으로 마주한 풍경은 구글 이미지 검색이 뿌려주던 사진들과의 격차가 심했다.

허탈하기 그지없었다. 여기까지 오느라 들인 시간과 돈이 얼마인데. 기가 차서 나온 퍽퍽한 한숨이 더운 공기 속으로 사라졌다. 시간을 되돌리고 싶었다. 이 시기의 상태를 한번 찾아보지도 않고 무작정 온 스스로가 원망스럽고 창피했다. 그렇게 오래 여행을 했으면서, 여전히 이렇게 순간순간 무능하다니. 그 순간, 역시나 얼이 단단히 빠진 멋지와 눈이 마주쳤다. 어쩌랴, 어찌하랴. 이미 벌어진 일. 아하하하하.

한바탕 웃고 나니 '일단 대책 없이 질러놓고 후에 긍정적으로 수습하는' 우리의 성향이 다시금 나왔다. 그래, 나름의 매력이 있을 거야. 찾아보자. 괜찮아.

실망한 마음을 애써 추스르고 활짝 웃으며 모꼬로에 올랐다. 긍정의 힘이었을까, 막상 야트막한 습지를 나아가는 배 위에 있으니 기분이 산뜻해졌다. 나름 괜찮잖아! 이런! 좋은데?

그렇게 30여 분이 지났을까. 작열하는 태양, 가도 가도 끝없는 똑같은 풍경. 아무리 봐도 애처로운 심상만 불러일으키는, 드문드문 심어진 갈대. 코빼기도 보이지 않는 수련.

어라? 가만 있어봐. 그래, 수련, 수련은 어디 갔어?

멋지가 그토록 바라 마지않던, 가득 뒤덮인 수련 말이다. 갈대는 듬성듬성 미력하게나마 제 존재감을 보이고 있건만, 수련은 눈을 뒤집고 찾아봐도 없었다. 갑자기 모꼬로를 몰던 청년이 방향을 선회했다. 미련을 버리지 못한 채 계속 '수련'을 읊조리

는 멋지의 서늘한 음색을 간파했던 모양이었다.

드디어 수련 한 송이를 발견했다. 멋지야! 심봤다! 멋지는 어처구니없는 표정으로 모꼬로에서 내려 주변을 두리번거리며 마구 걷기 시작했다. 이 15,000평방킬로미터의 광활한 곳에 딱 한 송이의 수련이라니!

오늘 정말이지 재미있군!

꿈에 그리던 아프리카 대륙, 평생 와볼까 싶었던 나라 보츠와나, 가슴 설레며 도착한 오카방고 델타에서 별안간 속이 쓰려왔다. 그간의 고생과 눈물 나게 비싼 투어 비용이 떠올랐던 탓이다. 긍정이고 나발이고 아이고 속 쓰려.

진심으로 말하는데, 여권 사진, 소개팅 주선용 사진, 오카방고 델타의 사진은 그 유효 기간을 최신 6개월로 엄격히 관리해야 한다고 생각한다. 국가 차원에서 말이다.

INDIA

초록 물티슈

투르툭 TURTUK

마시는 숨마다 달콤하고, 두는 눈길마다 주홍이 탐스러운 곳. 살구나무가 지천으로 널렸다는 북인도의 작은 마을에 대해 들었다. 눈을 반짝이며 그곳에서 보낸 지난 여행을 회상하는 여행자를 보며 다짐했다. 끼니도 아닌 과일은 사치인 가난한 여행자에게 무한리필을 행하는 자비로운 동네, 목젖까지 살구로 채울 수 있는 그 젖과 꿀의 마을에 가기로.

목구멍을 흠뻑 적실 살구즙을 그리며 마침내 도착한 투르툭인데 다른 도시들을 들렀다 오느라 늦었던 탓일까? 살구는 잘 살펴봐야 기껏 몇 알만이 애처롭게 가지에 매달려 있을 뿐 '듬성듬성'이라는 표현조차 과분했다. 그거 하나 믿고 지프 뒷좌석

357

에 구겨져 굽이굽이 산길을 돌아오느라 토를 쏟을 뻔했는데 말이다. 하긴 투르툭을 추천받은 지 그새 3주가 지났으니 여태 살구가 토실토실 달린 게 이상한 일이겠지. 아쉬운 마음 달래주려는지 하늘에서 주르륵 비까지 내려주는 통에 동네 구경은커녕 숙소 옥상만 오르내렸다. 안녕, 살구. 잘 가, 낭만.

이튿날, 비가 걷히고 잠시 해가 난 틈을 타 뒷동산에 올랐다. 이맘때가 되면 살구는 다 떨어지지만, 메밀꽃이 지천을 이루기 시작한단다. 야트막한 개울을 건너 투박한 돌길을 탔다. 기약 없이 떠나보낸 살구 생각에 입안에 침이 고이며 배가 잠깐 저릿했지만, 별일 아니겠거니 하며 가던 길에 집중했다. 그리고 좁은 나무 터널을 헤치자 갑자기 눈앞에 펼쳐진 눈밭, 아니 메밀꽃밭.

'땅에서 피었다'가 아니라 '하늘에서 내렸다'라고 말하는 편이 낫겠다. 턱이 벌어지는 장관에 꺅꺅 소리를 지르며 카메라 셔터를 눌렀다. 비루한 촬영 실력에도 알아서 곱게 찍히는 풍경에 영상으로까지 찍기를 여러 번, 갑자기 아랫배가 아렸다.

이 느낌 뭐지? 낯설지 않아.

이것은…… 이것은, 급하게 찾아온 괄약근의 신호.

아뿔싸……. 아까의 미약했던 태동은 '본격 액션 똥 뿌림 활

극'의 서막이었던가. 살구를 원하는 장기들의 작은 반항이 아니었던 것인가. 배탈의 나라 인도에서 대장의 행보를 예민하게 주시하지 못한 내가 멍청이다.

'숙소에서부터 꽤 걸어왔는데 다시 돌아가려면 얼마나 걸리려나. 그 길에 들를 만한 화장실이 있는가? 돌아가는 도중 내가 똥을 싸면 어떻게 되지? 선임이 앞이 더 창피할까, 생면부지 인도인들 앞이 더 꼴사나울까……'

생각을 마치기도 전에 몸이 먼저 움직였다.

메밀꽃이 소복이 내린 낭만 가득한 밭길을 정신없이 경보했다. 잠시만 틈을 줘도 세상 빛을 보게 될 그것들을 막기 위해 괄약근에 모든 힘을 집중하면서도 그 어떤 것도 신경 쓰지 않는다는 듯 멋진 태도로 걸었다. 격렬한 움직임에 행여 자극을 더할 속도보다는 느리게, 숙소 화장실 도착 시각을 대폭 앞당길 만큼은 빠르게 걷기를 몇 분째. 어슷하게 썬 청양고추 한 바가지가 대장 속에서 축제를 벌이는 듯했다. 가진 모든 땀구멍으로 서늘한 공기가 뿜어지고 피가 묵직하게 돌기 시작했다. 진통의 세기는 솟구쳤고 주기는 빨라졌다.

왜 내게 이런 일이 일어났을까. 누구를 원망할 새도, 어제 무엇을 먹었는지 되짚어볼 새도 없었다. 3억 3천만이 넘는다는 인도의 신들께 빌었다. 제 하찮은 괄약근에 무한한 인내의 힘을 내려주시길. 이번 일을 무사히 해결하면 더없이 선하게 살겠다는 공약도 함께 걸었다. 오늘따라 왜 이리도 대장이 적극적인지. 당장이라도 출발을 알리는 기적소리가 그곳을 뚫고 뿜어져 나올 듯한 긴장감이 돌았다. 그리고 순간, 여기서 해결하지 않으면 큰 화가 생길 것이라는 느낌이 들었다.

긴 여행 끝에 결국 인도에서 똥쟁이가 되는구나.

'선임아, 미안. 네 친구는 똥싸개야.'

모든 것을 알아챈 듯 너그러이 미소 짓고 있는 선임이에게 "안 되겠어. 여기서 기다려"라는 전언을 남기고 급히 오른쪽으로 방향을 틀어 재빨리 후미진 곳에 자리를 잡았다. 그리고 내모든 것을 비우는 시간이 찾아왔다.

뒤에는 돌담이 우직하게, 앞에는 흐드러진 메밀꽃이 바람에 살랑이며 나를 지켜주었다. 이런 낭만적인 화장실이라니. 절체절명의 위기 속에서도 명당을 골랐다며 스스로를 칭찬하다가 문득 깨달음이 왔다. 이럴 때가 아니지, 퍼뜩 정신을 차려 뒤처리를 고민했다. 양말 한 켤레가 아쉬운 이 마당에 난 맨발이었다.

어떤 옷을 포기해야 그나마 인간적인 모습으로 집에 돌아갈 수 있을까 고르고 고르던 중 시야에 깻잎만 한 크기의 이름 모를 이파리가 들어왔다. 솜털이 까슬까슬하게 올라 있어 이거 세

차게 사용했다가는 원숭이 엉덩이 되기 딱 좋겠지만 시도해볼
법했다. 솜털 사이로 맺힌 물을 방패 삼아 조심조심 살에 댔더
니…… 어머나 세상에! 이 감촉은? 순면 물티슈? 예상 밖의 훌
륭한 성능과 촉감에 몇 장 더 뜯어다 뒷일을 마무리 짓고, 너덜
너덜해진 정신과 함께 바지춤을 추켜올렸다. 혹여 나중에 밭 주
인이 놀랄까 봐 흙으로 자리를 정리하는 센스도 잊지 않았다.
아이 엠 프롬 동방예의지국.

　방긋 웃으며 돌담을 따라 나오는 길. 다시 피가 왕성하게 도
는지 눈이 밝아지고 정신이 개운해졌다. 이것이 바로 쾌변의 힘
이던가. 아까보다 더욱 반짝이며 빛을 받는 메밀꽃밭, 이 아름
다움 속에서 내가 큰일을 치렀다니……. 한껏 가벼워진 몸으로
꽃 사이를 가르며 춤을 췄다. 그리고 나는 향긋한 주홍 살구와
흐드러진 하양 메밀꽃의 투르툭을 촉촉하고 부드러웠던 '초록
물티슈'의 마을로 기억하게 되었다.

긴 밤

투르툭 TURTUK

투르툭은 작은 산골 마을이라 숙소도 소박할 줄 알았는데 웬걸, 여행하며 묵었던 곳 중 가장 큰 방을 받았다. 게다가 둘 뿐인 방 안에 커다란 더블침대가 두 개나 있다. 여기서 지내는 이틀 동안 이 넓은 침대를 하나씩 쓸 수 있다니. 두툼한 이불이 깔린 매트 위로 풀썩 몸을 던지며 스위트룸에 왔다고 영역 표시를 했다. 그런데 이 스위트룸은 결정적인 스위트한 규정이 하나 더 있었다. 전기가 하루 중 오후 7시부터 11시까지, 네 시간만 들어온다는 것. 심지어 인터넷 연결도 안 된다.

아…… 생각해보니 그도 그럴 만하다. 이런 곳까지 인터넷 선이 깔릴 리 만무하지. 전기가 들어오는 것만도 감사하게 생각해야 할 지경이다. 숙소 주인의 안내를 들었을 때는 이미 구름이 빈틈없이 하늘을 덮은 후였다.

똑똑, 노크 소리가 들려 문을 열어보니 주인 아저씨가 샤워하겠냐고 물어왔다. 이런 개인적인 질문을 왜 하시는 걸까. 의문 속에서도 본능적으로 그러겠다고 답하자 그는 한 사람당 20루피라는 말을 남기고 옆방으로 옮겨 같은 질문을 했다. 숙소에서 묵는데 샤워하는 비용을 따로 받는다니, 이거 듣도 보도 못한 발상이다. 알고 보니 샤워할 사람들에게 뜨거운 물을 끓여주고, 이른바 '핫 워터'의 값을 받는 것이다. 수도꼭지를 왼쪽으로 돌리면 김이 펄펄 나는 온수가 나오는 삶이 당연한 게 아닌 순간들이 아직도 새삼스럽다.

얼마나 시간이 흘렀을까, 빨간색 플라스틱 통에 뜨거운 물이 찰방찰방 담긴 개인용 목욕물을 받았다. 딱 가진 만큼만 쓸 수 있는 20루피 치의 뜨거운 물을 혹여 한 방울이라도 흘릴까 조심히 욕실 바닥에 내려놓았다. 이 한 통의 물로 머리 감기부터 양치, 세수, 샤워까지 모든 것을 해내야 한다. 턱없이 모자라 보인다. 사람이라는 존재는 늘 없어봐야 있던 것의 소중함을 깨닫는 구조인가. 조용히 그간 얼마나 많은 물을 써댔는지 반성했다. 하지만 아무리 봐도 이 한 통으로 몸을 다 씻기란 불가능해

보인다. 그렇다면 무엇을 포기할까. 찰나의 치열한 고민 끝에 머리 감기를 포기하기로 하고 조심스럽게 바닥의 바가지를 들어 종이컵 한 컵만큼의 물을 몸에 끼얹었다. 한 방울의 낭비도 허용치 않겠다는 절도 있는 자세였다.

와씨! 뜨거워! 아…… 이거…… 완전 팔팔 끓인 물이었지 참. 그제야 모든 정황을 이해했다. 찬물과 섞어 쓰면 머리도 감을 수 있는 양이구나!

기적의 샤워를 마치고 집주인 아저씨가 차려준 정갈한 저녁 식사를 마치고 방에 들어왔는데 팍, 하고 순식간에 사방이 어두워졌다.

아, 11시가 됐나 보다. 알람도 시계도 필요 없다. 어둠이 모든 소리를 삼킨 듯 잠시 묘한 정적이 흘렀다. 두툼한 커튼 때문인지 빛 하나 들지 않는 어두운 방 안의 답답함을 견디지 못하고 이불 근처를 더듬어 휴대전화 플래시를 켰다. 겨우 몸뚱이 둘 곳을 파악하고 침대에 눕자, 빈 시간이 밀려왔다. 할 일이 없다.

똑똑. 음……? 샤워도 하고 밥도 먹었는데 아저씨가 또 오셨나? 몸을 일으켜 불빛을 내뿜는 휴대전화를 들고 문을 열어보니 옆방을 쓰던 투어 일행들이다. 그래, 심심함은 매한가지구나. 기꺼이 우리 방에 초대했다. 침대 위에 걸터앉아 오늘의 이야기를 도란도란 나눴다. 여행지에서, 길 위에서 만난 인연들이 으레 건네고 받는 질문과 답들이 지나갔다. 달아두었던 두꺼운 커튼을 젖혀 여린 달빛을 방에 들이고 열린 커튼 사이로 스미는 차가운 웃풍과 까만 어둠, 전기 없는 낯섦이 주는 신비함에 취해 각자의 시시콜콜한 이야기들을 주고받았다. 골목에서 동네 아주머니께 얻어먹은 볶은 보리의 구수함과 와이파이도 없는 곳에 오는데 여자친구한테 미리 말해두지 않아 큰일 났다는 회한과 후회, 집 뒤편 꽃밭에 흐드러진 메밀꽃의 아련함, 그 언젠가 살며 겪었던 황당한 이별과 그 이별을 아직도 잊지 못하는 것의 황당함, 투르툭의 살구가 이미 다 져버린 것에 대한 아쉬움까지. 맥락은 없지만 느낌이 있는 대화들이 어둠 속에 스며들었다.

밤이 깊고, 어둠은 더 짙어졌다. 일행들이 모두 돌아간 후 침대에 벌렁 누우니 문득, 20대 초반에 떠났던 인도 여행이 떠올랐다. 2005년 즈음의 그때는, 스마트폰이 세상의 판도를 바꾸기 전이었다. 그날의 여행을 마치고 숙소에 돌아오면 늘, 딱히 할 일이 없었다. 오늘 찍은 사진을 돌려보거나, 256메가바이트 용량의 최신식 MP3플레이어에 담긴 닳고 닳아 질린 노래를 듣고 또 듣거나, 일기를 쓰거나, 서로의 일기를 보란 듯이 훔쳐보거나, 일기장 맨 뒷장을 찢어내 격자무늬를 그어 오목을 두거나. 홀로 이런저런 생각에 잠겼다가 잠이 들었다.

스마트폰이 나타나면서, 여행은 그때와 달라졌다. 어두워지면 숙소로 돌아오는 것은 같으나, 침대에 털썩 쓰러지면서 자연스레 눈을 휴대전화에 고정했다. 바깥에 있는 동안 수신하지 못한 메신저의 메시지들을 확인하고, 답하고, SNS에 들어가 세상 어찌 돌아가는지 살펴보고 나면 그곳이 인도인지 내내 살던 서울인지 애매한 기분이 들었다.

그러던 중, 불빛 하나 켤 수 없는 밤을 예기치 않게 선물 받으니 당황스러울 수밖에. 그간 온전히 시간을 감당하는 법을 얼마나 잊었던가. 숨이 막힐 듯한 어둠에 고요가 짙게 깔리고 일방적인 정보를 받아들이느라 구석에 치워져 있던 온전한 '내 생각'들이 그제야 터져 나왔다. 실로, 오랜만이다. 어떤 생각이 들었을 때, 고개를 돌려 머리맡의 스마트폰을 들어 그 사실을 확인하는 것 대신 내 안에서 답을 찾아내는 것이.

그러나, 오래가지 못했다. 그 긴 밤 나 자신을 좇는 생각의 성과를 이뤘다면 좋았으련만. 대부분 생각한 내용은, 도대체 이 긴긴 시간 이곳 사람들은 무엇을 하며 시간을 보낸단 말인가! 이들은 심심함이란 감정을 모르는가! 이런 사색의 시간을 매일

같이 갖는 사람들의 마음과 생각, 깊이는 어느 정도일까? 이들은 붓다의 해탈과 초월의 근처에 있는 것은 아닐까?

　다음 날 주인 아저씨에게 물었다. 겨우내 불이 꺼진 그 긴 밤, 당신네는 대체 무엇을 하시느냐고. 잠시 생각에 잠긴 듯하던 그는 별안간 주방 쪽으로 고개를 돌리더니 누군가를 불렀다. 잠시 후 눈동자와 머리칼이 새카만 소년이 수줍은 듯 나왔다. 그는 소년을 보며 조용히 양 볼을 붉힌 채 담담히 답했다.

　그 시간, 우리는 이 녀석을 만들었다고…….
　이 마을은 그래서, 아이들이 많다고…….

　……?!

　억겁과도 같은 잠깐의 침묵 후, 가장 먼저 그 깊은 뜻을 알아챈 한 동행이 껄껄껄 집 전체가 떠나가라 웃었다. 그리고 곧 차례차례 그 의미를 이해한 사람들의 얼굴이 차츰차츰 살구색으로 물들었다. 각자의 볼에 저마다의 살구 한 쌍씩을 달고 그날의 긴 밤, 우리는 한참을 웃었다.

비긴 어게인

레 LEH

"Are you a musician?"

만나는 사람마다 물어오는 이 질문의 근원은 배낭 한 귀퉁이에 대롱대롱 매달린 우쿨렐레였다. 음악가라니, 맙소사. 행여나 그들이 연주를 듣기라도 한다면 얼마나 헛웃음을 지을까 생각하니 질문 받을 때마다 쑥스러웠다. 주머니에 넣을 수 있는 하모니카를 선택했어야 했나.

우쿨렐레를 샀던 것은 세계여행을 떠나기 얼마 전이다. 긴 여행 중 악기 하나 다룰 줄 알면 풍요로워진다는 조언을 주워들었다. 코드 하나 알지 못하는 심각한 현악기 문외한이었지만 문제없었다. 앞으로 널린 것이 바로 '시간' 아니던가. 가서 배우면 되지 뭐. 인터넷에는 친절한 동영상 강좌들이 많으니까! 많은 이들의 우려를 뒤로하고 호기롭게 산 우쿨렐레를 들고 떠나왔다.

조언대로 녀석은 많은 시간 커다란 낙이 되었다. 텔레비전도, 인터넷도, 책도 없이 손에 쥐어진 것은 감당하기 힘들 정도의 시간뿐인 심심한 상황에서 호리병같이 생긴 그 작은 악기 하나는 좋은 놀잇감이었다. 각자의 생일이나 명절 등을 축하할 땐 배경 음악이 되어주고 말이 통하지 않는 각 나라의 친구들과는 말없이도 즐길 수 있게 해주었다. 한 곡씩 배워나갈수록 재능이 없다는 것을 깨달았지만 아쉽지 않았다. 사람들 앞에서 공연할 것도 아닌데 뭐.

늘 숙소에 박혀 백수 삼촌처럼 튕기던 우쿨렐레인데, 2년 동안 메고 다니다 보니 슬그머니 욕심이 생겼다. 귀국하기 전에 우쿨렐레를 연주하는 기념 영상 하나 남기고 싶어진 것이다. 마침 여행하고 있는 북인도의 풍광은 눈과 마음에만 남기기에 아쉬울 만큼 멋있었다. 그 시리도록 쨍한 풍경 속에서 우쿨렐레를 연주하는 모습을 찍는다면 여행의 순간을 즐겁게 담을 수 있겠다 싶었다. 어떤 곡을 연주할까 고심하다가 듣자마자 단번에 반해 연습했던 아리랑 2중주가 떠올랐다. 스스로의 생각과 기획력에 신명이 나 전통의상 꾸르티를 멋지와 한 벌씩 뽑아 입었다. 나름의 연주 의상이었다. 같은 옷을 입고 북인도 여러 지역에서 같은 곡을 연주하며 영상을 찍어볼 계획이었다. 인도에서 아리랑이라니 생각할수록 엉뚱했지만 뭐 어때. 그냥 기념인데 뭐. 누구 앞에서 공연할 것도 아니고.

그리고 지금 우리는 '누구 앞에서 공연할 것도 아니고'라는 생각이 뒤집어진 상황에 서 있다. 우쿨렐레를 들고 서 있는 이곳은 광장, 그러니까 사람이 아주 많은 '광장'이다. 그간 영상을 찍었던 곳은 모두 인적이 드물었다. 부끄러운 마음에 거의 숨어 찍다시피 했다. 그런데 오늘은 특별하게 사람 많은 광장에서 찍기로 했다. 내일이면 델리로 가는 비행기를 타야 하고, 델리에서는 그간의 여행을 모두 마치고 한국으로 돌아가는 비행기에 오를 예정이다. 그러니까 오늘이 북인도의 풍광을 담은 연주 영상을 찍을 수 있는 마지막 날인 셈이다. 게다가 화려한 색감의 옷을 입은 현지인들 사이에서 찍어보고 싶은 욕심이 나도 모르게 생겼다. 하지만 인도인과 여행자가 끊임없이 스쳐 가는 이 광장은 연주를 시작했다 하면 영락없는 거리 공연이 될 만한 곳이다. 실력은 노래방 탬버린 흔드는 수준인데, 알지도 못할 우리의 아리랑에 현지인들이 과연 호응을 해줄까. 아무도 안 들으면 어쩌지. 그 알알이 널려질 창피함을 어찌 쓸어 담나. 하긴, 차라리 아무런 관심도 받지 못하는 편이 나을 수도 있다.

나부끼는 생각에 치이면서도 슬금슬금 광장을 돌며 캐시미어 스카프를 구경하는 척 괜찮은 곳을 찾아 눈을 굴렸다.

"베스트 퀄리티, 굿 프라이스"

주인 아저씨, 미안해요. 나 지금 스카프에 1그램의 관심도 없어요. 귓등으로 흘려들으며 한 곳을 낙점했다. 만국기처럼 펄럭이는 오색 빛깔의 룽따가 늘어져 있는 양옆으로 사람들이 스쳐 지나는 중간 즈음에 인적 없는 공터가 있었다. 북인도의 파란 하늘과 하얀 뭉게구름, 양 옆으로 늘어선 먼지빛 건물들. 당근과 브로콜리 빛깔의 옷을 입은 인도 청년들도 몇 앉아 있는 곳. 그 사이로 우리가 들어가면 구도가 적격일 것 같았다. 멋지도 같은 생각인지 고개를 끄덕였다.

장소가 정해졌건만 용기가 나지 않았다. 정말 저기에서 우쿨렐레 연주를 하겠다고? 우리가? 이미 입고 있는 알록달록 전통 의상만으로도 시선을 끌 만한데? 그러니까 지금 입고 있는 복장은 푸른색 꾸르티에 좋게 말하면 진주홍, 정확히 말하자면 할머니 내복 색깔의 쫄바지였다. 거기다 같은 색의 스카프까지 머리에 두르고 있는 상태였다. 눈을 감아도 잔상이 남을 법한 현란한 차림이다. 그도 모자라 내 곁에는 병아리 샛노랑 꾸르티에 꽃분홍 쫄바지, 같은 분홍색 스카프를 두른 멋지도 있다. 이런 튀는 차림으로 튀는 연주를 하면서 노래까지 불러야 한다. 분명 몇 번은 틀릴 텐데, 몇 번씩 끊고 다시 찍어야 할 텐데 말이다. 게다가 카메라는 어쩌지? 광장과 우리를 한 번에 담으려면 멀찌감치 카메라를 설치해야 하는데 그러다 누가 집어가기라도 하면 어쩐다?

고민에 고민을 더하느라 탐색 시간은 40여 분을 지나고 있었다. 광장을 족히 스물세 바퀴쯤은 돈 것 같다. 산소가 희박한 고산 지대라 숨이 차기 시작했고 거리에 즐비해 있는 캐시미어 가게 주인들은 점차 우리를 의심스러운 눈초리로 주시했다. 심각하게 튀는 복장을 하고 끊임없이 다람쥐처럼 쳇바퀴 돌고 있으니 그럴 만도 했다. 이거 꼭 해야 하나? 아무도 강요하지 않는데, 누구도 하라 하지 않았는데? 슬슬 귀찮다. 영상이고 뭐고 위스키 한 병 사다가 숙소로 들어가서 마지막 밤을 보내는 것도 괜찮지 않을까. 뭐 한다고 이토록 고민인가. 영상 그까짓 거 안 만들면 되지 뭐. 어디 공표해놓은 것도 아니고. 에라, 모르겠다. 뒤돌아서려는데, 이상했다. 막상 발걸음을 돌리려니 큰일을 치르고 나서 뒤를 닦지 않은 채 바지춤을 올리는 것 같은 기분이 들었다. 물론 옷매무새를 다듬어 단추를 잠그고 문을 나서면 아무도 모르겠지만, 스스로는 절대 모를 수 없는 그런 느낌이었다. 야심차게 프로젝트를 계획했을 때의 뿌듯함이, 곡을 정하고 연습할 때의 설렘이, 옷을 사 입을 때의 기대가, 처음 영상을 찍었을 때의 흥분이 차례로 떠올랐다. 여기서 멈춘다고 그 누가 알겠냐마는, 그 누구도 아닌 '내가' 알고 있다는 것이 문제였다. 생전 처음 보는 사람들 앞에 서는 것이 창피해 그만두려는 내가, 그 누구도 아닌 나 스스로에게 창피했다.

해가 많이 기울었다. 시간이 얼마 남지 않았다. 한 번만 더 고민해보자, 한 바퀴만 더 돌아보자. 돌아서려던 발걸음을 다시 돌리는데…… 신은 마지막 그 한 바퀴에 손을 잡아주셨다. 지나가는 행인 한 명이 망막에 맺혔다. 아는 사람이다. 며칠 전 잠깐 스쳐 지나듯 인사를 나눴던 한국인 여행자가 광장을 지나고 있었다. 으어어어어! 소리를 지르며 그를 향해 뛰었다. 자초지종을 설명했다.

"이러이러해서 저러저러한데 카메라 도난이 걱정이에요. 혹시 잠시 봐주실 수 있을까요?"

마음은 아직 할까 말까 결정하지 않은 상태였지만 그에게 설명하는 와중 부탁이 되고 있었다.

간혹 마음은 이미 가 있는데, 고민 많은 머리가 아직 따라오지 못했을 때, 상황에 몸을 보내버리는 것도 나름의 방법이다. 어쩔 수 없는 환경 속으로 자신을 던져버리는 방식. 주사위는 던져졌다.

　이제 정말 해야만 하는 상황이다. 가슴은 이미 연주를 시작한 듯 울렁꿀렁 두근두근 제멋대로 기괴한 박자를 타고 있었다. 어쩌다 음악가도 아닌 내가 거리 공연 데뷔를 하고 있지? 심지어 서울 홍대도 아닌 북인도 레에서 말이다. 새삼 발 딛고 있는 현실이 믿을 수 없이 비현실적으로 느껴졌다.

　우쿨렐레를 들고 자리를 잡고 앉으니 행인들의 시선이 우리에게 꽂힌다. 어쩌지, 멋지야? 이 순간 전 세계를 통틀어 기댈 수 있는 단 하나의 존재를 쳐다보았다. 어쩔 수 있겠느냐는 비장한 표정의 멋지가 고개를 끄덕였다. 녀석도 어지간히 긴장되는 모양이다. 드디어 멋지가 스마트폰을 꺼내 메트로놈 앱을 4분의 3 박자로 재생시켰다.

　딱, 딱, 딱.

　시작이다. 우리의 카메라를 호위하고 있는 며칠 전 잠깐 마주쳤던 한국인 여행자와 미약한 호기심과 많은 무심함이 섞인 눈빛을 던지는 수많은 인도인들. 할 수 있을까?

　띵, 띵띠디띵.

　현을 넘나들며 한 음씩 뜯어야 하는 전주 부분은 가장 많이

틀렸던 곳이다. 역시 몇 번 삐끗하긴 했지만 그래도 큰 실수 없이 무사히 연주했다. 이제 노래를 불러야 한다. 노래는 온전히 내 책임이다. 모든 곡을 한 음으로 해석하는 신이 내린 재능이 있는 멋지는 노래 대신 메트로놈 박자 체크와 반주를 맡았다. 늘 해오던 연주, 늘 부르던 노래인데 폭주 기관차처럼 들썩이는 심장의 쿵쾅거림이 입으로 전달되는 것 같았다.

아~리랑 아~리랑 아라리요~

웅성거리던 소리는 어느새 잠잠해지고, 광장 사이로 불던 바람도 멈추고, 온 광장에 울려퍼지는 것은 우쿨렐레의 청아한 음색과 나의 목소리뿐이다.

아~리랑 고~개로 넘~어간다~

이곳이 북인도의 고산 도시, 레의 광장이라는 공간감이 모두 사라졌다. 현을 튕기는 내 손과 아리랑을 뱉는 내 목소리 그리고 곁에서 2중주 화음을 넣으며 스트로크를 튕기는 멋지의 오른손 움직임, 그 외의 모든 것들이 사라졌다. 음악가들은 공연할 때 이런 느낌을 받겠구나. 그 전의 모든 창작의 고통과 어려움이 이 찰나로 상쇄되겠구나. 바로 이 순간에 취하고 중독되어 놓지 못하는 거겠구나. 아리랑을 뱉고 줄을 뜯는 그 순간 어이

없게도 이런 생각들이 머릿속을 메웠다. 해보지 않았더라면 평생 몰랐을 느낌과 생각들이었다.

   십리도~ 못~가서 발~병난다~
   마지막 구절이 끝났다. 그리고 잠깐의 정적 후에 고개를 들자 수많은 사람이 보였다. 다양한 인종, 더 다양한 생김새. 활처럼 굽은 등의 할아버지와 소 같은 눈을 가진 아이, 기름진 곱슬머리의 청년, 얼굴만 내놓고 다 가린 차림의 숙녀까지. 그들 모두가 웃고 있었다. 너무나도 다르게 생긴 그들이 우리의 노래를, 연주를 듣고 웃고 있었다. 그 휘어진 눈꼬리와 맞닿을 듯 올라간 입꼬리가, 각자의 높이만큼 한껏 솟은 광대가, 그 다른 생김새들을 모두 닮아 보이게 만들고 있었다. 힘찬 박수 소리와 커다란 함성, 그 사이를 가르는 휘파람 소리까지, 전율이 전신을 관통했다. 하기 잘했다. 정말 잘했다. 들려오는 앙코르에 답할 곡은 없지만 그런들 또 어떠하랴.

   레에서의 마지막 오늘. 끝나가는 여행. 모든 '마지막'이 이 박수와 환호로 예쁜 옷을 입는 것만 같다. 오늘, 이 광장에서 희박한 산소를 들이쉬며 종일 노래하고 춤을 출 수 있을 것만 같다. 산소 대신 뿌듯함이 차오르는지 가쁜 숨이 평온해졌다.

귀국 3일 전 1

뉴 델 리 NEW DELHI

파하르간지에 위치한 게스트하우스, a.m. 8:00

침대 위에 선임이가 널려 있다. 먹은 것을 게워낸 것도 모자라 밤새 위액까지 탈탈 털렸단다. 밤새 일곱 번이나 화장실을 들락날락하며 토하는데도 한 번을 깨지 않더라며 원망을 담아 눈을 흘긴다. 아이고, 어젯밤 숙소 구석에서 망고 세 개를 혼자 신나게 까먹더니만 결국 체했네. 이 정도는 2년간의 여행 중 자주 겪은 일이다. 늘 지니고 다니는 상비약 주머니에서 지사제와 소화제를 꺼내 생수와 함께 선임이에게 건넸다. 한국에 있을 때야 근처 내과에 들러 주사 한 방 맞고, 며칠 치 약을 타와 푹 쉬면 끝날 일이지만 떠나와서는 웬만하면 병원에 안 가게 된다. 여행자 보험이 있어도 절차가 귀찮기 때문이다. 그렇다고 보험처리

를 하지 않고 아무 병원이나 가자니 돈이 많이 들기 때문에 약
국에서 산 약으로 다스려보고, 주위들은 민간요법을 이것저것
시도하기도 했다. 다행히도 결국엔 늘 괜찮아졌다. 이번에도 별
다를 것 없겠지. 여행용 반짇고리에서 바늘을 꺼냈다. 이틀째
감지 못해 풍족한 머릿기름을 바르고 콧바람을 두어 번 불어 녀
석의 양 손가락을 따주었다. 싹싹 비벼 뜨끈해진 손으로 등을
툭툭 쓸어내린 뒤 눕혔으니 저녁 즈음이면 나아지겠지.

a.m. 11:00

벌써 괜찮아졌나 보다. 녀석이 배가 고프단다. 위액까지 탈탈
게워냈으니 그럴 만도 하다. 그래도 아직 안심할 수 없다. 나대
지 말고 누워서 쉬고 있으라 명령하고 숙소를 나섰다. 선임이가
좋아하던 샌드위치를 샀다. 시장통에 널린 음식들에 비하면 비
싸지만 오늘은 녀석이 아프니까 돈 좀 쓰기로 했다. 역시나 취
향을 저격했다. 단순한 녀석은 활짝 웃으며 포장지를 뜯어 젖힌
다. 그런데 오물오물 잘 베어 먹는 듯싶더니만, 반도 못 먹고 내
려놓는다. 아직 속이 안 좋을 텐데 너무 일찍 먹였나. 다시 소화
제 한 알을 먹이고 눕혔다. 몸을 어찌 가눌지 몰라 누웠다 앉기
를 반복하는 모양새가 체해도 단단히 체했나 보다.

p.m. 1:30

생각보다 큰일이다. 먹은 샌드위치가 참을 수 없이 갑갑한지 억지로 게워내더니 이번에는 아래로 뿜기 시작한다. 밤새 토했다는데, 이제 설사까지. 설탕과 소금을 구해 경구 수액을 만들어야겠다. 장염에 곧잘 걸리는 나 때문에 선임이 인터넷을 뒤져 찾아낸 임시방편이다. 그동안 매번 이걸 만들어 먹이는 건 선임이었는데, 이번에는 내가 해줄 차례다. 채비하고 나가려는데 선임이 이상한 말을 한다. 오른쪽 배가 쿡쿡 아프단다. 게다가 인도에 처음 도착해서 아팠을 때와 증상이 비슷하다 했다. 기억났다. 지금으로부터 40일 전, 그러니까 인도에 입국했을 때, 선임이는 별다른 이유 없이 구토와 설사를 반복했다. 물갈이의 나라로 유명한 인도라 처음에는 그러려니 했다. 하지만 당시 녀석이 호소했던 오른쪽 복부의 이상한 통각과 온몸을 덮은 두드러기는 겪어본 적 없는 조합이었다. 흡사 호피 무늬 같던 두드러기에 놀라 당시 병원을 찾았지만 딱히 원인을 찾지 못해 처방해주는 약만 먹으며 회복했었다.

소화불량, 메스꺼움, 구토, 설사, 오른쪽 복부 통각의 순서. 그때와 똑같지만 고통의 정도가 훨씬 심하다고, 아무래도 병원에 가야겠단다. 여행 내내 어떤 증상이든 병원비 아깝다고 지독히 약으로 버티던 녀석이 스스로 병원에 가자니 이거 심각하다. 여행자 보험이고 나발이고 바로 근처 병원으로 빨리 가는 것이 우선이라고 판단했다. 숙소 직원이 가까운 클리닉에 가는 것이 나을 거라며 인도의 인력거인 사이클 릭샤를 잡아주는 사이, 선임이의 복통이 심해졌다.

근처 클리닉, p.m. 2:00

릭샤 기사가 우리를 내려준 곳은 숙소와 300미터도 채 떨어지지 않은 거리의 클리닉이다. 그냥 지나쳤더라면 이곳에서 의료행위가 펼쳐질 것이라고는 도저히 상상할 수 없는 외관이다. 괜찮을까? 이런 곳에 선임이를 맡겨도? 말도 잘 안 통하는데 시설까지 번듯하지 않자 불안감이 몰려온다.

망고 3개, 구토, 설사, 복통…….

실력 없는 영어를 줄줄 늘어놓자 의사는 녀석을 좁은 침대(아니, 그것은 침대가 아니라 높은 선반이라 해야겠다)에 눕히고 배의 이곳저곳을 누른다. 그러더니 묻지도 따지지도 않고 허풍 조금 보태 아기 팔뚝만 한 주사를 꺼내들었다. 총 세 대. 바늘이 들어가자 선임이가 연신 신음을 흘린다. 아이고, 내가 다 못 쳐다보겠다. 얼마나 아플까 그래.

몇 분이 지났을까, 녀석이 웃는다! 복통이 칼로 도려낸 듯 없어졌다는 말과 함께. 다행이다. 그런데 활짝 웃으며 침대, 아니

선반에서 내려오던 선임이가 그 자리에 주저앉는다. 복통은 없어졌는데 주사 맞은 오른쪽 골반이 아프단다. 이 클리닉은 다른 부위를 고장 내서 환부의 고통을 잊게 하는 독특한 치료를 하는 건가. 역시 늘 예상을 넘어서는 인도다. 배는 안 아픈데 주사 맞은 다리가 움직이질 않는다며 한쪽 다리를 질질 끄는 녀석. 이게 뭐야! 긴장이 풀리자 둘 다 웃음이 터져버렸다.

다시 게스트하우스, p.m. 8:00

주사 세 방은 강력했다. 약에 취한 녀석이 클리닉에서 돌아온 후 내리 잠만 잔다. 가끔 눈을 뜰 때마다 괜찮냐고 물었지만 선임이는 알 수 없는 신음을 남기고 다시 잠에 빠졌다. 별일이 아니면 좋으련만. 내일 아침엔 방긋 웃으며 밥 먹으러 가자고 내 엉덩이를 후려쳤으면 좋겠다.

근처 국립병원, a.m. 3:00

진통제가 효력을 다했나 보다. 잠이 깬 선임이가 오른쪽 배에 엄청난 고통을 호소한다. 급히 지갑을 들고 병원 갈 채비를 하는데 뭔가 이상했다. 체한 건지, 장염인지, 도무지 모르겠지만 이렇게까지 아플 수 있는 건가. 주사를 세 방이나 맞고 약도 먹었는데? 급히 스마트폰을 들어 검색창에 '오른쪽 복통'을 적었다.

뭐? 아, 아닐 거야. 스치듯 본 글자를 애써 마음에서 털어내며 녀석을 부축해 릭샤를 타고 이번에는 근처 국립병원으로 갔다.

이 새벽에 병원 마당부터 사람들이 가득하다. 환자인지 보호자인지 모를 사람들이 바닥에 담요를 깔고 누워 있다. 이 풍경은 병원이 아니라 난민수용소에 가깝다. 차라리 낮에 갔던 클리닉이 그리울 지경이다. 다행히도 친절한 릭샤 기사가 사람들을 헤치고 직원들에게 힌디어를 외치며 거침없이 응급실 침대까지 데려다주었다.

선임이가 매트를 쥐어뜯으며 소리를 지른다. 웬만한 고통은 잘 참는 녀석인데 얼마나 견디기 힘든지 눈물을 흘린다. 같이 아파줄 수도, 아프지 않게 해줄 수도 없다. 어떤 것도 해줄 수 없음에 무력해진다. 그래도 주사를 맞고 진통이 수그러들었는지 녀석의 신음이 잦아들자 회복실인 듯한 곳으로 안내받았다. 이미 빈 침대 하나 없이 환자들로 꽉 차 있는데도 우리를 이끌더니 노란 사리를 입고 침대에 누워 있는 여인 옆으로 데려갔다. 의사가 잠시 뭐라 말을 하자, 그녀가 침대 가장자리로 몸을 이끌며 누울 자리를 만들어준다.

응? 뭐지? 몇 차례 손짓, 발짓을 하고 나서야 이해했다. 여기에 이분과 함께 누우라는 것이구나. 주위를 돌아보니 대부분의 환자들이 침대 하나를 둘이서 사용하고 있다. 내 친구는 결국 아주머니 옆에 누웠다. 안 그래도 좁은 침대에 풍채 좋으신 아주머니에 치여 난간에 매달릴 듯 누워 있는 녀석을 보니 짠하다.

선임이의 어깨를 토닥여주며 괜찮아질 거라 중얼거렸다. 녀석을 진정시키려 한 말이지만, 나에게 외는 주문이기도 하다. 무섭다. 제발 별일이 아니기를. 곧, 선임이는 초음파실로 옮겨졌다. 뭐가 어떻게 굴러가는지, 제대로 검사하고 있는 게 맞는지도 모르겠다. 한국의 병원이 그립다. 내 나라말로 어디가 아픈지 상세하게 설명하고, 어떤 병인지 상세하게 설명 듣고. 아무렇지 않게 할 수 있는 이 간단한 일이 간절하다.

a.m. 5:00

다시 의사가 나타났다. 영어로 설명을 하는데, 도무지 알아들을 수가 없다. 신체 부위인지 병명인지, 내가 전혀 모르는 단어들이다.

"블라블라 블라블라 operation 블라블라……. as soon as possible……. 블라블라."

수술이란 단어가 들린다. 병원에 오기 전 검색하며 스치듯 봤던 단어가 다시금 떠오른다. '충수염'. 한글로도 외기 어려운 충수염을 영어로 알 턱이 없지만, 지금 이들은 내게 충수염을 설명하는 듯하다. 최대한 빨리 수술을 해야 한다는 걸 보니 확신이 들었다. 재빨리 알아들었는지 의사도 고개를 끄덕였다. 맞구나…….

 덜컥, 겁이 난다. 손이 떨린다. 왜, 하필, 이때. 긴 여행을 마치고 한국으로 돌아가기까지 이제 딱 3일밖에 남지 않았는데. 배를 살짝 찢어 부풀어 오른 충수를 뚝 떼어내기만 하면 되는 간단한 수술이란 걸 책에서 본 적이 있다. 그래도 간단한 상처 치료나 내과 진료라면 모를까 복부를 열어야 하는 수술을 이런 열악한 곳에서 해도 괜찮을지 모르겠다.
 많은 환자를 보느라 눈에 잠이 그렁그렁한 의사들을 보니 더더욱 확신이 서지 않는다. 하지만 결정을 미룰 순 없다. 간단한 수술이지만 지체하다가는 충수가 터져 염증이 온 장기를 뒤덮으면 목숨까지 위험해질 수도 있다. 여기서 수술을 해야 할지, 보험회사에 연락해서 제대로 된 병원에서 해야 할지 판단이 서질 않는다. 선임이는 진통제에 취해 눈동자가 흐리멍덩하다. 어느새 나는 녀석의 수술 여부를 결정해야 하는 보호자가 되어 있었다. 주저하는 나를 눈치챘는지 옆에서 도와주던 릭샤 기사가 거든다. 본인의 형이 이곳에서 신장결석을 제거했는데 아주 성공적이었다며 실력은 좋은 의사들이니 믿고 맡기란다. 그 말에도 어쩐지 선뜻 내키지 않는다.

뉴델리 남부 여성전문병원, a.m. 10:00

결국 그곳에서 나왔다. 잠에 취한 의사가 날이 무딘 메스로 선임이의 배를 가르는 무서운 상상을 했기 때문이었다. 숙소로 돌아와 보험회사에 연락했다. 한국에서 전화를 받은 직원에게 좋은 병원이어야 한다고, 꼭 좋은 병원이어야 한다고 몇 번이고 강조했다. 병원을 옮기는 동안 맹장이 터지지 않고 버텨주기를 바라며. 내 판단이 녀석에게 최선의 선택이길 바라며.

보험회사가 지정해준 병원은 한눈에 보기에도 번듯했다. 문을 열고 들어가자 우선 시원한 에어컨 바람이 땀에 전 몸을 감쌌다. 고급 사리나 현대적인 옷을 입은 여인들도 꽤 보였다. 환자 두 명이 한 침대를 쓰는 곳에서, 상냥한 직원들이 널찍한 진료실로 안내해주는 곳으로 왔다. 이제야 안심이 된다.

p.m. 3:00

아니, 외관만 멀쩡했지 내실은 없는 것인가. 이 커다란 병원에 왜, 병실이 없단 말인가. 추가 검사를 이것저것 받아 이미 병명은 확실한데, 수술만 하면 되는데, 병실 마련은 물론 수술할 의사도 소개해주질 않는다. 내 판단이 잘못된 건 아닐까. 시간은 속절없이 흐르고, 땡땡하게 부풀어 올라 터질 기회만 노리는 선임이의 맹장이 불안하기만 하다. 이 와중에 졸음이 쏟아진다. 약에 취해 쌕쌕 자는 선임이만 바라보고 있자니 피곤이 온몸을 짓누른다. 어제부터 걱정스러운 마음에 잠을 제대로 못 잔 탓이다. 이 긴박한 상황에 생리적 욕구를 떨치지 못하는 몸뚱이가 밉다. 앉은 채로 침대에 머리를 기대 잠시 눈을 붙이려다가 친구 놈이 아픈데 속 편하게 잠이나 잔다면 행여 악운이 스밀까 싶어 끈질기게 쫓아오는 잠을 악착같이 쫓아본다.

p.m. 9:00

    설핏 깬 선임이에게 애써 농담을 던지며, 큰 수술이 아니라고 거듭 말해주었다. 수술시간이 계속 늦춰져 불안하지만 내색하지 않는다. 녀석이 더 겁이 날 수 있으니까. 이 병실에서 녀석이 의지할 사람은 나뿐이다. 드디어 기다리던 의료진이 문을 열고 들어온다. 맙소사, 감사합니다. 믿지도 않는 신을 인도 병원에서 찾았다. 의사가 환하게 웃으며 수술 계획을 요목조목 설명해준다. 이제 곧 수술실로 옮길 건데, 따라오지 말고 여기서 기다리란다. 마음은 온몸을 알코올에 담갔다가 빼서라도 수술실 안까지 따라 들어가고 싶은데 안 된다니……. 슬쩍 선임이를 바라보았다. 간호사가 위생모를 녀석의 머리에 씌우고 있다.

오늘 내 친구가 말도 제대로 안 통하는 이곳에서, 수술을 한다.

아무렇지 않은 척, 별일 아닌 척, 애써 눌러왔던 감정이 터졌다. 눈물이 차오른다. 어쩌지? 우는 모습 보이면 안 되는데, 녀석도 지금 엄청 무서울 텐데. 집어삼키려 애썼지만 한 번 터진 겁이 멈추지 않고 흐른다. 다시 신을 찾았다. 잘될 거야. 아무렴. 일그러진 얼굴을 애써 펼치며 선임이에게 손을 흔들어 보였다.

귀국 3일 전 2

뉴델리 NEW DELHI

머리 위로 줄지은 형광등이 빠르게 스쳐 지나갔다. 내 몸뚱어리가 실려 있는 바퀴 달린 철제 침대를 꼭 붙잡은 네 명은 모두가 녹색 옷의 같은 차림이다. 문이 열리는 소리가 들린다. 두 명씩 양쪽으로 서 있던 네 명이 일렬로 자리를 바꾸더니 일사불란하게 침대를 밀어 넣었다. 천장을 보아하니 엘리베이터다. 잠시적막이 흐른 후 다시 굴러가던 침대가 문을 밀어젖히고 통과했다. 곧 나는 또 다른 침대로 옮겨졌다. 새 침대에 안착하는 순간온몸의 세포가 쪼그라들었다. 심하게 딱딱하고, 심각하게 차가웠다. 부르르 떨리는 몸을 채 가눌 새도 없이 시력이 멀어버릴듯 강력한 빛이 켜졌다. 모든 것들이 영화나 드라마에서 보던장면과 같다. 빠르게 스쳐 가는 천장, 뛰는 사람들, 침대로 받혀 열리는 문, 차가운 철제 침대, 환한 조명.

나는 지금, 수술실에 있다.

애초 계획대로라면 3일 후, 지난 2년간의 여행을 마치고 한국으로 돌아가는 비행기에 올라야 했다. 마음대로 되지 않는 것이 인생이라지만, 비행기 대신 수술대 위에 오르게 될 줄은 꿈에도 몰랐다.

금속 침대에서 전달된 한기가 온몸에 스몄다. 이 공간 안에 움직이지 않는 이는 나 하나뿐, 모두가 정신없이 바쁘다. 그들과 나 사이의 차이점이 그것뿐이라면 이토록 두렵지는 않으리라. 우리의 차이점은 그보다 많다. 생김새와 쓰는 언어, 국적, 나고 자란 환경. 거의 모든 것이 다르다. 이 원치 않는 차이들이 나를 두렵게 만들었다. 단 며칠만 늦게 발병했어도 내 나라에서 수술받을 수 있었을 텐데. 웬만한 일에는 떨지 않는 강심장이건만 이 순간만큼은 세상 최고의 겁쟁이가 된 것 같았다.

아무리 빨리 회복해도 3일 뒤 비행기는 타지 못하겠지. 아니, 눈을 뜨기나 할 수 있을까.

한 사람의 손을 나도 모르게 덥석 잡았다. 이마에 새빨간 빈디를 찍은 의사의 얼굴에 일순 놀라는 표정이 스쳤으나, 곧 그녀는 내 손을 꼭 잡아줬다. 나도 모르게 입술이 달싹였다.

"너무 무서워……."

이 말조차 영어로 뱉어야 하는 현실에 이곳이 내 나라가 아님이 소름 돋도록 실감 났다. 걸음을 멈추고 물이 고인 내 눈동자를 본 그녀는 곧 다른 한 손으로 내 손등을 덮어주었다.

"Don't worry. Everything will be OK. I promise you."

그 순간 거짓말처럼 평온해졌다. 온몸을 관통하던 한기에도 미약하게나마 따스함이 스몄다. 아…… 이것이 바로 간디의 나라가 사람을 품는 방식인가. 잔뜩 굳었던 근육이 풀어진 것을 느꼈는지 손을 그러쥐고 토닥이던 그녀가 싱긋, 웃고 곁을 떠났다. 곧이어 긴장이 풀린 팔뚝에 주삿바늘이 꽂혔다. 마취제로구나. 서서히 약물이 혈관을 타고 들어오는 찰나의 순간, 인도의 온갖 신에게 빌고 또 빌었다.

'제발, 제발 살아서 눈뜨게만 해주세요.'

삐, 삐빅, 삑삑삑, 삐삑.

기분 나쁜 기계음들에 반짝, 눈을 떴다.

'여기가…… 어디지……?'

회색 천장, 아이보리색 커튼. 들쭉날쭉 위아래로 들썩이는 그래프와 삐삐거리며 알아먹을 수 없는 숫자들을 뱉어내는 기계. 역시나 영화와 드라마에서 보던 광경이다. 병실 벽에 걸린 시계를 보니 11시 40분경. 낮인가? 밤인가? 어느 쪽이든 안내받은 수술 시간보다 훨씬 지체된 시각이다. 수술이 길어진 건가……? 다시 생각해보니 당일인지 다음 날인지, 며칠이 지났을지도 알 길이 없다. 몇 년간 의식을 잃고 누워 있다 깨어났을지도. 무언들 어떠하랴. 됐다. 어찌 되었건 신은 소원을 들어주셨다. 눈을 떴다. 살아서.

이내 화들짝 놀랐다. 내 온몸에 기계들이 잔뜩 달려 있었다. 다리를 움직여보려다 몸 안에서 느껴지는 표현하기 힘든 느낌에 몸서리를 쳤다. 요도 줄이 꽂혀 있었다. 그도 모자라 배 양쪽에는 커다란 튜브까지. 그 외에도 사지에 각종 기계를 달고 있는 처지였다. 그러니까 저 쇳덩이들이 삑삑 뱉고 있는 모든 수치는 바로 내 상태에 관한 내용인 것이다. 수술이 끝나면 일반 병실로 옮겨진다고 했는데, 뭐지. 심각한 건가. 누구라도 좋으니 지금 상황을 설명해주었으면 좋겠는데. 저 망할 소리를 내는 기계들 외에 이 공간에 살아 있는 생명체라고는 나뿐이다. 환자를 이렇게 버려둬도 되는 건가. 멋지는 어디 있는 거지? 깊게 생각을 해보려는데 정신이 아득해졌다.

얼마나 흘렀을까, 다시 눈을 떴다. 실내가 조금 밝아졌다는 것을 제외하고 같은 풍경, 여전히 사람은 없다. 여전히 움직일 수 없다. 잠시 후, 또다시 정신이 흐릿해졌다. 의지와는 상관없이 눈이 감겼다. 벌써 몇 번째인지도 모르겠다. 눈을 뜨고, 변한 것이 없는 상황을 인지한 후 다시 까무룩 잠이 드는 무료한 패턴의 반복. 어째서 아무도 없는 것인가. 대체 멋지는 어디 있는가. 그 짧은 팔다리, 까무잡잡한 피부, 나풀거리는 반 곱슬머리, 나보다 더 겁을 집어먹고 있을 둥그렇게 큰 눈. 그 원수가 지금 이 순간 사무치도록 그립다.

다시 눈을 떴다. 인기척이 들렸다. 멋지야! 마음은 녀석을 불렀건만 목소리가 나오지 않았다. 커튼을 젖히고 들어온 이는 간절히 멋지이길 바랐건만, 낯선 남자다.

"Are you OK?"

수술을 집도한 의사라 자신을 소개한 그는 놀라운 사실들을 말해주었다. 단순한 충수염이라 판단했던 내 상태는, 막상 수술을 시작해보니 예상보다 심각했단다. 잔뜩 부풀어 오른 충수가 결국 터져 염증이 온 장기를 뒤덮었다고 한다. 복막염이었다. 그로 인해 수술은 예기치 않게 길어졌고, 일반 병실로 돌아가지 못했단다. 지금 이곳은 중환자 회복실이라 했다. 이 모든 의료 용어들을 내가 알아듣지 못할 것이라 애초에 예상했는지 그는 친절히 본인의 스마트폰 번역기를 이용해 쉬운 영어와 함께 차근차근 설명해주었다.

그의 친절함에 감복하기에는 그 내용이 충격적이었다. 뭐? 복막염? 염증이 온 장기를 뒤덮어? 중환자실? 그렇다면 이제 어떻게 되는 건가. 평생 이 망할 요도 줄을 꽂고 살아야 하는 건가. 자매품처럼 양쪽 배에 삽입된 튜브도?

"걱정하지 마. 이 병원과 네 주치의의 실력은 뛰어나거든! 배를 가르지 않고 작은 구멍들을 뚫어 복강경으로 수술했어. 다른 병원이었다면 배를 모두 갈랐을 거라고. 회복도 빠를 거야. 넌 행운아라고!"

이 문장을 읊을 때 미세하게 그는 자랑스러워했으나 내가 복강경 따위의 단어들을 알아들을 리 없었다. 번역기를 통해 솟은 어깨의 의미를 이해하고 나자, 그러니까 내 상태가 '괜찮다'라는 말을 듣고 나자 살았다는 생각에 더는 아무 말도 들리지 않았다. 그저 격하게 멋지가 보고 싶었다. 그들의 친절함에 물론 고마웠지만, 지금 이 순간 원하는 것은 '오, 빌어먹을! 젠장! 나 살아났어!' 따위의 말들을 지껄이는 것이었다. 내 오랜 친구에게, 모국어로.

다시 한번 까무룩 잠이 든 후 눈을 떴을 때, 드디어 그토록 그리던 멋지가 보였다. 순간 왈칵, 눈가에 물기가 범람했다. 이럴 수가. 이 자식을 보고 울다니. 역시 인생은 오래 살고 볼 일이다.

당황스럽고 쑥스러운 마음에 괜히 녀석을 채근했다. 그동안 대체 어디를 쏘다니느라 환자를 이다지도 방임했더냐! 그간 멋지는 면회가 허락된 시간에 맞춰 여러 번 회복실에 왕래했단다. 다만 그때마다 진통제에 취해 자는 나를 지금처럼 한참을 내려다보다 할 수 없이 그냥 돌아갔다고. 더듬더듬 설명하는 녀석의 눈동자에도 습기가 어렸다. 차츰 붉어지는 멋지의 눈과 콧방울을 보니 그간 쌓인 설움들이 폭발했다. 무슨 말인지 알아 듣기 힘든 울먹임에도 멋지는 연신 고개를 끄덕인다. 네가 무슨 말을 지껄여도 다 들어줄게, 라고 하는 듯한 그 표정에 다시금 눈물이 흐르기 시작했다.

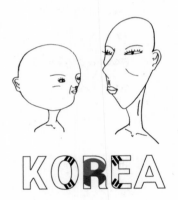

KOREA

다시, 대한민국

멋지

한국에 오신 걸 환영합니다.

한글로 적힌 안내판이 우릴 맞았다. 긴 줄에 서서 기다릴 필요 없이 자동입국 심사대를 통해 금세 내 나라에 들어왔다. 어디로 가야 하는지 안내판을 살필 필요도 없었다. 내 나라말로 적힌 글을 보고, 늘 다녔던 길이라는 듯 쉽게 심사대를 빠져나와 빙빙 돌아가는 짐을 찾는 곳에서 후줄근한 배낭을 카트에 실었다. 게이트를 빠져나와 사진도 한 장 찍었다. 방금 대한민국 땅을 밟았음을 기록하고 싶었다. 배낭 깊숙이 넣어두고 2년간 꺼낸 적 없던 한국 유심을 찾아 휴대전화에 꽂자 익숙한 통신사 이름이 화면에 떴다. 의자에 앉아 괜찮대도 굳이 데리러 오겠다

던 친오빠를 기다렸다. 한국에 도착하면 어떤 마음일까. 두근거
릴까? 반가울까? 안심될까? 눈물이 날까? 다시 떠나고 싶을까?
비행기에서 상상했던 모든 시나리오는 맥없이 사라졌다. 의외
로 너무 당연하고 담담하다. 살이 두둑하게 오른 오랜만에 만난
오빠에게 어색한 마음에 괜한 농담을 던지며 트렁크에 배낭을
실었다. 시원하게 내달리는 차 유리창 너머로 노란 반달이 떠
있다. 늘 보던 달인데, 유난히 포근하다. 차오르는 중일까? 기우
는 중일까? 모르겠다.

내가 없는 새에 집은 이사를 했다. 처음 보는 주차장에 차를
대고 처음 보는 엘리베이터를 타고 처음 보는 현관문을 지났다.
엄마가 있었다. 그동안 나는 늙은 것 같은데 엄마는 그대로다.
아침에 회사 보낸 딸내미가 돌아온 듯, "우리 딸, 왔어?" 하며 나
를 잠깐 안아주더니 침대를 새로 사놓았다는 자랑과 함께 나를
방에 밀어 넣었다. 2년 만에 상봉한 모녀의 만남이 생각보다 건
조하다. 나중에 들은 말이지만, 별로 반가워하는 눈치가 없었던
엄마는 나를 얼른 들여보내고 뒤돌아 우셨다고 한다. 너무 너덜
너덜해져서 돌아왔다나.
　내 방이라고 하는 곳에 들어왔다. 새로운 침대, 새로운 옷장,
새로운 화장대, 내가 올 때까지 한 번도 쓰지 않았다는 침대. 옷

장을 열자 그간 열심히 입었던 옷들이 가지런히 걸려 있다. 새 방에는 익숙한 물건이 가득 채워져 있다. 나는 내 기억보다도 많이 가진 자였다. 새 화장대 위에 예전에 쓰던 향수가 놓여 있다. 뚜껑을 열어 코에 가져다 댔다. 깨끗한 방에 어울리지 않는 꼬질꼬질한 배낭을 옷장 앞에 세워두고 대충 씻은 뒤 다시 방에 들어왔다. 그제야 문득 어색하다. 이 방에 나 혼자다. 아직 여행의 향과 때가 잔뜩 묻은 배낭이 저기 있는데 옆에 선임이가 없다. 이제 꽤 오랫동안 바뀌지 않을 잠자리에 누웠다.

무서우리만큼 금세 적응했다. 적응이란 단어를 쓰기에도 어색할 만큼 여행했던 시간이 뚝 떨어져나간 것처럼 원래 살고 있던 삶이 이어졌다. 그간 그리웠던 사람들을 만났고 진한 술자리를 가졌다. 지인들은 반가운 눈빛에 가끔 대단해 보인다는 표정을 섞어 2년간의 세계여행이 나를 어떻게 변화시켰느냐고 물어왔다. 답을 하지 못할 정도로 취한 것이 아닌데 쉬이 입을 뗄 수 없었다. 나도 모른다. 무엇이 변했는지. 앞으로 어떻게 살아갈지에 대한 답을 얻었나? 아니다. 당장 내일도 모른다. 힘든 상황도, 못난 모습도, 너그러이 포용할 수 있는 큰 그릇이 되었나? 그런 것 같지 않다. 아! 오히려 예전보다 게을러진 것 같다. 집에 돌아온 뒤에도 그 질문이 한참을 괴롭혔다. 그 긴 시간이, 엄청난 경험이, 다양한 만남이, 수많은 대화가 내게 아무런 영향을 주지 않은 걸까? 무엇을 얻으려고 떠난 것은 아니었지만, 막상 딱히 달라진 게 없다고 생각하니 당황스럽다.

귀국 후 열흘, 한국 적응기

한국으로 돌아왔음을 가장 실감했던 포인트는 주위에 널린 한글 간판도, 맛있는 한식도 아니었다. 돌아왔던 날의 인천공항, 입국 게이트로 이동하는 셔틀 승강장 앞이었다. 공항 셔틀을 기다리며 언제 오나 고개를 돌리자마자 5분마다 운행한다는 안내 표지판이 여기저기에서 보였다. 그런데도 모두가 일사불란하게 에스컬레이터 계단을 경주하듯 뛰고 있는 것이 아닌가! 그곳에서 뛰지 않는 사람은 나와 멋지, 둘뿐이었다. 모두가 바쁜 이곳, 내 나라 한국이구나! 전율이 흘렀다.

여행 중 내내 삼켜왔던 치통을 해결하러 치과에 갔다. 그런데 이런…… 건강보험 무자격자란다. 그거부터 해결하란다. 하필 기분 상하게 '무자격자'가 뭔가, 허허허. 건강보험관리공단으로 가서 출입국 사실을 증빙했다. 하마터면 스케일링과 간단한 치료를 받는 데 무려 15만 원을 낼 뻔했지 무언가.

같은 맥락으로 2년 전 정리했던 신변들을 하나하나 재개했다. 건강보험, 국민연금, 통신사, 인터넷, 정지했던 계좌들과 없어진 주민등록증 재발급 등…… 서명을 족히 마흔 번을 넘게 한 것 같다. 각종 기관에서 나만의 사인회를 연 기분이다.

멋지와 통화를 했다. 이상했다. 알 수 없는 어색함이 수화기를 통해 넘실댔다. 뭐지, 왜 이딴 어색함이 생기는 거지. 2년간이나 붙어 있었는데? 전화를 끊고 나서야 알았다. 이놈과 '전화통화'라는 것을 하는 것도 2년 만이라는 것을.

목욕을 했다. 샤워가 아닌 목욕은 참으로 오랜만이었다. 귀국하면 목욕탕 가서 세신사 아주머니께 육신의 때밀이를 맡기는 것이 애초 계획이자 큰 꿈이었는데 배에 아직 남아 있는 맹장 수술 자국 때문에 집에서 할 수밖에 없었다. 결론적으로 탁월한 선택이었다. 그날 나는 우리 집 욕실에서 칼국수 가게를 개점했으니…… 세신사님께 갔으면 몇 배의 추가 요금을 냈어야 했을 것이다.

나만 씻을 수 없다는 생각에, 배낭도 생애 첫 목욕을 시켜 주기로 했다. 욕조에 더운물을 받고 세제를 풀고, 그 친구를 눕히는 순간 우리 집 욕조는 세계 각국의 땟국물을 토해내기 시작했다. 문득 욕실에 갠지스강이 흐르는 듯한 서정적인 심상에 빠져들었다.

　　감지 않은 머리에 목이 한껏 늘어난 티셔츠와 혼란한 디자인의 트레이닝복을 대충 입고 죽마고우인 동네 친구들을 만나러 나갔다. 한 잔 두 잔 걸치다 만취가 되면 한 놈씩 익숙한 녀석들의 집에 데려다 던져 넣고 걸어서 집에 돌아갔다. 집 앞에서 만날 수 있는 친구들. 걸어서 돌아가는 내 집. 이것이 이토록 행복한 일인 줄 전에는 미처 몰랐다.

　　멀리 사는 친구들을 만나기 위해 약속을 잡았다. 탄자니아에서 휴대전화를 도둑맞은 덕에 엄마 휴대전화를 빌려 겨우 약속을 잡았다. 그 때문에 당일 나를 만날 수 있을 것인지 녀석들은 내내 불안해했다. 약속 장소는 강남역 지오다노 앞 4시.
　　"어디 움직이지 말고 지오다노 앞에 꼭 있어야 한다. 중간에 장소 변경하면 안 돼! 난 메시지 못 보니까!"
　　이토록 아날로그하게 약속을 잡는 것이 얼마 만인가. 도대체 휴대전화 없이 그동안 어떻게 살았지?

　지인의 결혼식에 참석하기 위해 화장이란 것을 했다. 아니, 변장인가. 서랍에 잠들어 있던 파우치를 열고 한참을 뒤적거리다, 한숨과 함께 모조리 버렸다. 화장품들의 유통기한은 대부분 개봉 후 1년이었다. 2년 동안 외국을 돌아다녔으니 그 옛날 쓰던 제품들은 모두 장례나 치러줘야 할 판이었다. 결국, 엄마 화장품을 빌려 겨우 찍어 바르고 집을 나섰다.

　2년간 닫혀 있던 옷장을 열었다. 분명 출국 전 마르고 닳도록 입던 옷들인데, 지겨워하던 옷들인데 어쩐지 새 옷같이 느껴진다. 일단 쫄바지가 아닌 것을 입는다는 것만으로도 현재 만족도는 상당하다.

　엄마로부터 난데없는 신생아 취급을 받고 있다. 2년을 세계 길바닥을 헤매고 온 데다가 막판에 맹장까지 터져 배에 구멍 뚫고 돌아왔으니, 챙겨주고 싶은 그 마음 어느 정도 이해한다. 하지만 그 정도가 날로 심해진다. 곧 기저귀를 채워주실 것만 같다.

　동네에서 길을 걷는데, 누군가 길을 물어왔다. 친절히 알려드리고 돌아서는 순간, 묘한 감정이 엄습했다. 오호라……. 내가 지금 누군가에게 길을 알려줬단 말인가! 지난 2년간 각국의 언어로 길을 물었던 것은 항상 내 몫이었는데! 놀랍고, 뿌듯하며, 자랑스럽고, 행복한 날들이 이어지고 있다.

할까 말까 할 때

"멋지야, 너 이제 한국 가면 뭐 해서 먹고살 거냐?"
귀국을 앞두고 선임이가 물었다.
"음……. 2년간 감 떨어진 나를 다시 받아주는 곳이 있다면 다시 패션디자인 하지 않을까? 당장 내 능력이 그것밖에 없기도 하고, 즐겁게 했던 일이기도 하고."
나는 별 고민없이 답했었다.

한국에 돌아온 나는 당연하게 빈털터리가 되었다. 아니, 마지막으로 들른 인도에서 한국에 있는 친구에게 여행 자금을 끌어다 썼으니 빚까지 있었다. 적응기라는 듣기 좋은 핑계로 보고 싶던 사람들을 만나고, 먹고 싶던 음식을 먹으며 한량 같은 시간을 한참 흘려보내자 정신이 들었다. 사람 구실을 해야 한다, 돈을 벌자!

우선 친구에게 갚을 돈부터 마련해야 했다. 마침 전 직장 실장님과 만났고, 아르바이트 제안을 받았다. 필요할 때만 가서 일손을 거드는 단순한 일이었지만 가릴 처지가 아니었다. 동시에 다른 아르바이트도 닥치는 대로 구했고 마침내 목표한 돈을 만들었다. 그즈음 실장님께 다시 입사하지 않겠냐는 제안을 받았다. 신나게 회사를 떠난 내가 얄미울 법도 하건만 뜻밖의 제안에 연신 감사 인사를 드리고 마음을 결정할 시간을 받았다.

그때, 생각지도 못한 일이 생겼다. 선임이와 나에게 강연 요청이 들어온 것이다. 제안해주신 곳에서는 그간 블로그에서 우리의 여행 이야기를 재미있게 읽었다며 더 다양한 이야기를 듣고 싶다고 했다. 대단할 것 없는 여행 이야기를 블로그나 SNS에 주절거리는 게 아니라 우리 이야기를 듣기 위해 모인 생판 처음 보는 사람들 앞에 직접 서서 말해달라니.

'즐겁게 봐주셔서 고맙지만 고사하자. 우리가 뭐 얼마나 대단하다고. 자신만의 방법으로 세계를 여행하는 멋진 사람들이 얼마나 많은데. 괜히 나서지 말자.'

처음에는 정중히 사양하려 했다. 하지만 곧 '대단하지 않은 여행도 그 나름대로 매력이 있는 게 아닐까? 누구나 다 엄청난 여행을 꿈꾸진 않을 수 있잖아. 우리 이야기를 듣고 단 한 명의 마음이라도 울릴 수 있다면, 그것이 좋은 영향력을 끼친다면 그런대로 의미가 있지 않을까?'로 생각이 변했다. 고민은 길지 않았다.

선임이에게 전화를 걸었다. 짧게, 하지만 진지하게 갈무리한 생각을 전했다. 마침 녀석도 나와 같은 결론을 낸 참이었다. 열심히 준비해보자며 촌스럽게 외친 파이팅 뒤에 선임이가 놀랐다는 말을 했다. 예전의 나 같았으면 분명 고사하겠다고 했을 거란다.

"준비할 것도 많은 데다가 말도 잘 못 하는 네가 자신 있어 할 분야도 아니잖아. 선뜻 하겠다고 해서 놀랐지. 많이 바뀌었네."

순간, 번쩍했다. 그랬다. 예전의 나였다면, 분명, 하려고 들지 않았을 것이다. 알량한 재주를 발휘할 수 있는 분야가 아니었고, 우리 이야기를 굳이 해야 하나, 겸연쩍었을 것이다. 선택의 갈림길에서 끝내 '강연을 하지 않는다'에 마음을 굳혔을 것이고, 그 입장을 끝까지 고수했을 것이 분명했다.

나는 그런 사람이었다. 가끔 비슷한 취미나 취향을 가진 동호회에 가입해서 새로운 인연도 만들고, 함께 즐기고 싶었지만 늘 문턱에서 마음을 돌렸다. 새로운 사람을 만나는 설렘보다 귀찮음이 컸다. 근사한 휴일을 보내겠다며 미술관에 가겠다고 계획해도 막상 휴일이 되면 슬그머니 접어 넣고 집에서 굴러다녔다. 주중에 열심히 일했는데 주말 하루는 편하게 쉬어야지 하는 좋은 핑계도 만들었다.

다시 여행의 시간을 돌아보았다. 주어진, 해야만 하는 과업은 하나도 없었지만 온종일 선택의 연속이었다. 호스텔 숙박비에 포함된 조식을 먹을 것인가, 시원하게 무시하고 더 잘 것인가. 길에서 만난 여행자의 동행 제안에 응할 것인가, 이것저것 신경 쓸 필요 없이 따로 다닐 것인가. 무서움을 이기고 밤바다에 들어가볼 것인가, 포기할 것인가. 크고 작은 선택들이 모여 하루를 만들었고, 그 하루하루가 쌓여 2년이란 시간이 흘렀다. 엄청난 선택과 결정이 아니었다. 그저 지금 이 행동이 귀찮아도 움직여보느냐, 안 해본 걸 시도해보느냐, 긴장되더라도 견뎌보느냐, 조금 불편해도 참아보느냐, 뭐 이런 것들이었다. 본래 그런 작은 선택들 앞에서 대부분 행동하지 않고 가만히 있는 걸 선택했던 나는, 여행하는 동안 선임이에게 등을 떠밀렸다든가, 시간이 남았다든가, 심심했다든가 등등의 다양한 이유를 들어 여러 가지 시도를 했다. 그러면서 가만히 있는 것보다 행동하는 선택이, 늘 하던 것보다 색다른 선택이 새로운 재미로 이어진다는 걸 체득했다. 뭐, 늘 성공적이진 않았기에 뒤돌아서 더러운

욕을 중얼거리기도 했지만 말이다. 어느새 선택의 기로에서 귀찮아도 움직여보려는, 안 해본 것을 해보려는, 긴장되더라도 견뎌보려는, 불편해도 참아보려는, 그런 자세를 갖춘 나를 발견했다. 늘 여유와 휴식이라고 애써 포장한 게으름의 껍질과 익숙함으로 기어들어 가는 관성을 조금 벗어낸 느낌이다. 드디어 찾았다! 이 여행이 나를 바꾸긴 했구나! 너무 천천히 변해서 눈치채지 못했을 뿐이구나!

심호흡과 함께 실장님께 전화를 걸어 조심스레 만날 약속을 잡고 감사한 제안을 거절할 말을 골랐다.

그리고 이제는 매일의 선택대로 살아보기로 했다. 내일은 어떤 일이 일어날지, 이제 무슨 일을 하게 될지, 이 선택을 사무치게 후회할지, 그 어떤 것도 모르겠지만 오늘만큼 재미있는 내일을 살 방법을 알아낸 것 같다. 아직 나의 여행은 끝나지 않았다.

말할까 말까 할 때

누구에게나 사랑받고 싶었다. 모두에게 인정받고 싶었다. '그 친구, 최고야'까지는 아니더라도 '걔 진짜 별로야'는 아니었으면 했다. 나는 좋은 사람 콤플렉스에 시달리는 사람이었다. 싫은 사람 앞에서도 티 내지 못했다. 나는 그가 싫더라도, 그는 날 싫어하지 않았으면 했기 때문이었다. 싫어도 좋은 척, 짜증나도 아닌 척, 아니라고 생각하면서도 동의하는 척. 많은 사람에게 속마음과는 다르게 대하거나 과장되게 대했다. 나쁜 감정은 숨기고, 좋은 감정은 실제보다 더 크게 뻥튀기해서 말이다. 그것이 나름의 감정 노동이었을까, 꼭 어느 순간에서 터졌다.

이 사실을 여행을 떠나서야 느꼈고, 돌아와서는 차츰 확신했다. 귀국 후 많은 사람을 만나면서였다. 처음 만나는 사람이 아닌데 새롭게 만나는 기분. 분명 아는 사람인데, 익숙하면서 낯선 역설적인 감정이 들었다. 2년 전 주야장천 만났던 사람들을 다시 만나 커피를 마시고, 밥을 먹고, 술을 마시며 깨달았다. 내가 그동안 그들을 은연중에 위선적으로 대했구나. 솔직하지 못했구나. 본래 알았던 사람들을 만나니 예전 그들을 대했던 방식, 인사하는 방향, 나오는 표정, 부르는 호칭, 구사하는 언어 등이 마치 어릴 적 배운 후 몇 년 만에 타는 자전거의 느낌같이 떠올랐다. 그리고 알아챘다. 그들을 대하는 방식에, 언어에, 내 감정에 대한 솔직함보다는 잘 보이고 싶다는 간절함이 채우고 있었다는 것을. 모두 그런 것은 아니었지만 많은 부분에서 쌍방 간 대등한 위치로 긍정적 균형감이 있는 관계라기보다 내 쪽에서 감내하는 부분이 컸다. 중요한 것은, 정작 상대는 모를 감내와 배려라는 데 있었다. 상대가 말하는 의견에 속으로는 동조하지 않으면서도 대충 동의하는 척 어물쩍 넘어가는 일. 상대의 언행에 기분이 상했으면서도 큰일 아니니 티 내지 않고 넘어갔던 일. 크게 기쁘거나 행복하지 않더라도 상대가 내게 얼마나 큰 존재인지 부러 과장해서 표현하는 일.

상대를 대하는 나의 모든 행동과 말의 중심은 '나와 상대'가 아닌, '상대'였다. 나의 관계에는 '나'라는 사람이 빠져 있었다. 당시에는 배려라 생각했었지만 이제 와 뒤돌아보니 그것은 이기심에 가까웠다. 상대에게 내가 좋은 사람으로 인식되길 바라는 마음은 보이지 않는 강요였다. 겉보기에는 물 흐르듯 자연스럽고 부드럽게 보이는 그 대화와 만남이 실상은 알맹이 없는 겉치레에 불과한 경우가 많았다. 누구에게나 좋은 사람은 절대 한 사람에게 좋은 사람일 수 없다는 말을 몸소 증명했다.

익숙한 이질감에 휩싸일수록 라오스 루앙프라방에서 만났던 아저씨와의 일이 자꾸만 떠올랐다. 그의 눈을 똑바로 마주하고 어깨와 허리를 반듯하게 편 채 정확하게 거부 의사와 불쾌한 감정을 토해냈던 그날의 기억이. 가슴속에 품은 감정을 눈치 보는 뇌의 필터로 거르지 않고 고스란히 밖으로 내놓던 순간의 카타르시스를. 그 후 전신을 지배했던 홀가분함을. 다시 이전의 위선을 답습하고 싶지 않았다. 새로운 관계를 설정하기에 마침 때가 좋았다. 2년간의 공백은 좋은 발판이 되어주었다. 말할까, 말까 고민할 때 말하는 쪽의 손을 들어주기 시작했다. 이런 말을 할 때 상대가 어떻게 생각할까, 내가 어떻게 보일까를 고민하기 전에 느끼고 생각한 바를 담담히 솔직하게 말하기 시작했다. 그러자 놀라운 일이 벌어졌다.

의외로 사람들은 아무렇지 않게 받아들였다. 내가 변한 사실을 나 자신 말고는 누구도 눈치채지 못한 것같이 자연스러웠다. 그간 나쁜 감정을 토로했을 때 상대가 나를 비난할 것으로 생각했다. 겉으로는 웃어도 뒤돌아 '그러는 본인은 뭐 그리 잘나서'라 고깝게 여길 것으로 생각했다. 그런데 막상 진심을 뱉어내자 대부분의 사람들이 이렇게 말했다.

　"아, 미안해 선임아. 내가 실수했네. 사실 그런 뜻으로 한 말이 아니었는데 네 말 듣고 보니 오해할 만하다. 앞으로 조심할게."

　상대의 눈을 보니 내게 거짓을 말하는 것이 아니었다. 그 역시 그의 진심이었다. 느끼는 바를 담담히 표현하고 내 감정에 관해 상대에게 인정과 사과를 받으니 거짓말처럼 나쁜 감정이 사라졌다. 관계를 해칠까 두려워 참았던 말들을 뱉고 나니 역설적으로 관계는 더 좋아졌다. 비로소 내가 나로서 사람들과 관계를 맺어가는 기분이 들었다. 이제 더는 내가 뱉는 사소한 말들로 상대가 나를 어떻게 판단할지 필요 이상으로 걱정하지 않는다. 한두 번 실수한다고 해서 상대로부터 내쳐질 것이란 두려움도 갖지 않는다. 실수하면 진심으로 사과하고, 상대의 실수에 대해 기분이 상했다면 내 감정을 그대로 밝히고 상대의 사과를 진심으로 받아줄 수 있는 사람으로 살고 싶다. 100퍼센트 변하지는 못했지만, 죽을 날까지 완벽히 바뀌지는 못하겠지만 어제

보다 조금 더 진심으로 내 주위 사람들을 품고, 또 그들에게 안길 수 있다면 어제보다 오늘 조금 더 행복할 것 같다. 지난 여행으로 이것 하나 건졌다 해도 과분할 만큼 마음에 드는 깨달음이자 변화이다.

귀국 후의 삶, 먹고사니즘

많은 이들이 묻는다.

"요새 바쁘지? 책도 쓰고 강연도 하고 잘나가네. 이제 돈 긁어모으니?"

또 많은 이들은 말한다.

"저런 인생이 얼마나 가겠어. 그것도 다 한때지. 미래는 준비하고 있어?"

결론부터 말하자면 맞기도 하고 틀리기도 하다.

첫째, 바쁘기도 하고, 아니기도 하다. 정신없이 바쁠 때도 있지만, 시간이 남아 흘러넘치는 때도 있다. 매일 출근해 여덟 시간 이상 근무해야 하는 직장이 없는 삶을 살다 보니 시간이야

의지만 있다면 얼마든지 만들 수 있다. 다만 '출퇴근'이 만들어주는 프레임이 없어 일부러 만든 시간에도 일 생각에 잠식될 때가 많다. 일과 삶의 분리가 어렵다. 어느 쪽이 더 바쁜 걸까? 모르겠다.

둘째, 책도 쓰고 강연도 하는 것은 맞다. 하지만 잘나가는지는 미지수다. 하고자 하는 일을 하고 있으니 잘나가는 걸까? 이런저런 굴지의 기업들과 함께 일을 하고 있으니 잘나간다 할 수 있나? 각종 SNS 채널에서 '좋아요'와 '하트'를 많이 받는 것이 잘나가는 것일까? '잘나간다는 것'의 정의가 무엇인지 누군가 알려준다면 정확히 대답할 수 있으려나? 그도 모르겠다.

셋째, 돈은 벌고 있으나 많지는 않다. '많지 않다'라는 말로는 부족한 것 같아 이 질문에는 특별히 더 설명해보겠다. 첫 세 가지 질문 중 가장 명확히 대답할 수 있는 속성이기 때문이다.

작년 8월, 초유의 보릿고개가 찾아왔다. 상징적인 의미가 아니라 '정말로' 돈이 없었다. 밥 먹을 돈이 없어 끼니를 걸렀다. 이 문장을 과거형으로 써야 할지 확신이 서지 않지만 그래도 지금은 입에 풀칠은 가능한 정도다. 그때는 그 풀칠도 어려웠다. 어느 정도는 예견된 일이었다. 출판사와 계약한 후 의도적으로 일을 줄였다. 여행의 심상이 휘발되기 전 하루라도 빨리 원고를

421

써야 한다는 생각에서였다. 마음 같아서는 모든 일을 접고 집필에 전념하고 싶었으나, 먹고는 살아야 했기에 생계유지가 가능한 정도의 일만 했다. 나름의 선택과 집중이었다. 이 정도 일을 해서 이 정도 돈을 받으면 보험료, 통신비, 교통비, 식비를 해결할 수 있겠지. 그러니까 정말 최소한의 삶이 가능한 만큼만 일을 했다. 그리고 인생은 내게 보기 좋게 잽을 날렸다.

일했던 업체 측으로부터 돈이 입금되지 않았다. 안내받은 지급일이 며칠 지나 담당자에게 연락을 취했다. 여유롭게 기다릴 수 있는 상황이 아니었다. 통장 잔액은 가파르게 0으로 향하고 있었다. 이 돈을 받아야 다른 일을 하러 갈 교통비를 충당하고, 밥을 사 먹을 수 있는데…… 절박했다. 그런데 담당자가 지급이 불가피하게 다음 달로 미뤄지겠다며 사과의 말을 전해왔다. 어디선가 오류가 있었던 듯싶었다. 내 인생은 늘 변수의 연속이었는데, 왜 생각을 못 한 걸까.

긴급 재정 회의가 열렸다. 다음 입금일까지 긴축재정에 돌입해야 했다. 멋지와 함께 허리띠를 한껏 졸라맸다. 우선 가장 먼저 대부분의 일을 집에서 처리하기로 했다. 그간 커피숍이나 스타트업 지원센터의 무료 라운지 등을 이용했기에 공간 이용료가 높지는 않았지만 그럼에도 일단 집을 나서는 순간부터 돈이 들었다. 때가 되면 배가 고파 뭐라도 사 먹어야 하고 왕복 교통비도 들지 않는가. 다행히 지금 하는 일들은 컴퓨터만 있으면 어디서든 할 수 있는 일이었다. 되도록 집에서 일하고 꼭 함께 일을 해야 할 때는 집 냉장고를 털어 먹을 만한 것들을 모조리 싸 들고 만났다. 물 한 병 사는 850원도 아끼려 빈 병에 물도 담아 나왔다. 짠 내가 풀풀 날리는 생활이었지만 초라한 기분은 들지 않았다. 열심히 살고 있었기에 부끄럽지 않았다. 괜찮았다. 오히려 의연하게 버텨내는 스스로가 대견했다. 그래도, 서글픈 순간은 찾아왔다.

아끼는 사람들에게 마음을 표현해야 할 때였다. '내가 한잔 살게, 나와' 하고 싶은 밤에. 밥 한 끼 사 먹이고 싶은 후배와의 만남에서. 지나가다 본 예쁜 꽃다발에 엄마 생각이 날 때. 누군가에게 마음을 전하고 싶은 바로 그 순간, 마음의 크기보다 먼저 통장 잔액을 떠올렸다. 한잔하자는 말을 삼키고, 들었던 꽃을 내려놓으며 서글퍼졌다.

그때 즈음이었다. 비슷하게 프리랜서의 길을 걷고 있는 친구가 물어왔다.

"너희는 앞으로 얼마 정도 벌어야 만족하겠어? 월 300만 원? 400만 원?"

자연스럽게 대답이 나갔다.

"글쎄, 내 사람들에게 무엇인가 해주고 싶을 때 돈 걱정하지 않을 만큼······?"

　대답을 하는 동시에 그 친구와 함께 국밥 한 그릇에 소주 한 잔 기울이고 싶어 가만히 통장 잔액을 떠올렸다.

　직장을 그만두고 다른 일을 해보고 싶다는 이들에게 꼭 8월의 보릿고개 이야기를 해준다. 먹고사니즘의 굴레에서 나올 용기가 없어 짜증 나지만 어쩔 수 없이 다닌다는 말에는 더더욱 말이다. 아직 프리랜서의 삶을 시작한 지 얼마 안 되는 피라미지만 실제로 느끼고 있는 허와 실에 대해 솔직하게 말한다. 직장인과 자영업, 프리랜서의 삶 중 무엇이 더 나은가에 관한 판단은 누구도 대신 해줄 수 없다고 생각한다. 직접 겪어보기 전에는 자신도 답을 내리기 어려운 문제다. 아, 나는 당장 먹을 밥값 걱정보다는 짜증 나는 부장을 참아내는 것이 더 낫구나. 이런 부류의 '나'에 관한 지식은 실제로 경험해봐야만 알 수 있다. 배워서 아는 것이 아니라, 닥쳐서 느끼는 것이므로. 다행히 내 경우는 지금이 더 잘 맞는다. 주류에서 벗어나 다른 길을 걷기 시작하면서 느끼는 감정을 한 줄로 표현하자면 '잘 맞는 옷을 입은 느낌'이다. 당장 배는 조금 고프지만.

　미래는 준비하고 있느냐는 질문에는 그렇다고도, 아니라고도 할 수 없다. 준비한다 해서 준비할 수 없는 것이 미래의 미래라고 생각한다. 말장난 같지만 이보다 더 정확히 표현해낼 재간이 없다. 지금도 하루가 다르게 빨리 변하는데 미래는 어찌 될지 과연 나 같은 사람이 예측할 수 있을까. 예측할 수 없는 것을 준비한다는 것이 가능할까. 만약 가능한 준비가 있다면, 내가 나로서 온전히 움직일 수 있는 '잘 맞는 옷'을 찾아 입는 것이 아닐까. 어떤 새로운 환경이 오더라도 쉽게 적응할 수 있는 유연함을 갖추는 것. 그것만이 유일한 준비가 아닐까. 물론 이것 또한 일종의 예측이고 준비라는 역설을 인정한다.

　마지막으로, 언제까지 이렇게 살 수 있을까? 이 질문에 대한 답은, 솔직히 말해 잘 모르겠다. 회사를 나온 지 여러 해가 흘렀다. 그중 2년은 여행을 했고 귀국 후에는 '버티고' 있다. 여행을 마치고 인천 공항에 도착했을 때 지갑에는 3만 4천 원 정도가 있었다. 부록으로 친구에게 진 빚까지. 당장 먹고 살 일이 막막했지만, 고민 끝에 다시 회사에 들어가지 않고 프리랜서의 삶을 선택했다. '자발적 삶을 위한, 선택적 백수'라는 허세 가득한 포장을 입혀 불안감을 덮었다. 이 돈으로 어떻게 살지 걱정되는 수입과 그 수입조차 없을 때도 어떻게든 버텼고, 버티고 있고, 버티려 한다.

월급을 받고 일하던 시절에는 일의 의미가 피부로 잘 와 닿지 않았다. 매일 같은 시간에 출근해 일하는 것과 매월 25일 통장에 찍히는 숫자는 어쩐지 다른 일 같았다. 그런데 요즘은 하는 일이 생활을 유지하게 하고, 나를 이룬다는 느낌이 전에 없이 날것으로 느껴진다. 일이 곧 먹는 밥이 되고, 입고 있는 옷이 된다는 실감. 몸을 써 일을 하는 것도 아니건만, 노동으로 밥을 먹는다는 느낌이다. 자연스럽게 하는 일 하나하나 최선을 다하고 있다. 최선을 끌어낼 수 없다는 생각이 드는 일은 애초에 맡지 않는다. 내키지 않거나, 나의 색깔과 맞지 않아 스트레스를 받거나 불편할 것 같은 느낌이 오면 정중히 고사한다. 비록 지금 배는 고플지언정, 이 균형을 조절해야 오래갈 수 있다고 믿는다. 물론 그 결정이 매번 쉬운 것은 아니다. 매번 성공하지도 않는다. 하지만 고민하고, 결정하고, 후회하고, 조정하는 그 시간이 곧 나를 이뤄가고 있다. '살아간다'라는 실감이 이토록 생생했던 적이 있을까. 하는 일과 삶이 섞이는 그 뜨거운 온도와 짠 내 나는 냄새가 좋다. 내가 이 세상에, 지금 발붙이고 있는 땅에 온전히 뿌리내리고 있는 기분. 이 느낌의 실체가 '자존감'이었으면 좋겠다.

'그것도 다 한때지'라는 말에는 동의한다. 지금 '이때'를 사는 것일 뿐, 다음 때에는 흔들리고 또 다음 때에는 달라질 수 있다. 나는, 완성품이 아니므로. 그렇지만 당분간은 비슷한 삶을 살아 가지 않을까 감히 예측해본다. 누군가에게 긍정적인 영향력을 끼칠 수 있는 삶을 살고 싶었는데, 그 방향으로 가는 느낌이기 때문이다.

나는, 나를 위해서 이렇게 계속 살고 싶다. 지금 행복하니까. 스스로가 어떤 사람인지, 어떻게 살아야 행복한지, 어제의 나보 다 조금 더 알아가는 것. 이것이 나의 먹고사니즘, 곧 '미래 준 비'라고 믿는다.

에필로그

한 사람에게 띄운 엽서

여행을 하면서 도시를 옮길 때마다 빠짐없이 엽서 한 장씩을 띄웠다. 수신인은 단 한 사람, 한국에 계신 엄마다. 기약 없이 나를 기다려야 할 엄마를 홀로 두고 떠나왔다는 죄책감은 꽤 묵직했다. 아빠도 안 계시고 형제자매 하나 없는 외동딸인 내가 혈혈단신 엄마에게 띄우는 엽서들은 그래서, 그 무게를 어떻게든 덜어내보려는 나름의 자기 위안이었다.

새로운 도시에 도착할 때마다 그 지역의 우체국을 가장 먼저 찾았다. 그리고 기념품 가게에 들러 엽서 한 장을 골라 미루지 않고 바로 그 자리에서 엽서를 썼다. 손바닥만 한 작은 종이에 그 당시 눈앞에 있는 풍경, 먹은 음식, 만났던 사람들에 대한 이야기를 하나하나 꾹꾹 눌러 담았다. 버스를 기다리던 정류장 구석 자리, 주문한 음식을 기다리는 식당 테이블, 2박 3일 타고 가던 기차의 침대칸에서 시간과 장소를 가리지 않고 엽서를 썼다.

여행 시작 후 첫 나라, 첫 도시였던 스페인 마드리드에서 첫 엽서를 띄울 때만 해도 엄마를 위한 이 프로젝트가 어려울 거라는 생각은 하지 못했는데 막상 해보니 쉬운 일만은 아니었다. 어려운 이유도 각양각색이었다. 엽서는 고사하고, 이런 곳에 과연 우편 시스템이라는 문명이 들어와 있을까 싶은 오지에 갈 때. 한국으로 보낸다는 말에 우체국 직원이 건네준, 엽서를 다 뒤덮을 크기의 우표 여덟 장을 받아 들고 당최 어떻게 붙여야 할지 감이 서지 않을 때. 휴지만도 못한 엽서의 재질 때문에 도저히 펜으로 써지지 않아 볼펜 끝을 꾹꾹 눌러 엠보싱 글자를 만든 후 장인정신으로 잉크를 먹여야 했을 때. 써놓은 엽서는 쌓여가는데 우체국 운영 시각을 맞춰 방문하지 못해 몇 날 며칠 보조 가방 속에서 뒹군 엽서가 구겨지고 때가 탔을 때. 그럴 때마다 말할 수 없이 귀찮아졌다. 엄마를 위한 마음이 어느 순간부터 '해야만 하는 일'처럼 느껴지기도 했다. 차츰차츰 버거워졌다.

어느 날이었다. 엽서를 쓰고 '이걸 마지막으로 이제 그만 보낼까' 싶던 차에 며칠 만에 와이파이가 연결되었다. 휴대전화로 언제 와 있었는지 알 길 없는 메시지가 날아들었다. 엄마였다.

'사랑하는 내 딸, 잘 지내고 있어? 지금은 어디야? 오늘 엽서가 세 개나 왔어! 엄마 너무 행복하다. 첫 엽서 받은 후로 매일 아침 눈만 뜨면 우편함부터 열어봐.'

잠시 멈칫했다. 액정 속 메시지를 응시하는 눈동자와 엽서를 잡은 손이 동시에 뜨거워졌다. 손에 든 엽서의 우표가 행여나 떨어질까 고집스럽게 한 번 더 침을 발랐다. 그만 보낼까 생각했던, 귀찮아했던 마음이 침에 녹아 없어지길 바라면서.

그 후로 가는 곳곳마다 더 열심히 일기처럼, 습관처럼 엽서를 썼다. 종국에는 언젠가부터 한두 줄씩 주소란 끝에 우체부님께 감사의 메시지를 넣기에 이르렀다. 오가는 편지라고는 고지서뿐인 요새 같은 시대에 바다 건너온 꼬질꼬질한 종이 한 장을 매번 배달해주실 얼굴도 모르는 분이 고마워졌다. 간혹 엽서 대신 큰마음 먹고 비싼 입체 카드나, 장문의 편지를 보내기도 했다. 엽서나 편지의 무게와 발신지에 따라 어떤 놈은 일주일 만에, 어떤 녀석은 3개월 만에 도착했다. 아니 도착했다고 들었다.

엄마는 매번 우체통에 엽서가 있을 때마다 한결같이 잘 받았다고 메시지를 보내주셨다. 들쭉날쭉한 각국의 우편 시스템 덕에 엄마가 읽는 '엽서 세계여행기'는 어쩔 수 없이 뒤죽박죽 연재됐다. 날씨가 40도를 넘나든다는 내용의 엽서를 받고 '우리 딸 더워서 어째'라는 엄마의 메시지를 받았을 때 나는 손을 호호 불며 오리털 침낭을 끌어안고 있었다.

귀국 후 들어보니 엄마는 딸내미가 걸어간 흔적들을 지도 위에 점으로 이어보셨단다. 엽서 맨 위에 항상 적어 넣은 그날의 날짜와 나라, 도시의 이름을 차곡차곡 순서대로 맞춰보면서 말이다. 인도 뉴델리에서 한국으로 돌아오기 며칠 전 띄운 마지막 엽서는 결국 나보다 열흘이나 늦게 집에 도착했다. 전부 모아 헤아려보니 엽서의 전체 수신율은 대략 70퍼센트 정도. 생각보다 세계의 우편 시스템이 괜찮구먼, 싶은 와중에도 없어진 녀석들에 아쉬운 마음이 들었다. 무심히 내뱉은 "나머지 30퍼센트는 어디로 갔을까" 하는 내 말에 엄마가 답하셨다.

"글쎄, 너처럼 걔들도 어딘가 여행하고 있지 않을까?"
생각지도 못했던 시적인 답변이었다.

엽서에 한 글자 한 글자 꼭꼭 눌러쓸 때만 해도 늘 다짐했다.

돌아가면 잘해야지, 나무 그늘 같은 딸이 되어야지. 적어 넣은 글자 수만큼 다짐하고 또 다짐했다. 하지만 어느새 엄마와 하루가 멀다고 싸우고 있는 내 모습을 발견한다.

아침 일찍 엄마가 차려준 밥을 먹었다. 귀국 직후에는 그토록 감동을 주던 '엄마 밥'이었는데, 어느새 당연하게 되어버렸다. 식사를 마치고 설거지도 하지 않은 채 뛰어나갔다. 바쁘다는 핑계로 밤늦게나 집에 들어갔다. 현관문을 열고 들어가면 주무시던 엄마가 부스스 나와 그리 무겁지도 않은 내 가방을 굳이 받아 들고 이런저런 질문들을 쏟으신다. 어디를 갔다 왔니, 누구를 만났니, 저녁은 먹었니, 돈은 있니, 옷이 그게 뭐니, 내일도 나가니, 몇 시에 나갈 거니, 아침 먹고 갈 거니, 한다는 일은 잘 돼 가니……. 지치고 피곤한 마음에 어서 씻고 눕고만 싶다. 엄마도 주무시다 나와 피곤하실 텐데, 어쩜 엄마의 질문과 걱정 우물은 마를 날이 없을까. 답을 내놓다 내놓다 나는 결국 또 속절없이 지쳐간다. 내서는 안 되는 가시 돋친 화살이 입에 올랐고 이내, 활시위를 떠났다.

"아, 엄마……."
"엄마, 안 피곤해?"
"그건 내가 알아서 할게."

433

"내가 아직도 어린앤 줄 알아?"

"아, 그런 게 있어, 엄만 말해도 모를 거야."

찰나의 침묵 뒤에 "그래, 피곤하지. 어서 씻고 자라" 하고 뒤
돌아 안방으로 들어가시는 엄마.

나는, 나쁜 년이다.

엄마가 집을 비우신 날, 안방 서랍장을 열었다. 깊숙한 곳에
검은 비닐봉지로 꽁꽁 싸매두신 엽서들. 날짜별로 차곡차곡 소
중하게 동여매진 그 친구들을 모두 꺼내 먼지를 털어냈다. 한
장 한 장 읽어보다가 거실 벽 한편에 빼곡히 걸었다. 엄마에게
보여드리기 위해서가 아니다. 내가 보려고 걸었다. 스스로 주문
을 건다. 나에게 엽서를 쓴다. 한 자 한 자 적어 넣던 저 때의 저
마음을 잃지 말자고.

작가의 말

출간 제의를 받고 한동안 고심했다. 온 동네 개들에게까지 자랑하고 싶은 뿌듯함과 까닭 모를 불편함이 한꺼번에 밀려왔다. 거북함의 실체는 머지않아 밝혀졌다. '무엇'을 이야기할 것인가에 관한 문제였다. 서점에는 이미 저마다의 여행을 담은 책들이 차고 넘치는데, 과연 그 안에 알알이 수놓인 사연들과 다른 말을할 수 있을까. 조금 오래 여행했다고 해서 그 경험이 대단하다여기지 않는데, 굳이 종이를 할애할 이유가 있을까.

물론 2년간의 여행은 후회 없는 선택이었다. 여전히 떠났다는 사실이 자랑스러우며, 다시 돌아간다고 해도 같은 선택을 할것이다. 분명히 내게는, 우리에게는 옳은 결정이었다. 하지만 이는 우리의 경우일 뿐, 모두에게 마땅한 진리는 아니지 않은가. 혹여 개인적인 경험과 심상을 일반화하는 오류에 빠지는 것은 아닐까? 오만 가지 생각과 겸연쩍은 마음에 오래도록 출판의 당위성을 찾지 못했다.

또한 밝히건대, 여행이 삶의 다양한 문제들에 정답이나 만능 열쇠를 제시해주지는 않는다고 생각한다. 인생에 한 번쯤은 배 낭 메고 떠나봐야지 않겠느냐 종용하는 근래의 흐름이 불편하 다. 여건이 되지 않는 사람들이 상대적 박탈감을 느끼는 것이 서글프고, 그런 식의 분위기를 조장하는 이야기가 마땅찮다. 그 럼에도 결국 여행에 관한 책을 썼다. 이 역설을 스스로 알고 있 기에 우리는 끝없이 망설였고, 고뇌했고, 토론했다.

끝내 종이 위에 남긴 이 활자들이 감히 가질 수 있는 의미가 있다면, 단 한 가지 욕심내고 싶다. 우리의 이야기가 '이렇게 사 는 사람들도 있구나, 반듯하게 정해진 길을 걷지 않아도 큰일 나지는 않는구나, 다른 행복을 추구하는 방법도 있구나' 정도의 '환기'가 되었으면 좋겠다. 그것이 이 책을 쓴 동기이자, 추구하 는 목표이고, 누군가에게 끼치고 싶은 단 하나의 영향력이다.

물론 우리의 이야기가 누군가의 여행 동기를 싹트게 한다면

438

뜨겁게 응원할 것이다. 어떠한 형태의 여행이건 그 나름의 의미와 추억, 성장을 동반한다고 생각하기 때문이다. 스스로가 어떤 사람인지 알아가는 데도 여행은 그 효용이 훌륭하다. 미처 발굴되지 못했던 기막힌 재능과 몰랐더라면 살아가는 내내 이유 모르게 뒤통수 맞았을 빌어먹을 단점들을 발견할 수 있다.

다시 떠나고 싶지 않느냐는 질문을 종종 받는다. 그때마다 아직은 아니라 답했는데, 책을 쓰다 보니 그 연유를 알 것 같다. 여행 후에도 여행하듯 살고 있어서이지 않을까. 할까 말까 할 때 하지 않았던 것을 해보고, 갈까 말까 할 때 낯선 길로 한 걸음 내디뎌보고, 말할까 말까 할 때 늘 가슴으로 삼켰던 이야기를 담담히 뱉어보는 것. 그것이 우리의 여행이었다. 요즈음 일상이 그간의 여행만큼 예측 불가능한 것을 보니 아직까지는 여행의 관성이 빛 바래지 않은 것 같다. 쓸까 말까의 기로에서 선택한 결과인 이 책이, 읽을까 말까 망설이다 책장을 펼쳤을 그대에게도 산뜻한 환기의 시간, 한 줄기 바람 같은 여행이었기를 바란다.

2018년 7월
떡볶이 배달을 시킬까 말까 고민되는 새벽, 멋지 & 선임

세계여행 경비

* 우리가 가장 많이 받는 질문이 바로 '경비'. 궁금해하실 분들을 위해 간략히 정리했다. 그리 풍
족하지도, 그렇다고 굶주리지도 않을 만큼만 쓰며 여행했으니, 참고만 하시길 바란다.

대륙	국가	체류일수
Europe	Spain	28
	Portugal	9
Central America	Cuba	28
	Mexico	32
South America	Peru	15
	Bolivia	15
	Chile	33
	Argentina	61
	Colombia	30
	Paraguay	4
	Brazil	23
Asia	Vietnam	5
	Cambodia	3
	Thailand	41
	Laos	12
	India	59
Africa	South Africa	10
	Namibia	8
	Zambia	16
	Zimbabwe	1
	Botswana	4
	Tanzania	11
	Morocco	18
Oceania	Austrailia	278(워킹홀리데이)
총계		총 718일

경비 총합계		평균 1일 경비	
2인	1인	2인	1인
2,793,060	1,396,530	99,752	49,876
912,155	456,077	101,351	50,675
1,649,924	824,962	58,926	29,463
2,228,033	1,114,016	69,626	34,813
1,763,089	881,545	117,539	58,770
1,099,856	549,928	73,324	36,662
2,738,404	1,369,202	82,982	41,491
6,644,870	3,322,435	108,932	54,466
2,603,838	1,301,919	86,795	43,397
468,318	229,311	117,080	58,540
2,754,075	1,377,038	119,742	59,871
458,623	229,311	91,725	45,862
392,892	196,446	130,964	65,482
3,974,868	1,987,434	96,948	48,474
750,300	375,150	62,525	31,263
2,099,706	1,049,853	35,588	17,794
917,939	458,969	91,794	45,897
795,778	397,889	99,472	49,736
1,617,768	808,884	101,111	50,555
203,385	101,692	203,385	101,692
542,697	271,348	135,674	67,837
709,328	354,664	64,484	32,242
1,109,602	554,801	61,645	30,822
워킹홀리데이 기간의 내역은 포함하지 않음			
39,228,508	19,614,254	96,146	48,073

국가별 평균 1일 경비(1인)

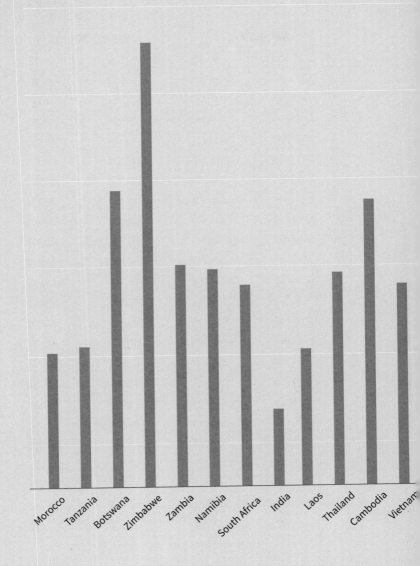

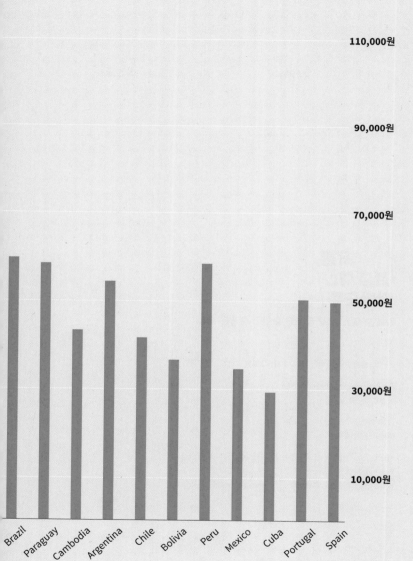

Brazil	Paraguay	Cambodia	Argentina	Chile	Bolivia	Peru	Mexico	Cuba	Portugal	Spain

110,000원

90,000원

70,000원

50,000원

30,000원

10,000원

*Zimbabwe는 하루(정확히는 반나절) 경유한 나라로,
비자 비용과 빅토리아 폭포 관광비 때문에 경비가 많아 보이게 집계됨.

서른,
결혼 대신
야반도주

정해진 대로 살지 않아도 충분히 즐거운 매일

초판 1쇄 발행 2018년 8월 10일 **초판 5쇄 발행** 2022년 6월 5일

지은이 야반도주 (김멋지, 위선임)
펴낸이 이승현

편집1 본부장 한수미
에세이1 팀장 최유연

펴낸곳 ㈜위즈덤하우스 **출판등록** 2000년 5월 23일 제13-1071호
주소 서울특별시 마포구 양화로 19 합정오피스빌딩 17층
전화 02) 2179-5600 **홈페이지** www.wisdomhouse.co.kr

ⓒ 야반도주, 2018

ISBN 979-11-6220-651-5 03810